U0915000

imaginist

想象另一种可能

理想国

imaginist

The Art of Writing

鲤·写作课

张悦然 主编

Issue 24

九 州 出 版 社

卷首

张悦然

2012 年秋天，我开始在人民大学教书，这几年开设的课大多与小说鉴赏及写作有关。上小说鉴赏的课，通常比较有底气，即便是一家之言，还是相信对学生有益。上写作课却还是有点心虚，总归要面对那个不断升起的怀疑：写作到底是不是可以教的？

我至今仍旧觉得，写作在很大程度上是不可教的。即便是在那些不乏真知灼见的写作技巧类书籍里读到醍醐灌顶的话，了解了某种可以操作的方法，它们也像一件租来的衣服，并不真的属于你。到了创作中，你很快会发现并没有你想象的那么合身。而且穿着它让你变得古怪，束手束脚，限制了行动。说到底，读写作技巧类书的最大获益，应该是阅读它们时的愉悦，是那些感觉自己有所顿悟，对写作充满信心的片刻。从某种意义上说，这倒是个甄别此类书籍的方法，如果它连阅读的快乐和热忱的鼓励都不能给予，后续的效用就更加不必期待了。辛苦画重点、做笔记都是徒劳的，就像给一群偶然栖落在你视野里的白鸟建造鸟舍，下一刻它们就会毫不留恋地飞走的。可是那些片刻的顿悟、刹那的信心就一点都没有意义吗？那种笃信自己掌握了真理、从此所向披靡的幻象一定是愚蠢的吗？如果没有那种片刻顿悟，没有一些盲目的激情，写作的道路该是多么晦暗啊。写作得以继续，最重要的是呵护那份相信。一些作家坚持在写作的过程中不向任何人展示未写完的书稿，因为要呵护住那份相信。一些作家在写作中选择阅读自己最心爱的作家，抑或选择一字不读，都是为了呵护住那份相信。所以我始终认为，传

Editorial

授写作技巧的书籍及课程，首先要做的是守护和维系那些研习写作的人的相信。这种相信就像一次握手，是一只手在另一只手上留下的祝福和温暖。

写作最需要的是自我的学习。任何形式的写作课，如果它是有益的，那么一定在鼓励和推动这种学习。它督促你去阅读和思考更多的东西，把你引入陌生之地。至于你在这片陌生土壤上的耕耘和收成，又或是你决定跋涉到更远的地方，已经和那些写作课无关了。写作课的教授者，绝对不是园丁，他们不碰剪子，恰恰相反，他们鼓励任何自然的生长，哪怕是几颗最卑微的种子决定在最贫瘠的土地上扎根。

《鲤·写作课》并不是那种攻略类的书籍。写作技巧当然不可避免会谈及，更重要的是它是一本信念之书。当在汉语写作中已经卓有成就的作家颜歌在诺里奇的创意写作班第一节课心怀忐忑地介绍自己，当在翻译界享誉盛名的译者黄昱宁小心翼翼地询问麦克尤恩如何从写短篇过渡到写长篇，她们都在以一份赤子之心趋近着自己的远方。文学是最自由的信仰，在这里，践行比教义更重要。技巧可以学了又忘，或者再抛弃，但是只要想到那些你所认可、心怀敬意的写作者，此刻正坐在另外一间书房、另外一盏灯下开辟文字的疆土，也许你就会感到一种慰藉。疆土虽大，终会相逢。

在本期杂志中，还收录了“匿名作家计划”的最后一辑作品。随着评选结果的公布，长达

Editorial

半年的比赛落下了帷幕。很多朋友曾善意地向我们提出，比赛时间拉得太长，会使人失去热情。现在人们的热情就是那么短，这个道理我们明白。但是时间是最美妙的容器，可以吸纳很多珍贵的东西。这是一个不断生长的比赛，是一个参与者与策划者共同完成的比赛。我们要感谢每一位作者的支持，他们所交出的卓越文本，是对这个比赛最大的肯定。最后，请允许我们把作者的名单奉上，向他们一一致敬。

*

班宇、老王子、阎连科、
吴晶晶、大头马、王姝蕲、
石一枫、叶扬、崔君、
郑执、温凯尔、朱肖影、
王占黑、路内、甄妮、吴纯、
苏方、btr、双雪涛、
黄昱宁、国生、默音、徐畅、
崔博垚、七堇年、魏思孝、
索耳、骆以军、陈雪、
笛安、马伯庸……

* 以来稿次序排序，未包含选择匿名的作者名。对应篇目及出现位置参见书末《“匿名作家计划”参赛人员大公开》。

目录

视野 | *Feature*

访谈 | *Interview*

Contents

* 此版未收录《戒断反应》（匿名作家 021 号）、《附加值》（匿名作家 022 号）、《小东西》（匿名作家 024 号）、《都是人民群众》（匿名作家 026 号）四篇，读者可在腾讯·大家（微信号：ipress）和《鲤》公众号（微信号：newriting200806）上阅读。

Feature

视野

文 | 唐诺

字有大有小·这是字的本来模样

唐诺，台湾作家，被誉为“我们这个时代少有的职业读书人”。
著有《眼前》《重读：在咖啡馆遇见 14 个作家》《尽头》《读者时代》《文字的故事》《阅读的故事》等。目前，唐诺正在写作新书《年纪 阅读 书写》，试图梳理年纪渐长之后，对于写作和阅读所产生的新的认识。
本文出自这本书的手稿。

我常这么想，字有大有小，之所以会这样，是因应着我们复杂的、有大有小的书写需要——就跟任何一种工匠一样，不会只有单一一种size的工具（也许港式鲍鱼之王的杨贯一例外，据悉他永远只用一根小汤匙），它们琳琳琅琅，光摊开来看就非常迷人，愈内行的人愈觉得好看，甚至兴奋，因为他们最能想象出来这各自能做成什么，工具有情，孕藏着种种可能。

文字也得这么看，文字职人，不会只使用一种尺寸的文字。

文字的符号化，使得文字的大小被遮住，但即使这样，我们看卡尔维诺仍这么说，在他稍年轻、仍肯辩论的这篇文章里，《关于〈烟云〉给一位批评者的信》——

> 纸页不是可塑性材料的一个单调的表面，它是木头的一个剖面，在这上面，人们能够跟踪线索是如何走的，在这上面人们打结，在这上面派出一个分支。我相信批评的工作也是——或者也许是首先——看文字中的这些区别：在哪里堆积了更多的劳动，以及在哪里劳动最少。
>
> 现在，在这些写得最多的部分里，有那些我称之为写得小小的东西，因为在写它们时正巧（我是用钢笔写作的）我的字变得非常非常小，字母o和a中间的孔都没了，被写成了两个点；还有我说写得大的部分，因为字变得越来越大，有的o和a的里面竟然能放进一个手指头。
>
> 那些写得小小的部分，我在它的当中倾向于一种动词的浓度，一种描写的细致……然而被写得大的部分恰恰是那些倾向于词语稀少的部分。作为例子有一些非常短的风景，几乎就是些诗行：那是秋天，有些树是金的。

字被他自自然然写得有大有小，卡尔维诺觉得这里面显然不简单，他以为这可能体现着文体的变化问题，也就是说，体现了文学历史里人的认知和思维方式的变化：

总之，轨迹也许是这样的，意大利 20 世纪——诗和散文——的词语稀少的倾向必以某种方式穿过了我所写的东西。在我们所观察的这些小说中，这个倾向与一种对立的因素相伴随和对照，这就是词语的密度。这种倾向有多少？这个遗产意谓着什么？我不知道，但是我觉得这是一个贴切的历史文体问题。

这个，我们从汉字，没彻底符号化、保留了事物的核心形象、更贴近人心的、有温度的文字，则可以看得更清楚——不是从硬被弄成个头大小一致的印刷纸页上，而是从人手的书写里。我们看比方王羲之的《丧乱帖》，或颜真卿的《祭侄文》，或黄庭坚的《闲居赋》，再明显不过了，不是吗？每个字大小参差不同，而且并非是单纯追求美学效果（当然一小部分也是），是自自然然源于内容，或更确切地说，美学是一种恰当的、尽其可能完好的呈现，以之呈现书写者内心的高低轻重疾徐起落、呈现各自在人心中占据的空间大小。

我们可模糊地先归结出一些通则来——诸如，比较重要或说内容含量较多的字总是比较大；又，比较想让人一眼先看到的字总是比较大；以及，表示具体东西的，所谓名词性的字总是比较大，乃至于就是最大的一种，凡此。而这些也可以看成是同一件事。

有点像是商家、百货公司的摆设作业，比较名贵的、想优先诱人买下来的东西总是放在醒目的、任谁都会先看到它的位置，乃至于有所谓的橱窗设计云云，额外的光、额外的搭配衬托，不只要你先看到它，还期待你（或试图影响你、限制你）从最恰当的角度、最正确的思想准备情感准备看着它，拜物教也似的。

有这么个无聊故事，说训练中心的连长要某新兵整队，没想到效果极完美，最英挺最雄壮的兵员都正确置于前排。“你以前当过兵吗？”“不，长官，我是卖水果的。”

所以说，人同此心，各行各业，包含我们这些文字工作者。把字的大小放进历史的时间大河流之中，就恢复成为一个过程，文字的打造（书写、使用）

过程，也正是人认识和思维的前进过程——基本上，字必定是由大而小的，因为这正是人认识世界、认识事物的必然程序和其路径，眼前，我们先看见什么，然后再看见什么，再然后看不见但察觉什么，再然后更幽微地“猜想”什么，最后我们想象以及希望、奢望什么。文字的由大而小变化重叠于、亦步亦趋于这个认识由大而小、由近而远、由有形对象到无形对象的进展。

保有“原初形象”的汉字，自自然然地有大有小。

卡尔维诺所想的历史文体大致是这样——书写的各种文体形式中，诗最古老，直通于文字之始，也就是文字数量较少、每个文字都较新未有种种记忆刻痕（亦即文字的指称较明确绝对，说一是一说二是二较少歧义），以及文字书写较不便利成本较高的时日。这当然原本是一种高度受限制的书写，人其实已经想了、认识了不少（在懂得拿起笔或刀之前，人也许已经活过百万年了），但只能运用极少量的文字来记述。某种意义来说，诗因此“被迫”重现了、乃至于重演了此一认识过程的起点仿佛一个古老遗留的信物，也许正因为如此，诗遂也多沾染上光也似的一层神圣性，大时间的、人直面偌大世界的，直通于宗教或说人惊异于、震颤于第一次看见、第一次面对并第一次投身参与的一种激情。在文字的词性选择上，诗遂也挺大量极不成比例地以名词为主体（最容易的例子仍是这个，“枯藤老树昏鸦／小桥流水人家／古道西风瘦马”），而名词正是最大最厚的字，因为它对应的正是具体的、最占空间的、任谁都会先看见的那些东西。

弗吉尼亚·伍尔夫以她的方式也想过这个大小有别的问题。伍尔夫讲，现代文学书写不断在失去某些东西，或者说只剩下诗还能恰当表达的那些东西，她用的词正是“巨大而简单”，也补充说是某种神圣的、崇高的东西——从另一面来说，也就是明确。不忧不疑，地老天荒，人的情感可被牢牢钉着，放心相信神，放心爱某个人，放心寄情寄心志于某一物某一对象；它里外如一，元亨利贞，没有幽暗的隐藏的流动的什么会让你担惊受怕，不会背叛先你一步掉头走开，甚至它不会比你先死亡消逝云云。人感觉失去，正意味着人企求、怀念他和世界和万物的这种坚实关系及其联系。相对地，散文书写（这里说的散文包括了小说）则是日后文字全面开向生活现场，文字已“几乎”可以覆盖人的全部所有，包含现实里以及人心中的所有隙缝和死角。这非得也使用较小、更小的文字才进得去，如木匠换了工具处理细部，也不得不是朦胧的、误差的、不确定和没有把握的，人的目光遂变得多疑，甚至变得“有点淫荡”（伍尔夫令人印象深刻的用词，大胆但很利很精巧），人屡屡发现自己置身于一个浮动的、还不断变动流逝的世界，回不去或说复原不了已被“污染”且处处裂痕的明确、崇高和神圣。

所以，应该没有人会用小说祭神（用以亵渎倒是很常见），只能用诗；也应该不会以小说求爱，世间只有情诗，没有情小说——在宗教和爱情的神圣王国里（这两者高度重叠，最佳样品是如梦似幻的《圣经 · 雅歌》），怀疑、犹豫、不明确不坚定是首要的不赦之罪，罪莫大焉，如十诫的第一条：当信耶和华为唯一真神。

由此，我们来好好面对这个文字书写问题——一直有一种极有意思的说法，或谆谆劝诫，要求书写只使用名词和动词，形容词能不用就别用，像诱人但有碍健康的东西如甜食，副词则根本是个错误的、不该有的东西如保丽龙，至于子句纯粹是“外国的”，不是中文书写，接近于禁止进口的违禁品、毒品，是一种犯罪行为，凡此。作此呼吁的通常是老练的、秀异的书写者，挟带着令人动容的年资、经历、实战感受感想，以及诚意，也绝对是真的精巧触到了“某物”，但，我以为这仍然是一个迷思。

而人云亦云传到才刚要打开文字世界的人，事情就变得比较糟糕，他们不明所以，很容易把单点的深刻质疑，简单转换为全面的否定——但凡想偷点懒时、想为自己做某种开脱时。

既然明确地提出文字的词性，这里，先记下来波德莱尔（以及德 · 昆西）这番话，我以为是对文字词性最精美的说明之一——波德莱尔说，即使你眼前只是一本摊开来的文字之书，枯燥乏味的语法本身也变成某种类似招魂术的东西（意即语法串起了、唤醒着一整个句子里的每一个字），词语皆披载着血肉之躯复活过来，“名词有了威严的物质实体，形容词成了遮饰名词和赋予名词以色彩的透明外衣，而动词则是动作的天使，是它在推动着句子……”

可惜波德莱尔没有再说更小的副词和连接词（最小的字，汉字书写时几乎只写成半个字大小，或说可想成是文字里的螺丝钉），但他不只说文字的大小有别，而且是以如此美妙、准确、进一步赋予内容和形貌、遂充满启示力量的方式描绘出来——如果形容词真的是这么一件“透明外衣”，赋予穿载它的名词实物以光影以色彩，我们会要粗暴地扔掉它吗？只因为有人外衣穿错了、穿坏了、穿得很恶心？

当然是，波德莱尔记述的是人进入麻醉幻境时“看到”的，这毒树毒果理论也似的让它的证词效果受损乃至于不被采信，但我不以为这是另外的、欺骗的，如波德莱尔一再说这些幻觉“并没有多出来人本来的东西”，这只是人感官的极精致化，让人原本就有的记忆、原来就这样的感受，以一种不可思议的夸大、微形方式呈现出来，我们或可理解为像是通过一具高倍数的显微镜，还附设了可供调快调慢时间进行的特殊装置，让我们的观看对象可以连续性地呈现它们一系列的、一连串的变化模样（即动作），如波德莱尔所说的“复活过来”。是的，我的意思正是，这一切都是本来的、可信的，不必借助犯罪行为的麻醉物协助才可获取，也许损失一点点活灵活现至此的特殊效果，但每一个够好、够专注细腻的书写者和阅读者同样能捕捉到、一再确确实实察觉出类似的东西。

只打算使用名词和动词，这不管我们附带了多少动人的解释，最终仍不免就是自我设限，不只最后的书写成果如此，而是像关掉水龙头也似的一开始就把我们的目光、我们的感受只开向那些够大的东西（而且不打算分解它，分解得动用“小”工具；也不凝视细部，凝视细部得恰当地把其他部分遮饰起来），并逐渐成为一种稍懒的习惯（人性上，懒是高感染性且高自发性的病），一种事事淡漠的人生。若再加上时间，这一设限便成为“退回”，退回去往昔岁月的某一个点，退回去文字工具还不发达不完备以致很多事还不能做、无法想的那时候——我不以为这么做是睿智的，抱歉，甚至我觉得这有意无意地有点傲慢，对不起日后难以数计那些认真“使用／发明”文字（常是同一件事）的人。

临帖写字的人常常只动眼不动手地读帖，这有时是针对性的，人细部地仔细查看某一笔划某一接续转折怎么写乃至于某处运笔的“痕迹”（哦，原来这里米老是这么处理的）；但更多时候，相对于实际临帖时的进入单字笔划、像被吸入到难以截断的书写节奏里面，读帖则是抬头、脱离，是把自己给拉出来、拉远，让视野宽广，面对某一个大书法家的整体，乃至于由此上达字的整体，包括所有的字，包括人写字这件事、人和字的一切可能关系，以及，已无从知晓但依然感觉如此惊心动魄的、人活着活着怎么忽然拿起笔来（或树枝、石头、手指头）那开始的一刻。

类似的，我自己偶尔也会“进入某种状态”地翻看起《辞海》《辞源》一类的大字典（其实我很推荐书写者偶尔这么做），我们所有的字都在这里，它们原件的、备用的、以自身原始完足的样子全躺在这里，构成一个真难以言喻的图像，乃至于一个天国也似的奇妙世界，我们心中或也升起某种宗教的、崇拜的情感；或者说，也许最原初的宗教崇拜便是人看到了、察觉了类似的东西。这比我们熟悉的现实世界多了无尽的记忆和无限的可能，时间也仿佛被驯服下来，不流逝不破坏，这是一次的、几乎同一张画面的全景呈现，天堂不就正是这样、这个意思吗？天堂不遗漏地包含着无数的过去和无数的未来，这是博尔赫斯的定义。这一刻，我也很知道博尔赫斯诗里为什么说一本静静躺着的书又同时饱蓄着风雷。

多年以前我也尝试说清这个（应该是在《尽头》一书里），造字的整体结果仿佛一个神迹，但字其实是一个一个分别造的、写的、理解的，不同的人，不同的时间地点和临场，现实，针对，费思量。那一刻又一刻，人究竟在想着什么？想讲什么？心里的真正完整思维和画面是何种状态？——一个一个字去想象它怎么造出、怎么一次一次使用（用字不断发掘它新的可能，是完整造字的连续性阶段，是造字深刻化稠密化的重大一环，造字永远不完成），这是无望解答的但非常有意思。人造之物当然不完美不尽理想，字有大有小、有美有丑、有饱满有枯瘦、有机敏有笨拙，不论如何，试图用点状的、断续的字来描绘人心中稠密的、连续的思维绝不可能圆满无憾，严格来说总是“失败”的，事实上，我们也很难一一说清楚，这究竟是字这个东西失败（柏拉图和中国禅学皆有此倾向）、某一部分字失败（所以主张形容、副词皆当消灭如销毁不良品）、抑或使用者自己失败。我们能做的，只是竭尽所有、所能。

唯如果我们胸怀宽广地知道“失败”是这个意思、这么回事、有这样的内容，我们便不至于贸贸然只归罪其一，做出某个还是太快速找替罪羔羊式的单薄主张，尽管这样看起来确实很帅，很利落，很聪明夺目，还语重心长。

我们说过，这些够好的书写者对某一部分字、对形容词和副词的高度不信任甚至要求废弃，是有极大数量凭据的（但极大数量不等于充分），的确有太多因此写坏的作品和养成坏习惯的书写者没错，让我们警觉此处有陷阱存在。像台湾现在便“瘟疫”（卡尔维诺用语）般流行一种虚张声势、已虚张到造假程度的书写，整本小说没超过两句真正想说的话，也不想下去，只是把文字当色块来丢，文字脏兮兮全混一起糊一片，书写者还自以为这是进步的、大书写者如博尔赫斯、卡尔维诺都不会不敢的最顶级书写技艺（怎么办？还真的厚颜如此公开宣称）。乱世用重典，如果当下一口气没忍住，我也会主张直接废弃，岂止形容词、副词，干脆就禁用文字禁止书写吧。

其实，主张废弃，是更深向地触到了某些很根本的东西，这意思是，并非真的只针对形容词、副词而来，至少不会停止于此。最终（或最深处），如两千年前的柏拉图（可见源远流长），仍是文字和表述对象永远无法完全叠合为一的根本问题、文字的不完美问题。我想，只是形容词、副词的相对较高失败率给了这个难题一个较特别的警觉，一个想它的特殊方式或说途径。

我试着来说说看，大致上是，形容词和副词的失败，最凸现的不良后果便是“过度强调”，而形容词和副词之所以是较容易失败的字（材料、工具），因为它们本来就是较“小”的，负责处理精密性的细部工作，且动用到视觉之外更多复杂的、并需要“练习”的感官，准确度的要求十分灵敏苛刻，不良率升高遂无可避免；还有，形容词和副词的加挂让文字变长变重，势必会拖慢文字的前进速度，多一条罪——文字是快是慢本来并没关系也不涉内容好坏，但卡尔维诺说得很对，人对速度有一种难以说清的、执迷的、像是与生俱来的向往，快总是能让人轻松、欢乐而且认定这比较聪明，天才只能是快的云云。也许，更是因为人还意识到我们是活在一个移动的、稍纵即逝的、得时时跟上它的世界，慢是落后、不知死活。

副词之所以比形容词更不堪更该死，极可能因为它正是“形容动词的形容词”——它瞄准的是更难打中的移动活靶；而且，用波德莱尔的话是，它拉扯的、拖慢的正是那个负责“推动着句子的天使”。

“过度强调”，这果然如此地把书写者内心的某个惴惴不安摊现开来，有一种噩梦成真之感——选择最难。而如博尔赫斯讲的，书写就是选择，是强调和忽略的不断交换，肥了樱桃瘦了芭蕉，强调的另一面当然就是舍弃，你写这个，不写那个，凝视这里，其余的就逸出眼角余光之外消失了。所有的书写都逼迫着我们（暂时）放弃整体搁置整体，愈细腻距离愈远，愈深入舍弃愈多，高倍数望远镜显微镜都是根管子，以管窥天窥物。这些，书写者自己心知肚明。

过度强调，其另一面便是过度舍弃。

书写的持续前进，于是时时有“断桥”的风险，所以卡尔维诺这个讲究平衡的天秤座人说书写时得不断在这两端玩折返跑，每当感觉自己就要掉进到极细的一端如坠落深渊，便赶快冲向整体这边来，忙得，累得。这事没完美解决的方法，这就是书写本身，书写梦魇似的本质。我们还能做的，便是努力在心中保有一个整体图像，不被文字催眠，清醒地、谨慎地、精确地选择文字（书写会变得较难、较累，也较受约束），让文字可以“透明”，让文字灵动不固化不沾黏，每次使用都不理所当然，都知道我们还有一堆文字可挑拣（有书为证，如《辞海》《辞源》），都保有临即感和现场感，都重新选择一次，让文字有某种一触即收、即退回之感。事实上，这本来就是文字和事物、和世界的正确关系，我几乎要说是唯一一种关系，文字只能指示（伸手去指），它和事物的真正接触就只是这一个点，空间的，更是时间的，变动不居的时间会又旋即把它们分开，刻舟求剑。文字根本上只能是隐喻（包含名词其实都是），如轻纱引风，它不占领事物本身；文字也只是火花，能燃起来的还是我们心里本来就有的东西，如果我们有的话。

书写者为自己担忧，负责任的话他还更担心读书的人能否察觉他暂时性的舍弃，因为所谓暂时性的舍弃只限于作品的此次舍弃而已，他仍藏放于自己心中，这次（受限于作品形式和叙述方式）没法讲出来。

当然，还有更多是文字总是抵达不了的，文字的表述不完整等于事物本身，这是唯名论的迷途。

这样吧，我们改用隐喻这个词来替换（说明）形容词和副词的使用会不会好一些、不敌视一些？不至于要我们连隐喻都禁用吧？隐喻这词给了我们一种无形的、不固着不沾黏的轻触之感，也漂亮如波光粼粼，有着光晕般的延展性和想象力，更接近波德莱尔讲的那件“透明外衣”——形容（不管形容实物或动作）当然就是比喻，要不然它还能是什么？

两千多年前的孟子曾被人挖坑设陷地要求他放弃用比喻说话，这大概是历史上（起码中国历史）最早一次的弃绝形容词、副词主张，尽管只是因为当时有人妒恨他的能言善辩滔滔不绝，关水龙头也似的。孟子说这是不可能的啊，这是唯一可进一步说明事物、让人的已知可扩大到未知、搭桥让人进入陌生世界的办法；孟子（还是比喻地）讲，只说弓是弓谁听得懂呢？已经知道弓的人没有因此多懂，没见过弓的人永远不懂，这样不是傲慢是什么？

对主张弃绝形容词和副词的人，有一点我衷心赞同而且很欣赏，那就是——文字的确不可尽信，宠不得也溺不得，它海妖般会媚惑、带走书写者，你得防它、恨它，只是不要怀疑到、恨到赶走它，这样就又太懦弱了，一种外厉内荏。

以下，我借用托克维尔这几句话试着演练一下。这出自于他《论美国的民主》

一书，较难读但更深沉精彩、每处见解几乎一一成为日后历史预言的下卷，可怕的历史洞见能力——“我认为我在任何时候都是爱自由的，而在我们这个时代，我甚至想崇拜它。”

这段话显然可以寥寥几个字、只留一动词一名词地快速说完，我猜很多人也以为太绕、太啰唆了（就像张大春对我文章的固定感想和收尾词，你太啰唆了），应该把形容词、副词连同一堆枝枝叶叶全砍光，让主干显露出来——“我爱自由。”

四个字（原文甚至只三个字），但托克维尔为什么这么煞费唇舌呢？托克维尔不是文学家，起码没有文学自觉、习惯和想象，而在他身处的那样一个风起云涌乃至生死攸关的特殊年代（法国大革命、美国独立建国……），他显然是个急于直言而且尽可能把话说简单好让更多人听得懂、相信的人（尽管他太非比寻常的洞察力、他走得太快太远的思维，往往让此事变得不可能），因此，较正确的解释是，这就是托克维尔认为最简单、实在不可能再简单的说法，否则意思就不对了、跳掉了。

托克维尔想着什么、忧烦着什么呢？我猜是——“自由、平等、博爱”，这是法国大革命的三大动人诉求，如法兰西共和国均分均等的红蓝白三色国旗，但托克维尔（提前）知道，这其实是三个不同的目标，它们只在最初始而且极短暂如稍纵即逝的时刻能这样盟友般并列，并肩作战，很快地，它们必将切线飞出也似的分离，有各自的路途、行为、限制条件和历史破坏力；而且，作为三尊大神，它们势必会彼此争吵甚至直接打起来，尤其是各自锋芒太露的自由和平等这两个。

以下我们只能简单说（届临意思走样边缘的简单）。纯就历史走向来判断，托克维尔毫不保留押平等，认为平等的走势将最快、最生猛，直接单一胜出成为主神乃至于最终判准，并直接侵入、瓦解、一步步吞噬掉自由；而且，这关乎、深植于普遍人心之中，遂有着无可阻挡而且源源而来不耗竭的历史推进力量，包含着妒恨、仇恨这样暴力攻击的力量。这里，我们跳过托克维尔小心翼翼的推演查证，直接说出他的结论：托克维尔以为，平等浅而显，是一般人可快速察知好处并享用的好东西，其成果立即而明白，实践起来也容易（和人的自私心有极大比例贴合，不勉强），它还让人大量聚合一起，那些一直被欺负被侮辱被忽视如不存在的人们，安慰人心并汇集力量，包括那种最简易的道德力量；自由则幽而远，除了乍乍而来的过瘾解放感受，自由的好处在远端，在遥遥未来，而且并不确定并不保证，当下，更多时候自由对一般人较接近折磨，它给人的感觉是无序、困惑和危险，人宛如迷失于其中，还把人分开来，人孤零零的，却又事事要自己负责（从想、到做、到后果承担），以至人会想逃离它，交出它来换取庇护，换取同伴和安全。这个“逃避自由”现象日后不断被各国各社会历史证实为真，也是大心理学者 E. 弗洛姆最重要一部著作的书名。

一般人以为自由有着种种暴力倾向，但托克维尔在平等里头察觉出更多更大的暴力（这点实在太厉害了）；或更正确地说，自由的脱序型暴力是个体的、个别的，往往骚扰远大于实质的破坏，更多时候其实只是人看它不顺眼（或稍加一点妒忌）而已，平等的暴力则是集体的、民粹的，这才是铺天盖地人类社会承受不起的。托克维尔的《论美国的民主》下卷几乎是以此种平等末端的新极权政治／社会形式为结论，呼应着小密尔集体暴力统治的相似忧虑（小密尔说，一千个人统治一个人，是比一个人统治一千人更坏、更难以遁逃且残酷的专制迫害形式），这两位相隔着英伦海峡的先知人物，语调同样冷静偏冷漠，他们也忧虑得太超前世人了，150 年，在经历了纳粹等世纪灾难之后，汉娜·阿伦特才在此一历史废墟之上悲伤地写成她《极权主义的起源》一书，而这已经是整整 150 年后的事了。

在此一终极的集体暴力到来之前（可能不至于发生，或说不完全地发生），平等先一步会把社会拖入一种状态，这则是铁定发生的，那就是平庸，也就是小密尔讲的沉睡，所有人像是睡着了——整个世界的程度陡然下荡一大阶，人的品质尤其如此，人变得很难看（其表情、其行为举止、其不遮不修的赤裸裸贪欲……），所有人类曾有过最尖端的美好东西一个一个从人手中流掉，还一个一个变得可笑（人用不屑来掩饰自己的懒和弱）。这种仿佛被抢走的得而复失，好不容易成为可能的重又退回成不可能，很令人难受也感觉很愚蠢，但真正让人沮丧的也许还不是这些，平庸是个森严的铁笼，以无知加上相当程度的妒恨铸成（也因此始终掺着、预备着集体暴力），它想把所有人拉回来和自己一样，不可以不一样，不放人自由，尤其那些个体的、其实于谁都无害的、只孤独探勘远方本来可让人类世界扩大并得益的必要自由。“他们说我疯了，我说他们才都疯了，妈的，结果他们人比较多……”，这段生动无匹的话我引述过一次，出自于昔日法国的一位年轻画家之口，此人最后果不其然被送进了精神病院。

托克维尔（以及小密尔）对自由的热爱和期待，日后，人们也审慎地指出来它的风险，代表性的说法是英国下一代自由主义大师以赛亚·柏林的“积极自由”，同样把人自由的过度积极实践要求，联结于欧陆政治变革，以及纳粹的灾难历史，所以柏林小心翼翼把自由限制于个体，即所谓的“消极自由”，人绝对不可以交出、不允许被侵入的最后私人空间云云——这是有据的、负责的。但这么说，把自由和集体联系起来还是很奇怪，几乎是悖论。现实里，被纳入到集体性的（泛）政治领域里的，其实不是自由本身，或最多只是某种暂时性、策略性的手段，只有在为自由呼吁请命的此一特殊时刻、特殊行动（如寻求立法保护），自由才和集体短暂地搭上线。用白话来说，“所有人都该得到自由”这堂皇的话，真正的意思是每一个人都分别领回、各自保有属于他一己的空间，就此回归个人，而不是要求所有人从此得“自由地”绑在一起做同一件事；自由（在个体里）的成果或无可限量，然而再怎么美好的成果都只能带着无比宽容之心来说服人，不能拿来压迫人，更不可以说人不积极实践、不长成这样美好的样子就不配称之为人，很多革命团体犯这种残忍的错，而这所谓的最终成果根本还只是空中楼阁，还只是某个人、某些个人的想望和推论而已。

说到底，柏林式的现实忧虑，真正出事的其实不是自由，而是“集体”，也就是托克维尔所说平等所召唤起来的那一无可阻止的力量，我们极有必要在集体和个体之间更用力更深隽地画一条线。

大致如此。

当我们只留一名词一动词地改成“我爱自由”，这像是讲一个真理，真理到仿佛什么都没说，就连“我”都不必是真的我，没时间没空间，是任何人；但我们再耐心读一次托克维尔：“我认为我在任何时候都是爱自由的，而在我们这个时代，我甚至想崇拜它。”——这里面满满是讯息，而其实中文译出也就多26个字和两个逗点而已，自许是读者，我们会连多读26个字的耐心和细心都没有吗?

“我认为”——这番话以自省开头，这是把事情好好从头想过的审慎语调。托克维尔知道，他和一般人对自由的热爱程度和价值体认并不一致，这刚开始像是可忽略的程度微差，但随着世界进展，尤其来到某个考验和抉择时刻、诸神冲突时刻（一定会来的），这不一致可能就是鸿沟了，让人分离甚至彼此仇视对抗。

“在任何时刻”——这有预言和警示的成分，事情不会一直顺风顺水，我们得有所准备才行。尤其自由这种东西，它必将遭逢种种艰困的处境，这躲不掉，因为人性的缘故;也可以说，人们并不像他以为的、或人云亦云的那么喜爱自由、乐于自由。托克维尔仿佛看着所有此时此刻为自由请命拼命的人，心知肚明有多少人会在下一刻嫌恶地抛开它。

“而在我们这个时代”——然后，托克维尔把目光拉回到当下，他做了个历史判断，18世纪末当时，整个眼前世界沸腾开来，自由的进展看来才方兴未艾，但对托克维尔而言，这一切如此明白几乎已成定局了，人爱自由但茫然，人更爱平等而且知道怎么爱它、完成它，历史的此消彼长其实已经开始了。

“我甚至想崇拜它”——对性格偏清冷、字词偏低调的托克维尔，这么说话是极其不寻常。这当然就是誓词，还有点和世人对抗的味道：我把自己连同所有的信用都押上去；或平和点说，我永远把自由置放于价值首位，不管世界将变成何种模样。且这很显然不是初次宣告的语调，而是再再重申；不是在自己欢快披靡时刻讲的，而是充分意识着自由的脆弱、（提前）站在忧患处境之上的一个庄严承诺，我不离不弃。

于是，这个“我”，才是真人的我，不像“我爱自由”的我只是一个代称，只因为文句需要有个主词，没人心温度，没认识刻度，没空间差异和沾惹，没时间浸蚀变化——这个我就是托克维尔本人，丰盈地包含了他的存在、经历、理解、判断和期待；却也是托克维尔认为人面对自由的应然模样，他当然期待能说动我们，让这个“我”也是“我们大家”，也许得这样才护卫得住他以为人间不可或缺的自由，但我们不听从也无妨，我们不听从可能才是“正常”的。

人自身就是不安的、浮动的、进进退退的，尽管我们喜欢和任何对象保持一种明确不渝的关系，但这通常只适用于我们已不在意了、已远离、如封存于记忆琥珀角落里的东西（比方从此再没见过也不知所终的小学一年级导师），愈是重要、愈长期相处如携带着的东西愈一言难尽，它必定和人发展出千丝万缕的种种联系，并随时间和现实世界的牵引不断增减起伏，只用一个字、一个粗大的名词是没办法正确表述的。

文字的表述因此有着“刻度”的细腻要求，好随时跟上我们的眼睛，我们的脑子和情感，也唯有如此，文字才真正为我们所用，不会一整个异化、固化，变成某种身外之物如柏拉图所指责的“栩栩如生的假东西”。

《圣经·创世纪》里说上帝把亚当带到世界万物面前，由他来一一命名（亦即先都是名词），好让人和世界、和万物很快取得一种秩序，一个让人可以安心的稳定关系——人类的这一趟认识历史之路似乎是这样走的没错，大致依循一个“模式”，即“农夫／行商”（本雅明）的消长和交换，而这也正是人基本生活形态的进展模式。人总是先整个地、粗略地、穷尽地掌握世界，这其实比一般以为的要容易完成，相当快地，世界再没有秘境，没有新颖夺目的异物，远方也所剩不多只是些不毛之地；人的认识进展由此折返，认识的要求转向细致和稠密，以逼近的、并各种光影时刻各个角度地重新凝视已发现、已命名的事物，还尝试不断分解它打开它，不满足于只是表层的视觉印象，更多时候，认识是填补空白，是在孤岛般悬浮着的已知事物之间找寻联系，以及彼此的种种牵引推斥；也就是说，认识的对象已不再是发现新事物，而是找寻、组织、确认事物的关系网路。

个人的认识之路也重演着这一历史——固然，太短的人寿让人无法恣意穷尽世界，个人的折返来自于人对自己生命可用时间的警觉。人到中年，或欧洲人曾试图较精确计算的所谓“生命正中一点”（当时设定为 35 岁），感觉时间已不够，人通常会减缓对新奇事物的追逐，认识逐步增加反省、整理的成分，大致如此。

文字回应着、追随着人的这一认识要求——文字当然不凭空发生，它因人的认识而生、而变化，这是它的任务。因此，文字的发明和使用，同样亦步亦趋地先大后小，由外而内，由视觉而内省，由指称事物转向确认关系，由描述人日常生活经验转向“人思想上经验着的东西”（列维 - 斯特劳斯）。从数量上说，文字得大量增加，从品类上看，文字得更多样、多功能、多分工才行，亦即，文字大致上是这样出现和使用的，由名词而动词、而形容词副词、而接系词、而难以言喻只记录感叹声音的虚字虚词（最容易失败恶心、该节制到无可节制才行的一种字词）。

三十年前我们都还年轻时，我聪明早慧的老朋友詹宏志曾说，他只写他已弄得一清二楚的东西；宏志还补了这一句，我有个牛脾气，我非弄懂不可。当时宏志的文章的确明朗到像一道光——年轻时我们都有大致如此的豪气，既严格要求自己又无比自信。但多年之后，我们逐渐发现能完全弄得一清二楚的东西并不多，首先，疑问繁殖的速度就远快于理解，疑问更不挑生长地点，丰饶之地贫瘠之地都野草般冒出来、不像理解是如此精致柔弱、各种条件都得到齐的作物；更经常的是，很多年轻时日以为已确知归档了的东西，在时间里在经验中逐渐展露出它的其他面向，重新生出种种疑问，也变得不再容易讲清楚了。

更确切地说，我们的理解很少“完整”，我们只是局部地、程度地知道而已，即使是每天操持的事物（如书籍），最接近的人（如父母、妻子、儿女）。投票选总统，除非热狂到已无法用脑，应该没有任一个人百分百赞同甲候选人、百分百反对乙候选人云云，这是我们生而为人的生命真相。无可避免地，我们的书写若持续下去，必然愈开向疑问，处理那些（自知）理解并不完整的东西，也得不断尝试性地、有限地、有刻度地讲话，不敢给人那种永恒的、没但书没保留的过度承诺。

你当学会远离那些轻诺的人，年轻时日很容易误会为是慷慨是豪情。

你需要所有的字所有的词（但恰当选用）。只留名词和动词，文字的表述总是严重倾向于绝对、完整，像真理，像神谕，太快速穿过得小心翼翼才行、乃至于无可逾越的各种时间、空间界线，适用于生命处境几乎无一交集的各式人等，仿佛人类的漫长历史，是同一天、所有人是同一个人。这会是一种太“满”的文字，难以保留疑问，难以正确地表达刻度，难以携带着人心里的温度，难以放进去个人的价值信念和抉选，最终，是具体的人完全无法加入包括书写者自己。这会是危险的，过度承诺的危险，书写同此容易走上截然的两条路，两条都不太好，一是不负责地就让它危险，把读者化为信众，二是负责任地退怯，只敢讲那些没棱角没裂痕、平稳到就只是平庸的话语。

最无法确知、最处处是疑问、最得商量程度的说话，我想，正是当下现实世界，因为我们知道它最多，也因为它未完成，更因为我们是整个人和它相处敏感得不得了。还有，就是文字语言和人行为行动距离最近，即知几乎可以即行，弄错三千年前牛骨上的某一个讯息和弄错当下某一讯息，其风险是截然不同的，更正它挽回它的可能性也完全不同。

而书写的真正位置连同它的所有意义可能就是当下，不在这里还会在哪里呢？就像博尔赫斯讲的（可能有人质疑他的思维和书写跑太远），我当然就是阿根廷的当代作家，这既不必强调证明也无从拒绝抵赖——尽管有时候我们的思维像是飞得很远，话题拉得很开，书写者本人也像是背向着、远离着当下如博尔赫斯也说他会想自己是 18 世纪之前的英国人（这是他大量阅读、浸泡于早年英国诗歌文学时说的，彼时他双眼已盲，迷醉于那铿锵作响的诗行，喜欢那些没有任一句丧失勇气的话语），但根本地来说，这是寻求一个更宽广的视野、寻求理解所必要的比较和补充，（暂时）站到外于当下也外于自己的观看位置，此外，就是偷取和携回，把远方的珍稀东西弄回来，“安有斯人不作贼／小不为霸大不王”，这些，最终蜿蜿蜒蜒地全归于当下、注入到当下。

我们说，书写在每个时代每处地点都发生，算是持续而且稠密，很容易感觉已被前人写完了，我的书写究竟有什么不同、有何必要、有何独特性可言？这是每一个像回事的书写者迟早会要自问的，也不止一次地问，这个难题若有稍可安心的答复，那必定是——因为我在此时此地，赫拉克利特之河意义的。我的此时此地必定有某一些不重复不回返、也不全然重叠于其他书写者的成分，无法全然地用卡夫卡、乔伊斯、普鲁斯特云云的书写来替代、来代为回答。这最终模糊地合为某个当下的神秘性，即使在那些思维、心志殊少神秘成分的书写者身上，我们仍可隐晦不定地察觉出这个：时间中、空间里，我为什么独独生在这一刻、这一地、这个家庭、由眼前这些人围拥着？让我独独知觉到它们而非其他是为着什么？要我发现什么？我的闯入我的观看和知觉像根小蜡烛般照亮大时间长夜的这一瞬这一角落究竟是不是一个安排？

你看，一样的，自许和自大只一线的、刻度性的微差之隔，但两者多不相同，也真的不容易说清楚。

也许每个书写者有他不同的主张，我自己想留在当下，和我的此时此地相处，我不想绑着双手般只使用名词和动词。

文 | 张定浩

作家中的作家

张定浩，批评家、诗人，现供职于《上海文化》杂志。
出版有文论集《既见君子：过去时代的诗与人》《批评的准备》《爱欲与哀矜》《一种真实》《取瑟而歌：如何理解新诗》《竭尽全力的轻盈》，诗集《我喜爱一切不彻底的事物》等。

奥登曾经在《染匠之手》中特别残酷地写道："在我们的时代，如果一个年轻人毫无各方面的天赋，他很可能会梦想去写作。"

这或许同样也是如今我们这里大学创意写作专业和各种写作课忽然兴盛的原因之一。很多人希望通过考试和课堂来获得写作的能力，就像希望通过各种付费的方式来获取知识一样。

而每一位梦想成为作家的年轻人，都应该先把弗兰纳里·奥康纳的那篇针对创意写作的演讲《小说的本质和目的》（钱佳楠译）找来读一读，那里面的每一句话都是对的，其中有一段话最为振聋发聩：

> 没有任何现成的技巧留给写作的人，所有的找寻和运用都是徒劳。如果你去一所提供写作课的高校念书，那些课程不应该教你如何去写，而是应当教你知晓文辞的可能和局限，并且教会你尊重这些可能和局限。一件所有作家都必须终身面对的事情——无论他写了多久，写得有多好——是他永远都在学习如何写作。一旦作家"学会写作"，一旦他知道他将会摸索出一条他早就熟悉的路径，或者更糟糕，他学会制造鬼话连篇的美文，那他的生涯也就此终结。

奥康纳希望旨在传授真理的大学能够把更多不在乎写作本身而只在乎通过写作谋求名利的所谓作家扼杀在摇篮里，但显然如今的大学有点不乐意如此，但令人欣喜的是，如今，有众多商业公司正在帮助完成这样的扼杀。新世纪以来，许许多多看似颇有天赋的写作者，纷纷投身于影视编剧和广告文案领域，他们希望在通过写字赚钱之后再回头重新写他们梦想中的小说或诗歌。不出意料的是，像坠入忘川一样，他们中间没有一个人可以回来。

再看看那些电商大数据统计出来的文学图书畅销排行榜，看着那些极其愚蠢的书始终赫然前列，喂养大众始终嗷嗷待哺的可怜心智。一个即便没有天赋的年轻人，也应当有自尊地意识到单单成为一个作家是多么无趣的事，然而有趣的事情依然存在，那就是，如何成为一个作家中的作家。

这意味着你写下的文字在主动挑选和创造属于它的读者，同时，还堪为其他写作者暗自追摹和相互传阅的典范。这也意味着你要遵循一条最本质也是最经得起时间检验的写作原则，即抛开一切得失和名利心，认真写好每一个句子，平等对待每一个语素，让每一个句子都坚实有力，充满弹性和韧性，从一个句子生长出另外一句，从一个段落生长出另外一段，让每一个句子每一个段落既是结束也是开始。

这也意味着要准确地知道自己使用的每一个词在此刻代表什么，反复检验它，聆听它和其他词在组合中发出的声响，在每写完数百字乃至数千字之后用卡佛的句型反复拷问自己，当我谈论这些事物的时候我在谈论些什么？

进而，成为一个作家中的作家，就意味着一直面对晚年塞林格曾经提出的“临终三问”：你写时确实全神贯注了吗？你是写到呕心沥血了吗？以及，你写下的，是你作为一个读者最想读的东西吗？

要毫不留情地做减法。做减法不是为了藏拙，不是为了遮掩缺陷，而是为了更彻底地暴露缺陷，像脆弱的鸟窝暴露在冬日光秃秃的枝梢，等待着从这被严厉认清的缺陷中缓缓生长出一个独特而未知的自我，像是挺过寒冬的雏鸟随着春天的新绿振翅而起。

每个作家中的作家，既被其他作家所热爱，同时也一定有自己持续或断续热爱的作家。因此，作家中的作家，就意味着，作家中的作家中的作家中的作家……这是一个向着两头都无限延展并借此将时空重新加以整合的递归序列，一个以复活为己任的文学共和国。成为作家中的作家，就意味着要去发现、投身那个属于自己的序列，或者是创造出一个新序列，如卡夫卡创造他的先驱（博尔赫斯语）。

因此，写作就意味着不懈的阅读，阅读就意味着无尽的自我教育，而这种自我教育为了不至于走向偏执和迷狂，实则又需要写作这项实践行为的冷静检验。

因此，在阅读经典作家之外，仍需要阅读同时代的作家；而在留心现代思想资源的同时，还要辨识这些现代思想资源背后的古典脉络。但无论阅读什么，都不是为了模仿，而是为了认出自己的位置。模仿远远超出自己能力的经典作家，是一种自我毁灭；模仿流行一时的在世作家，则是自甘堕落。写作《都柏林人》前后的乔伊斯，在书信中没完没了地大肆臧否其他作家，这臧否的前提是深入阅读，其结果是前所未有的独创性。

在这个自媒体高度发达的时代，不太可能有天才被埋没。所以，假如你还没有被认可，不要怪罪时代或他人，你不被认可只有一种原因，就是你还不够好。但不要害怕失败，要害怕成功。如今很少有作家能不被一时的成功（文学奖或畅销榜）所毁灭，那些从成功中幸存下来的写作者，就是作家中的作家。

文 | 双雪涛

第一课

双雪涛，小说家，出版有长篇小说《聋哑时代》《天吾手记》《翅鬼》，短篇小说集《飞行家》《平原上的摩西》等。
2018 年年底，双雪涛受《人物》杂志邀请，开设音频讲座《没有经过传统训练的人如何成为小说家》，
本文为讲座手稿的开篇。

大家好，我是双雪涛，今天是小说课的第一节，这个小说课可能要持续十一节，不是系统的教程，只能算是分门别类的分享。我一向反对技术化地思考小说，谈论小说，因为在我们这个时代，技术的统治地位已经形成，小说这个东西在根本属性上是反对任何形式的统治的，所以我的课不能称为标准的课，只是拿来主义地使用了“课”这个词，其根本还是一些经验和随想。所谓开宗明义，那简单来说就是写作当然有一些方法，但是最重要的是自由，自由的心灵才能诞生好的小说，我希望我讲的东西能激发听者一些写小说的兴趣，或者一些追求自由写作的企图，我就很荣幸了。

下面我想跟大家说说小说这个文体，以及小说的阅读。写小说是一种自觉行为，是主动从事的艺术工作，所以对这个文体要有一定的认识。许多写小说的人可能从来没有考虑过小说是一种什么样的文体，不知道也没关系，也可以写小说。可如果你首先了解了小说是什么，可能这个自觉性会高一些，摆弄小说时会愉悦一些。

小说作为一种艺术载体，这个载体现在被我们基本上接受了，但最初小说在中国只是文化里的一个支脉，很小的一个支脉，比如唐传奇，明清的笔记小说，包括我们章回体的长篇小说，虽然影响很大，但是整体还不算是中国文人创作的主流。中国文学的主体还是文史，比如《史记》、诗歌这些文学资源。

小说这个文体可以说是人家老外发明的。比如福楼拜知道自己写的是小说，那曹雪芹觉得自己写的是什么，写唐传奇的人觉得自己写的是什么？这个问题一定会有答案，因为写作者应该清楚自己在写什么。不过那时虽然已经具备了虚构文学的形态，但是没有一个特别准确的词汇，比如传奇就会被理解为大家传说的某种奇妙的东西，口口相传的，奇特的东西，章回体的一些东西有的时候是从说书人开始的，或者是多代人累积完成的。

文体观在西方发展得比较成熟，西方作家们对文体的自觉可能都会和中国的不一样。如果要去写一个小说，一方面要了解我们本国的虚构资源，另一方面去了解西方的优秀小说作品是必不可少的。

我以前特别爱读先锋文学，爱读余华，他们受到西方很深的影响，我从他们那里间接地了解了这个文体。大概知道了什么叫小说，什么叫叙述，什么叫讲故事，什么是用小说讲故事，我看余华有时候就觉得，写小说能这么写啊，好的小说是这样的色泽，特别有意思，有诱惑力。

刚开始写小说的时候，我觉得余华肯定对我有影响，他对叙述的认识，包括他叙述的腔调。但后来当自己开始去追求自己比较习惯的语言的时候，那个影响看着就不明显了。不过，阅读余华对我最大的影响，应该是会让我有一种想写小说的冲动，看他的一些文论和随笔，比如《我能否相信自己》，当时我就特别特别想写小说，产生了这种创作的冲动，这是一种特别内在的声音，是一个先行者通过自己的内在启发了你的内在。

我在这里先来跟大家探讨小说这个文体，并不是说要真的总结小说的定义，看得多了其实大家自然就有模糊的感知，你会有“知道这就是小说”的感受，它也许不能被说出，只能被感受，你要是真的去定义它，肯定就变得特别傻。定义任何艺术门类都显得特别傻，但是你又应该是知道的，这就是一种辩证的自觉。

对于想要从事写作的人，我的第一个建议就是阅读。如果你是一个想要写作的人，不阅读的话，那你就从这个领域里被开除了。但现在的书太多了，种类繁杂，浩如烟海，还是要读一些真正能够让你变得不一样的书。

我特别喜欢看《水浒传》。它写人写得特别好，你会感觉到作者写人是有激情的，对人充满兴趣。是一个酣畅淋漓，很有元气的小说。有人说《水浒传》特别适合夏天读，是有道理的，整个小说是一种勃发的状态。它包含了很多中国人自己的智慧在里面，也包含了中国民间的人情世故的复杂。比起《红楼梦》《三国演义》和《西游记》，我会认为《水浒传》更日常一些，跟中国人的普通生活更接近。

比如武大郎是个卖炊饼的，在《西游记》和《三国演义》里很难见到一个卖烧饼的一个人，是吧。再比如说林冲作为一个普通人受到的煎熬，比如媳妇儿被人觊觎，又给他栽赃，这其实是特别普通人的，中国人的，个人化的境遇。

《水浒传》把林冲当作一个很重要的人来写，这个人承载了中国很多中年男女的困境。林冲这个人很像我们中国的中年男人，现实中遇到问题的时候——无论是权力还是世界对他的挤压，他其实最开始选择的是忍耐，他忍呐忍呐忍呐忍呐，被诬陷，被流放，他其实还是忍下来了嘛，直到最后对方要赶尽杀绝，他才动手反击。所以我觉得林冲这个人物是《水浒传》里比较特殊的一个，就是他身上的那种热血和侠的东西少一些，那种半人半神的东西少一些，他更多的其实是那种隐忍、无奈、卑微。

虽然一身本领，他杀了人之后上梁山，上梁山之后也还是被梁山当时那个白衣秀才王伦压制，他顺位排在很往后，后来晁盖吴用上梁山之后，他才跟晁盖一起去把原来第一把交椅给杀掉了，相当于政变了，不过这个过程中他也是一个棋子，又被晁盖一伙利用了。

林冲确实是一个充满着犹豫，充满着艰难选择的人，一身本领，但是又有点谨小慎微的那种人，所以我觉得无论《水浒传》的作者是谁，他把林冲这个人物塑造得很好，不扁，是圆的。他个人的选择很少，一直被命运推着走嘛。我觉得这才是写一个人物有意思的地方，包括杨志卖刀，青面兽杨志其实和豹子头林冲有相似的地方，也是一点点被逼上梁山，也是一身本领。但是不一样的在于，杨志首先是个人的发展问题，在某某帐下也充过武将，但林冲还包含着一个家庭问题，受到了权力的一个直接侵犯，媳妇儿被人权贵看上了，才有了他的劫难。

所以当我们看林冲这个人物时，你必须看到他是更复杂、更综合性的，包括事业的发展，包括家庭的团结，都彻底给他破坏掉了，但在这过程里他还是没有做出一个特别主动的选择，林冲的很多选择都是比较被动的，包括他在野猪林里，如果没有鲁智深救他，他就死掉了，或者“风雪山神庙”里，如果不是恰巧那天他住的那个地方被雪压倒了，他就死在里面了，他一直是被推动的这么个角色。

有点像宋江的另一面，宋江本身也是一个能不上梁山就不上梁山的人，金圣叹对《水浒传》的观察是，作者对宋江明褒实贬。就是看起来好像说他仁义道德，其实内心还是挺利用别人，挺奸诈，挺权术的一个人，但是从表面看宋江也是一步一步地被步步紧逼，才上了梁山。

当然所谓被逼上梁山，很多《水浒传》里面这些英雄好汉都是被逼上梁山的，但是宋江整个人的野心和他对自己的谋划，和林冲还是不一样的，宋江总有点想曲线救国，救自己的意思，林冲主要是想着自己的那些境遇，没有那么长远。但是林冲这个部分，作者写得最真实、最曲折，有几个段落也是非常的经典，比如“误入白虎堂”，比如“风雪山神庙”。

当然，这也不是说在塑造小说人物的时候，用命运去推动人物就一定比让这个人主动做选择更好，我自己小说里好多人在做选择，做决定，每个人看待世界的方式不一样。《水浒传》里也有更加主动的人物在，比如武松，他的故事就充满了个人选择，充满了激进的行为方式，比如他选择了经得起嫂子的勾引，这个人物的主动性就比较强。

这和作者想塑造的人物性格有关系，他想塑造豹子头林冲就是这么一个很窝囊的人，是很被动的人，所以他用了比较极端的方式让这个人不断被推着走，我觉得林冲还是比较现代的一个人物，跟当代中国很多人都挺像，尤其人到中年之后，你会发现有很多时候是被别人推着走的，但是年少时候可能不太知道，觉得好像都是自己在选，但其实是被推着走的，我觉得这就是挺有意思的东西。

所以整个《水浒传》里有一个对中国社会贴切的观察，并且叙述是非常非常厉害的，有很多值得学习的地方。人物对话之精准，把人物完全刻画出来那种能力太厉害了。

还有叙述伶俐干脆，里面动作很多，我每次阅读《水浒传》都感觉到那些动词像一根根骨头一样，使得这个小说很有质感，带着力量。这一点对我的写作影响比较大。比如说在这段描写里：

> 便去包裹里取些碎银子，把花枪挑了酒葫芦，将火炭盖了，取毡笠子

戴上，拿了钥匙，出来把草厅门拽上。出到大门首，把两扇草场门反拽上，锁了。带了钥匙，信步投东。雪地里踏着碎琼乱玉，迤逦背着北风而行。

取、挑、盖、拿、拽、锁、带、投、踏、行，基本没有重复的词，很迅速地把林冲的动作勾勒出来，直接把他推到了风雪之中。

《水浒传》的整个故事读起来也很过瘾，打打杀杀，英雄反目，终又相聚。但跟武侠小说又有不同，武侠小说缺少对中国社会日常生活的体察。跟《金瓶梅》也不同，《金瓶梅》太过日常，《水浒传》又有超出日常的，侠义的东西在。

刚才说的是中国的作品。那么在西方世界里，早期对我影响比较大的作家是海明威，我在高中的时候第一次读海明威的短篇小说，着实吓了一跳。

海明威自己的人生很有意思，他的写作是个苦行僧式的，一天天都在琢磨怎么写东西，但他的个人生活又是向世界敞开那种，去非洲狩猎，去乞力马扎罗山，和批评家动手打架，结婚离婚，上报纸头条，他是清教徒和狂欢者的一个结合体。

要说他的写作，其实是非常透明的写作，他的作品很适合被翻译，因为他并没有特别复杂的词句，我还试图看过原著，发现自己竟然能读懂一些。因为看起来就是很平淡、很简单的。

比如说海明威在写谁开门，谁说话，都是很简单的东西，就像小朋友用积木也能搭出一个宏伟的建筑，他就是简简单单的这种刻画。比如说他有一个作品叫作《拳击家》，这个故事就是，少年尼克离家出走，在森林里遇到两个人在篝火旁，一个黑人和一个白人，白人是个拳王，黑人是他的朋友，尼克坐下来跟他们交谈，看起来很简单，但你读下来之后会感觉非常厉害。

厉害在哪里呢？海明威开创了一种写作方式，他把故事的意义都给了读者去体会，让你很难去直接把握，所谓的“冰山理论”嘛，小部分在外部，大部分都在冰面之下。就是说，小说能够以一种非常克制、简洁的方式去写出来，也能达到很高的艺术成就。

海明威看起来虽然是一个先锋，开创了简报式的写作，但他其实是个古典作家，他喜欢古希腊悲剧，喜欢莎士比亚。所以他小说里的古典气质特别特别的重。当时就有人说，海明威看起来是个先锋，但其实散发着博物馆的味道。

比如《老人与海》这个小说，其实它的悲剧气质跟古希腊的悲剧气质很像，都是在传达人在命运面前总是会失败的，人怎么争斗，最后都是被打败，就是看败的过程中是不是有光彩。古希腊讲人和神的搏斗，经常会输掉嘛，但是最后还是要试一试，搏斗搏斗。半人半神的形象，这个东西跟海明威的作品也还是有关系的，海明威写《老人与海》的时候，当那个老人去钓鱼，跟鱼搏斗的时候，是有点像人跟自己的命运去搏斗的，那个老人其实身上散发出一种光辉，有点接近于半神的光辉，要去跟命运搏斗，最后他失败了嘛，他变成了一个普通的人，沮丧的人。这也是海明威很愿意去处理的主题。

还有我们应该看到的，就是海明威非常努力去写实，也写得很利落，他是一个典型的现实主义作家。他描摹现实，但他只是描摹他看到的或者他觉得很准确的现实，他尽量用现实的准确去描摹他内心的准确。

所以海明威确实是一个在方法论上有很多借鉴意义的作家，我们在之后会细说。因为海明威以前是一个记者嘛，他本着一种写虚构像写非虚构一样的方式去写小说。他的小说里还有很详细的菜单，比如鸡肉拌青豆、果酱、土豆泥，都是很有现实的来处，他的小说素材没有超出现实之外的东西，很少很少。所以他其实是一个特别写实的作家。

我觉得一个是写实作家，一个是古希腊的悲剧气质，这两个可以把他化作一个比较古典的作家，因为他是一个 20 世纪的作家，20 世纪的时候卡夫卡、乔伊斯他们已经开创了现代主义，但是海明威还是用那种特别古典的方式在写短篇小说和长篇小说。海明威也吸取了一些现代派的东西，比如在他的长篇小说里，也会写很长的人的内心独白，但是就我个人感觉，在那个方面，他的成就不如他习惯的片段速写式的写作。

从形式上来说，海明威的很多短篇小说是片段的速写，比如《杀手》和《拳击家》，仅仅写了一个场景，事件发生的时间很短，也没有去写事件之外的，比如某个人物想到了之前发生的事情，或者想到了未来，都没有，就是当下。现在的短篇小说像海明威速写的这种方式的越来越少了，就是大家对一个短篇小说只完成这么一个速写是不满意的，都希望小说能有更多的东西，一个短篇小说里头想装更多东西，甚至一个国家的历史兴衰。在很短暂的时间里只是这么一个事的本身，海明威这种风格还是非常稀有的，这是很古典的一种方式。

那么，这里我想具体说一下阅读会怎么影响写作。我读那些以前小说里的人物，读那些文学形象，其实对于我创作新的文学形象也是很有意义的，它们也会进入到我新创造的形象里去。

詹姆斯·乔伊斯在《都柏林人》里有一篇小说叫《阿拉比》，“阿拉比”是一个集市的名字，我看完之后就特别想写一个少年人在夜里去游走的故事。这个故事其实是一个少年站在成人世界的门槛上，然后看到了成人世界里面的好多好多东西，但是都不属于他，都带不回来，然后他再走回来。受到它的影响，我写了《跛人》这篇小说，它跟《阿拉比》其实有挺近的关系，我看了《阿拉比》之后才突然感觉到其实可以这么去写少年和成人世界这样一个关系。

余华和苏童都写过好多少年视角的书，我刚开始的时候也挺喜欢少年视角，老觉得自己没长大，老是想用少年（视角）去看世界。

因为少年是半成品，半成年，他有一些真挚的东西，一些迷茫的东西，也有一些想去进入成人世界、快要进入成人世界的欲望。成人是个特别奇怪的生物，成人世界也是很奇怪的所在，少年进入成人世界我觉得是文学上一个永恒的主题。它其实是很好的一种冰水混合物，这个阶段很适合文学的发挥。它很适合去讲故事，去叙述一个小说。

我的小说《跛人》也是在写这样一个题材。这个小说里有个小女孩叫刘一朵，高考完刘一朵跟这个男孩说，我们两个都考得很烂，我们俩逃跑吧，我们去北京，去天安门放风筝，那个女孩像是一个引领者一样，引领着这个少年，他俩当然有恋爱关系，就踏上一个旅程，那个少年其实他本身是犹犹豫豫，自己并没有想得很清楚，也没有那女孩那么坚决。他们上了一个绿皮火车，那绿皮火车其实就像是通向成人世界的隧道一样，他们上了车，准备到北京。

在行驶的火车上来了一个怪人，怪人就跟他们搭讪，讲了一些故事，那个怪人其实代表了成人世界的某种东西，最后怪人站起来，他们才发现这个人少了一条腿，跛人嘛，是残缺的，他是一个残缺的成人世界的形象。

在这个时候男孩和女孩就要做一个抉择，就是当你看到了成人世界的真相之后，你还愿不愿意去天安门广场放风筝，这个女孩选择去了，男孩犹豫了。男孩去上了厕所之后发现这个女孩不见了，女孩的位置上坐着一个成人女子，其实那是一个心理投射。成人女子很恬静地坐在那里，他心里面会投射着说那个女孩子有一天也会变成这么平静，在激烈的北京生活之后，有可能变成这么平静。

我们再回到阅读上来，你们阅读外国文学作品的时候，可能会觉得有些作品很生涩，事实上确实有些西方作家不那么适于翻译，比如像索尔·贝娄。索尔·贝娄在美国被很多批评家认为是战后最伟大的作家，他写了很多反映西方知识分子的东西，但是他的作品翻译过来之后，肯定产生一些减损，用中文读起来变得非常非常的冗长，减损了原作的光彩。但海明威就很简单，我自己去读原文，也能够看得懂一些。

除了看文学类的作品，我也会看很多其他类型的书，包括音乐入门什么的，逮到啥就看啥。我也不清楚这些给我的写作带来了什么，但对我这个人肯定有帮助，如果我看书时很开心，很享受，或者有些书让我特别痛苦，看得多了，那我是不是会成为一个还不算那么无聊的人，不无聊的人写小说是不是就会不无聊一些，是吧?

时间差不多到了，今天就讲到这里，在讲到兴头上停止，既是言谈的方法，也是小说的方法。

文 | 陈卫

独独的那一个

陈卫，作家，先锋文学网“黑蓝文学”（www.heilan.com）创办者。
著有小说集《你是野兽》《从现在开始》《两只空气同时落球》，文论集《保护才能》等。

2005年，我写了一篇短文《保护才能》，发表后引起了一些争议。实际上，它从一开始就不是想对别人进行一番“教导”、认为所有人必须不容置疑地“遵守”它文中所列的“二十二条”才能“保护自己的才能”。它的主旨首先只是我个人的自我梳理和自我警醒，它提示每个人都可以有自己的“二十二条”或者“十一条”或者“一条”。即便是反对“保护才能”这个提法的作者，也一定有着自己的“条款”，而这些条款也多少给别人带来启示。

今天，十几年过去了，我们必须承认时代有了极大的变化——尽管从一个更久远的时间概念来说，这很可能仍旧是一个虚妄的说法。这些年来，写作、写作者的处境和他们在这处境中的日常意识，都出现了很大的不同。应该不止我一个人感到：今天，“生存”比当年更沉重地压在每个写作者身上。物质的更加丰富、经济的更大发展并没有使人变得更加悠闲，反而大幅提升了生存的底线和欲求，谁要是因为想写作而甘愿抱持二十年前那种更为低廉质朴甚至赤贫的生存方式，将被今天这个世界更快地视为异类，几乎无法存活。生存底线的提升，而同时文学写作的进一步被边缘化、经济回报的低效无规律，双向着力，加剧着写作者的焦虑。

与此同时，作者们的焦虑恰恰是被表面相反的“繁荣”所遮蔽的：这些年来，各种写作或以写作为基本核心的平台如雨后蘑菇般长满中华大地，这个世界对“写作者”的需求空前高涨，所谓的自媒体给众多“写作者”“从此能以自己的特长衣食无忧”的幻觉。文学出版似乎重新出现了一个高潮。各大“门户平台”也以“IP”的名义构建大型“文创”公司。各种文学评比（奖项）也比以前增多。书店好像也比以前活跃。各种与文学有关的讲座、对话此起彼伏。关心、讨论写作的人似乎增多无数倍。“诗和远方”“情怀”似乎重回人间。甚至大大小小的官办文学杂志似乎也比以前“吃香”了……然而，这一切的表面繁荣背后实质上都仍是商业的驱动，文学、写作的“相关产业”只是不甘落后地涌进商业流行的工具和模式，以便制造更多的商业规律所需要的“繁荣”“信息”，以遮蔽符合文学自身需求的评判和生存机制继续缺席和难以构建的现实。

每当说到写作者的学习和工作，我总是不可避免地提及我们的“写作环境”，这是因为我始终认为它们并不与我们的写作无关。写作是一件以“观察力”和“判断力”为基础的工作，“真伪判断”始终是我们一生工作的基础质素，我们如何看待与我们写作息息相关的周边信息，以及我们以什么样的状态介入这样的环境、存在于这样的环境，不会不决定着我们未来会成为怎样的作者、怎样的人。

商业本身当然从来不是文学或艺术的敌人。我们自然盼望作为一个工作种类的写作同样得到它应有的商业回报。我们这里只是提醒商业中那些具有欺骗性的虚伪和粉饰，追求表面的潇洒、酷炫、流畅、光滑、套路化、规模化和类型化，这些有碍艺术的特征。当然你也可以说艺术包容一切，艺术同样可以利用一切，在实际操作中这些意识和手段我们自然不会放弃，但它们通过艺术必须创造新的语境，而不是一个从手段到结果的挪用。

一个领域容易受商业的驱使而跟风行动，其根本的原因是它的“领域自我”的失却或不足。中国文学的生存处境在商业冲击下的“无神”状态不是孤立的，它更深层次的原因是中国现代文学以来其内部的精神、传统始终没有经过细密的理解和巩固。中国现代文学自我的失却或不足——也就是“精神无根”——最容易产生的一个表现，就是我们太容易被西方现代主义以来的“先锋”“实验”“酷”瞬间吸引，而忽略自我成长自我塑造的根本重要性。这种缺乏“自我塑造”、广受西方现代主义思潮影响的写作，实际上它们在根本上仍是商业性的，它们是作者不自觉、不可控制地跟随商业旋涡所作出的炫目但却忽略自我的表现。须知所有后来得以成立的“先锋”“实验”在最初都处于一种无声的摸索、成形、未完成、不完美状态，然而无根的我们在今天却大多都想顺手拿来坐享其成并喜大普奔以此为荣。我理解博尔赫斯在《阿根廷作家与传统》中曾经举过的“穆罕默德和骆驼”的例子，理解“不必为‘自我’担心”的意识，但这里说的是问题的另一个方面，对于各种阅读和影响我们自然张开怀抱迎接，但我们不应该把业已成功的果实顺手转化，凭借一点智力变成让读者感到炫酷的光斑即已虚荣满足。

而这“自我”同样不是另一种刻意追求“底层（民间）关注”“地域特色”。中国作者严重缺乏持续静心关注单个的自我（成长和塑造）的思考，严重缺乏那种静谧、长期专注地关注我们独独的那一个“自我”的意识。任何意义上的类型化、代际化、集体化、地域化在这商业时代能够轻易地俘获我们的安全感，因为它们似乎更容易被缺乏耐心的读者“辨别”从而离成功更近。我们已经很少有人甘于写作那种语言、形式并不夺目的“温和、平凡”（也许同样重要的是“丰富性”）但充满自我质询特质的作品，那种更关心我们微小但独有的个体的生活和生命，关心我们身处的时代在我们心里投下的微小而独有的问题的作品。我要说的很可能是那种初看起来“十三不靠”的写作。没有什么现成的“特征”能够及时地指代它，但正因此它才是可贵的。唯有这种现时代的“温和、平凡”，才是贴服我们自己的根系和地面的劳作和积累。即便《追忆似水年华》，其本质也是质朴、温和、丰富，关注其微小而独有的生命。

为此我们会发现：在这商业全面侵占的时代，我们还极易忘记“我们生命的独一无二性”这一要义。既容易忘记，也确实难以塑造。因为太忙了，生存压力太大了，网络的普及和强大的成功主义价值观使我们几乎所有人的生活经历和生命体验趋同化、扁平化。正因为此，在这个时代，我们更应该要重视实践自己独特的生命经历和生命体验。艺术和思想从第一天起，就要求它的承担者异于常人、一定程度地游离于常人之外；只要剔除其中可能促生“道德制高点的优越感”的错误结果，它确实就是一个基本的事实。

有了以上的重视之后，至于那些“写作课”等等，几乎都是一些不再重要的“营养品”，在骨子里，我和“保护才能”这个提法的反对者的意见相同：写作在本质上是没法教的；对于严重缺乏（艺术）写作天赋的人来说，真是什么课程都对他无补。但是，就我的个人体验和了解来说，写作永远处于一种学习状态，没有一套固定的方法对新的写作可以一劳永逸，即便那些个人经验中“有效”的部分，在面对新作思考时仍将面临陌生的考验。在某些时刻，我们甚至也会去了解“通俗写作”“商业写作”所关注的话题和方法。

在此之后或之前我们还将遇到“文学、小说、写作在今天还有什么用？”“文学、小说是否已死？”的自我质疑。事实上我们很难去判定一个已经延续了几千年的领域是否已经或正在消亡，但至少我们此刻还在写，并且比如我这样一个二十年来不通过写作谋生、不依靠任何体制，甚至几乎不给杂志投稿的作者，还在写，那它一定自有原因。对我而言，我是一个永远需要进一步了解自己的人，了解自己的向往，了解自己的困惑，了解自己思想能够触及的边界，了解自己的可能性，了解自己的缺陷以及肮脏……而自己的这些特性，永远没有尽头，永远需要一次次地自我询问自我对话，这么多年来，我觉得写作是唯一最能帮助我日常地、细腻地梳理自我、清洗自我并且实践自我的工作，在它的梳理、清洗和实践之中，我的心才能获得我渴盼的安逸和踏实，或者持续的困惑，我觉得这是温饱之外最不可替代的需求，因此没有什么可以使它在我这里消亡。

最后为了简明，我把本文像《保护才能》那样总结一下，方便阅读：

1. 前人（特别是西方现代主义以来）成功的道路可以成为启发，但不是可以照搬的捷径。所有强大的自我的道路都是曲折的、不可能一马平川的，对每个独立的自我来说，没有一条路是现成的。

2. 别花哨、别酷炫，别伪深沉，也别伪底层、伪民间、伪地下。不伪善，也不伪恶。当然，这些词都是相对的，一个真正具有实质内容的独特形式，并不是花哨。

3. 任何好东西都有弹性，我们要更多地去理解和热爱这两个极端中间的弹性而不是两端的顶点。这将使我们的“个性”不再单薄，而走向艺术最需要的丰富。

4. 实践自己的写作，就是实践自己的生命，实践自己的生命，比实践自己的写作更重要。只有自己独特的生命体验才是自我写作的永恒动力。

5. 与老师学徒式的日常相处，比“写作课”更能学到东西。

6. 写作困难时，不妨针对自己的“缺陷”：自己什么弱，就用它相反的方式工作。

7. 最后，我会给出一个通俗甚至会被误解为庸俗的观点：一定要注重感情。一定要感人、打动人。在今天和未来更加彰显的机器时代，人的政治性会越发使人走向“不再爱人”的倾向，在此境遇下也许我们更需要记起人最重要的还是有感情的动物。当然，感人的层次和境界很多，浅薄的感人方式在信息爆炸、现实大于小说的今天也感动不了人，因此我们日常所思所学的重要部分，正是更加奇特、更高层次但更有分寸的打动人心。

文 | [美] 弗兰克 · 康罗伊（Frank Conroy）
译 | 钱佳楠

作家工作坊
The Writers' Workshop

弗兰克 · 康罗伊（1936—2005），美国作家，
出版过五部作品，包括受到高度赞誉的回忆录《时间暂停》（*Stop-Time*）。
他于 1987 年到 2005 年离世之间担任爱荷华作家工作坊的主任。

本文收录于汤姆 · 贝利（Tom Bailey）主编的《短篇小说写作》（*On Writing Short Stories*，牛津大学出版社，2012 年第 2 版）一书中。本文的中文翻译获得作者遗孀玛格丽特 · 康罗伊（Margaret Conroy）的授权。

就我的了解，“作家工作坊”这个词是六十年前才开始使用的。那时候爱荷华大学，得益于校委会的支持，决定把“创作性”论文纳入获得大学高等学位的考量。这在当时是个破天荒的想法。写一部四重奏能拿到音乐博士，画几幅油画可以拿到美术硕士，跳芭蕾舞可以拿舞蹈学位，写剧本可以拿戏剧学位。虽然该学位最初设立后引起了不小的争议，但很快这个想法还是遍地开花，现如今已稀松平常。“作家工作坊”描述的就是这些小说家和诗人在大学教室里做的事情，最初选用这个提法可能是更看中手工艺术和工匠精神里受人尊敬的弦外音，倒不是说这个词的描述有多准确。

全美各地的作家工作坊折射出的是大家对这门学科五花八门的设想——学生该写什么？项目的培养目标是什么？怎么评价学生的学习情况？有些项目干脆就是心理治疗，致力于创建一个“温室”氛围，鼓励作家表达自我，释放他们假想的创作能量，抛开一切畏惧，看看之后会产生什么。有些项目拥护某个政治性的纲领：女性主义艺术、黑人艺术、社会抗议艺术。有些则有美学的主张：极简主义、现实主义、元小说，等等。还有作家工作坊专门针对惊悚小说、侦探小说、儿童文学、科幻文学等。也有的几乎不做跟写作沾边的事，文本要么成了“原始呐喊”（primal scream）这种心理疗法的幌子，要么就是借此发出新纪元（New Age）的呼声。也就是说，如果你要谈“作家工作坊”这个话题，你必须说清楚你在讨论哪一个项目。我会尝试描述我自己的那一个——爱荷华作家工作坊。

每周二下午四点半，我会和大概十二个学生碰面。我们先前已经拿到了材料：那天需要被讨论的两个学生的小说。我们会在前一个周末读上好几遍，在页面的空白处写上编辑意见，给作者写信描述我们对文本的感受。这些信件非常重要，一是因为它们写于任何公开讨论之前，所以没有受到课上其他同学观点的“污染”；二是因为它们通常会比信件作者在课堂上所陈说的观点更个人化，很多更倾向于鼓励和赞美，当然也有些情况下会更尖锐。所以，一旦某个小说在工作坊里被批得体无完肤，这些一周后送到作者手上的信（我会保留一周看一下信的内容）能够重新激发作者的信心，支持他继续写下去。

我们大概会讨论两个半小时。提交小说的作者通常保持沉默，这让不少听课的人感到惊讶，但是我很坚持这个规矩。如果作者对小说的看法和小说本身呈现给读者的样子产生了分歧，这就是作者需要面对和思考的问题。此外，作者为自己作品辩护的本能很可能导致大量的课堂时间被浪费。

但是请让我先回过头说几句关于每学期第一节课的安排。那时候我们还没有作品可评，所以我会给一个我对小说应该写成什么样的大致看法。我首先会宣布我保留着犯错的权利，因为如果不这么做会让我在给建议时束手束脚。叙事文学非常复杂，对此的评判可以是主观的，而且每个人品味不同，规则很少能通用。

接着，我会指出我们关注的重点是文本，我们的目的是提升自己对语言运作方式的敏感度。文本不涉及的地方我们也不涉及，我们要防止自己透过文本的暗示去评判作者本人。任何对于文本的评论、想法和感受必须说给教室里的所有人听，而不只针对作者——作者的在场对我们而言是多余的。我们研读文本，看文本实际呈现出的样子，而非作者可能希望或者觉得它应当是的模样。

我课上的学生大多数都在二十岁和三十岁的交界，非常聪明，依照现代标准来看，他们的阅读量十分惊人，野心勃勃，对书和文学着迷。即便他们能够在别人的作品里看出很多门道，却常常对自己的作品显得十分无知。比方说，他们写作的时候，常把他们的灵魂放到纸面上，所以当别人攻击纸面上的东西，他们就觉得自己的灵魂遭受了打击。我想要告诉他们，如果灵魂真的挂在纸面上，那么作品就已经超出了那个层次，所以我们可以在更高的层面来讨论它。等写作完成，作品则会被传递到研究文学、文化和美学的学生手里去分析。不过，作为写作者的我们（包括我自己）有着更切近的目标。我们在努力写出更好的语句，用尽各种方法达成这个目的。还有另一个不算目标的目标是，我们都渴望发表，作为对我们作品价值的肯定，也想通过它给自己信心说没选错作家这一行。后面提到的这些我们工作坊的人都能理解，也心照不宣，但是很快我们就清楚只要作品足够好，这些事都会理所当然地发生。最好是能够把文本和作者区分开来，即便是刻意地区分，而且我们关注的重点就是语言。

我拿着粉笔，走到黑板前，对学生说有必要先想想作者和读者的关系。最寻常的错误是用以下这个模型来理解这种信息的传递：

作家 ——→ 文本 ←—— 读者

作家创作故事，在其内部编码（用语言），这就形成了文本。读者给文本解码，得到这个故事。故事是从作家／创作者到读者／见证人的简单传递。

但是，实际上发生的事情要复杂得多。“黄铅笔”这个语言表述不带有任何实际的色彩。读者需要用他们的想象来添加颜色，这样，他们眼前才能出现完整的画面。类似地，读者也必须借助他们的想象才能听见对话里的声音和语调，才能透过作品的暗示获取信息，才能从文本对具象世界的寥寥数笔的勾勒中得到一整幅图景，也才能对隐喻做出回应——这之后更高层面的文学要素，全都需要读者的参与。读者不是被动的见证人，比如，见证了海明威的《白象似的群山》，他们是把能量投入到文本里。作品作为严格纪律的产物，是被设计来吸引、迎接和运用来自读者那一方的能量的。说真的，没有读者的参与，作品没有太大意思。（《白象似的群山》里的人究竟在干什么？这辆火车要带她去哪儿？她要去那里做什么？）所以我会擦去刚才画的模型，改画这个：

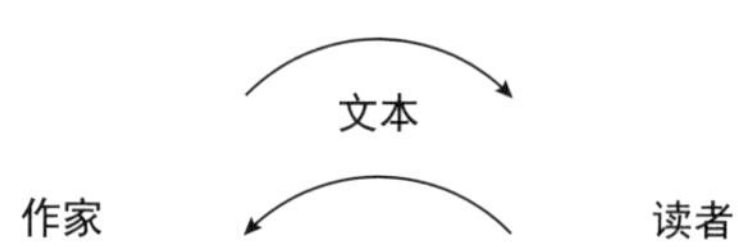

这个模型意图呈现的是来自作者的能量（写作行为）最终去往读者，而来自读者的能量（阅读行为）最终去往文本。文本不再被认为是单一的平面或一页纸，而是这两股能量的交汇区域。

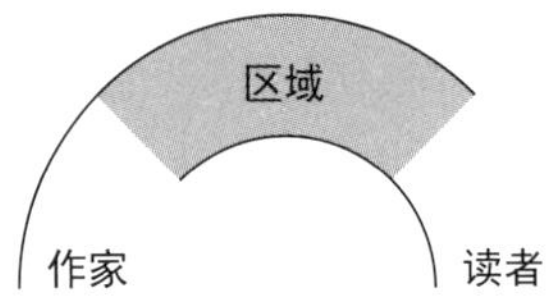

该模型暗示：读者在某种程度上是故事的共同创作者。也就是说，作者必须用一种能够让读者的能量进入作品的方式来写作。如果文本令人费解，作者就没有够到这个区域，读者也就进不去了。如果文本自作主张，什么都替读者决定好了，那么作者就越过了这个区域，抑制了任何想要进入故事的能量，所以读者还是进不去。这两种情况下，作者和读者通过思维共舞从而让故事鲜活起来的必要条件都被取消了。注意，我还没有涉及一旦读者的能量被放进来之后要怎么处理。你可以对你的读者提很高的要求，或者不提要求，取决于他们进入的是什么故事。这里的重点是，没有读者的思考和想象的参与，什么都不会发生。另外，这个模型没有提到来自两边的能量强度有多大，比例又是如何。显然，比起读小说，写出好小说需要多得多的能量（和时间）。

好了，学生会说，就算我们同意你说的这个区域理论，你能不能跟我们说说怎么进到这个区域，或者说怎么写到这个区域里？我回答说，这就是我们一整个学期要做的事情。为了让他们做好准备，我会再提一些未经证实但很可能有用的理论。

多数作家最初的写作行为是对阅读的爱的延展。他们就算还是小孩子的时候就对书感到兴奋，感受到故事里有着某种魔法正在发生，最终他们会情不自禁地模仿。等他们长大一些，他们投入到文学之中，一门心思地读书。他们简直把书当饭吃。然后，等长大成人，他们就开始写作；他们还时常记挂着魔法——效果、明喻、隐喻、氛围，等等——这些花里胡哨的东西；他们也记挂着主旨。他们沉迷于语言看似无边的法力，这种沉迷可能致使他们走火入魔。虽然一门心思读书是好的，但一门心思写作是糟糕的，糟糕透顶。事实上，可以说只会引向失败。

我们写作的时候，其实不是在踽踽独行，也不是从一无所有开始，尽管我们的经验给我们这种感觉。文学是一种延续——当然是在流动和变幻的——但是很多功课都早在我们之前就完成了。规则已被设立：我们分段，使用标点，（不严格地）遵循语法规则，等等，我们一出生就处在这种规则的延续之中。运用第三人称全知视角时，我们不需要专门解释叙事者是谁，因为福楼拜和其他作家已经取消了这个问题。大量的事情都已经为我们做好。文学是一条河，满是顺流和逆流；写作的时候，不管喜不喜欢，我们都身处其中。如果我们太健忘，就会溺水。

回到黑板前面，我会画下这个表格：

达意	合理	清晰

要写进那个区域，这是第一级的序列，这些都是读者接收到的最初信号，告诉他们，他们的能量是受欢迎的，他们和作者会有共同的区域。

1. 达意

在文字层面，作者的言辞必须达意。作者选择了这些词，就必须坚定地、毫无保留地支持他的决定。比方说，“肥”“胖”“丰满”“超重”“结实”，这些词有着不同的意思。它们不能够交换着使用。“他叹息着坐下”意味着“坐下”和“叹息”是同时发生的，这个表达实际已排除了如下这种句式的可能：

“我太累了，脑筋转不动了。”他一边说，一边叹息着坐下。

读者无疑仍能抓到这句话的大意，然后把“叹息”和“说”两个行为区分开来，但是，按照达意的要求，一边“叹息”，一边“说”这个行为并不成立，也就是说，这个句子写得十分草率。表意的错误在松散的句子里很常见，有比我能列举在此的更多的犯错方式。

2. 合理

文本必须合理，以免读者被隔绝在外。“男孩吃西瓜”讲得通；“西瓜吃男孩”讲不通，除非作者创造的是一个能使这类现象成立的特殊世界。人物毫无动机的行为在读者看来是不合理的，文本中的随机性、任意性以及盲目性都让读者感到困惑。作者必须直面来自读者方面的持续不懈的压力：文本要能讲通。当然，文本可以符合“歪理”，但是读者必须能够在理解的前提下进入它。

3. 清晰

斯特伦克和怀特告诉我们：如果五个词就足够，不要写十个词[1]。这是因为紧凑的语言表达几乎总是比发散性的表达要清晰。我们在此的目标不是简短，而是清晰。读者期待作者删去所有多余的语言，把东西蒸馏到只剩下精华，不管作家的风格是简约还是复杂，如果作家没做好这部分工作，读者就不那么热衷把能量交托给文本，也不那么确定自己和作家之间有没有共同区域。另外，清晰本身就是美学价值。阅读乔治·奥威尔，真正的愉悦可以就来自于他清晰的文辞；并且，不管你同不同意他作品中隐含的政治观点，前面这一条都成立。

1 这里指的是英语写作的纲领性读物《文体要素》（*The Elements of Style*），最初由威廉·斯特伦克二世（William Strunk Jr.）撰写，后由著名作家 E.B. 怀特扩充和编辑。——译注在我看来，任何作家的首要工作都是努力去让文辞达意，让故事合理，并且保证清晰。不过，学生很快会发现这项工作非常困难，要求长久地高度专注、不断地自我修改和编辑，以及时不时要留意共同区域另一端的那个幽灵般的存在。很多热情四射却缺乏经验的作家（也包括一些有经验的作家）会略过这个努力的过程，或者口上承认说这的确重要，实际上却逃避这种努力；他们真正想做的是更高级的东西，那些花里胡哨的东西，那些深深触动过身为读者的他们的东西。我坚持如下的观点：任何自上而下的写法都很可能失败。我会画出这个类似金字塔的结构图：

在这个层级结构里，只有当下层的东西被搭建好，才有可能操作上层的东西。有才华的年轻作家最容易犯的错误就是他们总想着自上而下地写作，而非自下而上。一个好的作家工作坊一旦有可能纠正这个错误，那么就帮这些作家节省了大量的时间。这个简化的金字塔模型实际上最多只能算我的突发奇想，但它可以帮到作家。好作品有很多神秘的决定要素，而且超出了我们的直接掌控，但是我们无须感到彻底的无助，我们越努力去接近我们的理想状态，就越有希望提升写出好作品的可能。正如库尔特·冯内古特说的，你没办法真的教一个棒球运动员怎么成为一名伟大的击球手，但是你可以教他怎么站位，怎么在挥球棒的时候转移重心，还有他必须知晓的这后面的十多个步骤，这样你可以训练他至少成为一名称职的击球手——写作也是一样的道理。

有了这个前提背景，我们就可以开始看学生提交的文本了。我会警告所有学生：我给出的评价多半是负面的；我的经验告诉我，正面评价无法产生同等的效力——这非常叫人失望，但是事实如此。我会竭尽所能地找出小说的所有缺陷，尽最大可能准确并细致地解释为什么我觉得我发现的这个缺陷是真实存在的，而不是拿我自己写作过程中的困惑出来变相地说事。我会把小说拆解，逐一进行剖析，直到我觉得小说的文辞好到完全拆不了。这种教学方法首先引起了学生的高度紧张，但是随着学期延续，这种不安感会得到缓解。他们开始关心文本本身，不再关心作者；整个讨论过程完全不针对个人（尤其当被讨论的是其他人的作品时），而且通常很理性。我的看法会得到所有学生的检验：小说里有没有出现大的抽象层面的问题，或者出现一系列的其他问题——“单薄”“乏力”“没有叙事动机”“读起来过于绝望”，等等——问题的根源总能在语言的微观层面（印在纸页上的词句）被找到。作者不是举手投降，而是可以从语言这个起点开展实际的修改工作。第二稿，第三稿，一直到作者觉得他已经穷尽了他的极限。

很多的讨论都涉及达意、合理、清晰，以及要从金字塔的底端往上写。我们花大量的时间和精力试图找到问题出在哪里，然后留给作者去解决。（这也让一些来听课的人觉得奇怪。我自己的看法是，小说中的任何问题都存在着很多不同的解决方案，而作者的解决方法才是唯一重要的。而且即便是最简单的句子也应该放在整个故事情境里去细细琢磨，而不是由坐在教室里的某人拍脑袋来决定。）我经常让所有学生一同来检验某个问题是否存在。“你们有多少人读到他们在客厅里的时候，觉得他们还应该在厨房？”（我们不投票——就看看多少人在点头。）如果达成共识，我们就到语言层面去寻找为什么我们觉得他们还待在厨房里。如果这些听起来像鸡毛蒜皮的事情，我们就应该记得当弗吉尼亚·伍尔夫被问到下午三小时的写作时间都用到哪里去了时的回答（以下是我的转述）：“这问题很好。我花在让他们从法式玻璃门走进房间，然后再让他们走到露台上。”她回答的时候相当认真。

当我们仔细阅读，并比较我们的阅读感受时，我们会发现文本涌现出的是各式各样的问题。我们学到，给读者提供的信息不足时将会产生怎样的危害——读者会放任自己，随意去填补这些真空地带。“你的意思是他们是兄弟？我以为他们是同性恋人，所以那个大男子主义的酒保才去接他们的案子。”我们聊到“散漫的读者”，他们可以由着作者笔下最细小的瑕疵去打造最奇幻的空中楼阁。

我们讨论小说技巧。“这是由露西叙述的第一人称小说，但是既然她没去法庭听审，她怎么会知道法庭窗户透进来的光是什么样的？”我们审思第一人称的魅力，它乍看之下容易操作，但是真的运用起来就发现并不简单。我们分析那些作者被困在第一人称里的文本，看到作者无法跳脱叙事者的视角，或者说无法超出叙事者的层面去看待整个故事。我们讨论如何才能避免这种窘境。

我们也一定会遭遇披着卑微的自然主义外衣的小说——作者按照时间顺序罗列了一系列的事件，而不是有选择地讲述其中的某几件。“我不知道这个小说里什么事情重要。我不知道我需要去关注什么重点，因为每件事都被用同样的方式处理。我的意思是，这些事情当然都可以发生，但是，我干吗要读？我读这些有什么意义？”当然，这个问题里问的“意义”是修辞层面的，因为如果文本本身不去回应它，这个问题就无法得到解答。文本必须充分自洽，没有解说，一如生活。

因为写作是阅读的延伸，也因为学生们一直在阅读，可以理解的是这两个行为会在他们脑海中被混淆。尽管他们的写作受到阅读的启发当然是好事（事实上，说到底如果没有阅读的启发，他们没能力写作），但这同样会引发危机。拿设计比喻来说，一个聪明的学生，她身为读者的经验、直觉，和语感都会促使她在“这孩子上蹿下跳”之后加上明喻或隐喻——“好像热煎锅上的水珠”。只是为了迎合直觉和语感，她写出了一个糟糕的比喻。她忘了比喻最基本的作用，是为了让某样东西更清晰，是删繁就简、展现精华。她做的事情是“增加”和“堆砌”，而不是“精减”。

看约翰·班维尔怎么描写小小孩，准确说是新生婴儿的声音："婴儿床上的这个孩子在熟睡中发出一个响声，就像生锈的铁门被推开了。"他完全可以把句子结在"熟睡"后面，但是他想把这个声音写具体，还原它真实的模样，所以他把"生锈的铁门"这个比喻用进来了（如果是有孩子的读者，他们会在颤抖中辨认出这个声音）。约翰·厄普代克把角斗场比作"摔烂了的结婚蛋糕"，也是非常有力的视觉上的"精减"。重点是：这些有经验的作家懂得比喻的作用，而那个聪明的学生不懂。她在写作时让身为读者的自己——那个忍不住要模仿的读者——取代了身为作者的自己。之后，同样地，是学生本人来为她的"上蹿下跳的孩子"寻找解决方案。工作坊教不了学生怎么写出让人激动的比喻，但是我们至少可以探讨比喻的作用，探讨它们应当如何运用——它们应当为精确而存在。

还有个时常出现的问题是一篇东西看起来像小说——克制的语言、对话、描写，存在某种情节或结构——但实际上只不过是作者把阅读过程中吸收的各种技巧串联一气，做了一场费心的模仿。我批评的不是模仿行为，而是空洞的写作。阅读小说中学到的技巧应当运用到故事的创作层面，技巧唯一的合法性是它们自身的再创造。如果小说没有情感上或者思想上的驱动，没有让读者感到继续阅读的压力或动机，这样的小说就是胎死腹中。所幸这只是年轻作家生涯中很短暂的阶段，但是他们需要投入大量的精力才能度过这个阶段。说真的，写作是已知和未知的结合，你有确定自己要写的东西，还有不确定的写作过程中会发生的事情。已故的约翰·契弗跟我说过，他从不知道他自己的短篇要怎么收尾，他需要在写每一个故事的过程中去发现，去尝试怎样才能到达那里。所以即便对于大师，嫌弃自己写出来的东西，怀疑这到底像不像小说，然后单凭信仰继续摸索，这些经历都太寻常了。作者创造文本，文本对作者低语，但是要使这一切发生，文本中必须存在张力——文本必须服务于某样东西，即便作者还不太确定这样东西是什么——必须有推进故事的动力。模仿性的文本从来都是静止的，它们也不会悄悄告诉你它们想要成为的样子。

工作坊没法告诉或教给学生他们的文本应当服务于什么。去做这些揣想是狂妄之举，而且也不会帮到学生。如果文本要有张力，那必须是作者自身的张力，它只能来自内部。

很多好的叙事文学的技巧都没法在工作坊直接学到。叙事动力、隐喻、塑造人物的深度、机智幽默、语言的力度、作者声音，以及很多太过复杂以至都无法妥善归类的东西。当这些出现在我们阅读的文本里，我们应当讨论，或直接或间接，但是到头来，我觉得还是作者本人的前意识直觉（intuitive preconscious forces）起着最关键的作用，他对语言的高度敏感是这里边最基本的直觉。工作坊能够帮助学生大胆地相信直觉，或者说至少减小对直觉的畏惧。有经验的作家都知道海明威的冰山理论是对的——冰山的更大一部分隐藏在水面之下；他们也知道，当他们在书写最好的作品时，正在发生的更多东西不在他们能够有意识描述的范围之内。所以就让它这样吧，艺术会提升艺术家。

艺术不能小组包办，任何在这种层面运作工作坊的尝试都会产生反效果。所以，被点评的学生不应从其他同学或老师那里寻找解决方法。学生应当回到先前没有被充分留意的文本中找到问题根源。在好的工作坊里，只要上几个小时课，大家就清楚这一条了。（不理解这一条导致了有关爱荷华作家工作坊的谣传满天飞，那些一无所知的评论者假想着这里发生的一切。比如说，他们会想象有着所谓的“爱荷华短篇小说”，或者假想有某种强势的美学风格被灌输给学生。不是这样的，我们的工作坊努力回应每个学生带来的作品，每个学生都是独一无二的。只要看一眼他们的作品有多么纷繁不同——姑且不提那些赫赫有名的毕业生——就是明证。）

艺术创作和平面几何不一样，不能通过学习和运用一整套规则来完成。年轻的作家或许会得到类似规则的暗示或建议的引导，然而这些实际上顶多就是观察，而且不是普遍适用的。我想起和已故的爵士音乐家保罗·德斯蒙德（Paul Desmond）合作的往事——我弹钢琴，这位大师吹萨克斯。当中有一刻，我转换和弦来做即兴演奏，保罗突然停下了萨克斯，过来给我演示如何更好地掌控琴键。“通常，”他说，“但不是所有情况，我们尽量保留两种和弦都常见的音符。”这在写作工作坊里也是一样，建议是靠着这种精神提出来的：“通常，但不是所有情况。”

工作坊关注技巧，它理应如此，但是暗示、建议和想法的冲撞会在整个学期持续不断地上演，每个学生要自行判断哪些东西有用。这儿有张单子（是我的一个学生在三周的课程里记下的笔记），大概可以看到我们涉及了哪些问题：“人物的性格应当多面，而不是重复……文本应当暗示，这样读者可以推测……戏剧性至关重要。作者的叙述太多读者就会觉得自己被当成小孩对待……作家如果足够警觉，会看到文本已呈现出自己的走向……小说里的对话和‘现实’中的交谈不是一回事儿（这是契弗说的！）……语言的降级会导致人物的降级……文本不能犯健忘症，每个句子必须和之前出现的所有句子相联……节奏需要有变化”，等等。这些都是我自己的观察，基于对不同的学生作品的讨论。工作坊实践的一部分就是老作家带年轻作家，有点像艺术工作室，老作家因为已经创作出重要的作品，他们可以说是很多问题的“过来人”，所以能够针对这些问题给出必要的见解。学生似乎总在渴望这些见解，不过我有时候在想他们实际上是不是在训练我给建议的习惯——一旦我进入那种状态，他们就迅速拿起笔来。我相信他们懂得这些观察的价值，这个价值在于帮他们用更开阔的思路来考虑这些问题，而不是急于找到解决问题的办法。

很多美好的事情发生在教室之外。在爱荷华，学生会住上两年，对大多数的他们而言这里是相对陌生的地方：一个安静的中西部大学城。他们会到同几家餐馆吃饭，光顾相同的酒吧、剧院、音乐厅和超市。他们彼此会很熟悉，他们中的很多人会找到两三个志同道合的朋友，这些人会成为他们的作品最敏感、最睿智，也最富同情心的读者。很多关于作品的探讨会继续在咖啡馆、电子邮件，甚至凌晨一点的电话上发生——某个学生新写了几个段落，迫不及待地念给同学听。再比如，阿兰·古尔加努斯（Allan Gurganus）很多年前在这儿认识的同学至今仍是他写出书稿后首先咨询的对象。这种相互交流的价值再怎么夸大也不为过，这或许也是决定学生能否在这里学到东西的关键要素。

在爱荷华，年轻的作家至少可以得到四位老师的指导。每位老师的风格迥异，他们的方法和其他人的方法或许只存在间接的联系，所以学生将意识到工作坊的过程更是循环而非递进。然而，这儿有一个基本共识：学生应当更关注过程而非实际成果。学生习惯于抓住那些帮他们进入这个项目的作品不放，深深地焦虑他们的魔法将不再起效，担心魔法是变幻莫测的。他们错误地以为只有那些最好的作品才是重要的，那些薄弱的作品纯粹是浪费时间，他们担心自己被发现是冒牌货。

我们的工作坊强调过程的重要性。所有的作品都有必要改善和提高，因此它们都具有价值。每个作家都会写出单薄的、中流的和优秀的作品。没有人知道闪电什么时候发生，我们所有人大多数的时间都只是在等待这一刻。但我们不是在干等，我们写作，我们挣扎，我们冒险。我们努力让自己做好迎接闪电降临的准备，证明自己是应得的，让自己能够把握它而不是被它摧毁（成功比失败毁掉更多作家）。我们的工作坊会说：写作是一种生活方式。你要么加入，要么离开。

（1999）

文 | 颜歌

两生

颜歌，小说家，出版有长篇小说《我们家》《五月女王》，短篇小说集《平乐镇伤心故事集》等。她曾于 2011—2012 年在美国杜克大学做访问学者，又于 2012 年作为驻节作家参加了荷兰穿越边界文学节，并多次受邀在美国和欧洲的大学进行文学讲座和分享活动。现在，她居住在英国诺里奇，正在攻读东英吉利大学（UEA）的创意写作项目。

2011 年 9 月，我第一次离开中国，目的地是美国北卡罗来纳州的达勒姆。作为杜克大学东亚系的访问学者，我在那里度过了一年的校园生活。

那一年里，除了在比较文学系听课和写后来出版为《我们家》的长篇小说，我也像本地的文学青年一样跑二手书店，买《巴黎评论》和《格兰塔》，读乔纳森·弗兰岑，杰弗里·尤金尼德斯，乔治·桑德斯以及人手一本的《无尽的玩笑》（*Infinite Jest*）。

于是，像本地的文学青年一样，我也想着要写点什么。圣诞节前，我申请了英语系的创意写作工作室。初春时节，从纽约来了哥大写作系的教授菲利普·罗佩特（Phillip Lopate），我和另外五个本科生一起上了他为期两周的写作坊。第一次课上的写作练习，菲利普让大家写写最近一次看心理医生的经历。我说："可是我没看过心理医生。"他想了想，说："那你随便写点什么吧。"

在那个"随便写点什么"的写作坊里，我第一次试着用英文来写小说。方法是先用中文写一个草稿，然后再一边翻译一边润色，写成英文。我记得我写了一个在达勒姆陪读的中国女人找自己丢了的小狗的故事。菲利普在课上读了一段，说："Yan，你这故事挺特别。"

在菲利普的写作坊里发生了两件重要的事情：一是因为所有人都发不了我名字的音，菲利普建议称呼我 Yan，在这以后，所有人都这样叫我了；第二件事情是我发现比起写中文，写英文小说实在是无聊透顶：温温吞吞，隔靴搔痒，毫不过瘾——"我用英文干别的事情就好了，千万不能用英文写作。"我默默地决定。

2015 年 7 月，因为先生，我离开住了十年的成都，搬家到了爱尔兰的都柏林。

在此之前，我作为他的女友去过两次都柏林，都是在夏天，每次都是乘兴而至，大醉而归。所以，当他提议搬到都柏林住一两年的时候，我爽快地答应了。"反正说英文说中文我都无所谓的，吃中餐吃沙拉也差不多。"我很随和地告诉他。

但是真正住在都柏林远不是这么一回事。冬天来了，夏天就好像没有存在过那样，狂风从十一月刮到三月，一天里随便下七八次暴雨，甚至冰雹。在都柏林我成为了一个幽灵，飘飘荡荡在这个黑漆的岛上，每个人每件事物都是陌生，他们问我："你是谁，你从哪儿来？"

面对着认为Taiwan和Thailand是同一个地方的异乡人，我不知道从何说起。

在爱尔兰的第一个冬天我第一次长时间地失眠了。黑夜太漫长，发灰的白天也成了它的一部分。睡不着的时候，我起来看书。这一次，我读爱尔兰作家。本地的文学刊物 *The Stinging Fly* 上有各种短故事，诗歌和评论。我读凯文·巴里（Kevin Barry）的 *Dark Lies the Island* 来了解这岛上的黑暗，还有写大风大雨的斯莱戈郡的德莫特·希利（Dermot Healy）以及一句话写了整整一部长篇的迈克·麦科马克（Mike McCormack）。

人家说"原汤化原食"，就像在美国要读美国作家一样，只有通过爱尔兰文学，我才能和爱尔兰和解。故事以外，我更震惊于爱尔兰人写英文的方式，大概是从乔伊斯时候就有的传统，他们对英文是那样地叛逆，充满了创造力：各种各样离经叛道，天才百出的生造词、方言、文法、风格，让初读的人难免目眩——但是奇怪地，似乎只有通过这样的语言和风格，爱尔兰这个凛冽孤绝的岛屿才会在纸上显出它的本来面目。

大概在两年多的时间里，我再一次成为了一个本地的文学青年。我结识了都柏林城里各式各样的作家、编辑、诗人，一起喝酒，参加文学活动，聊天到凌晨四五点。我们一起讨论最近《爱尔兰时报》（*The Irish Times*）上的故事，本地独立出版社刚出版的集子或者新近在伦敦斩获了大奖的长篇——我们聊爱尔兰和爱尔兰文学。只有一次，在一个小说首发式后的酒会上，我被一群喝醉了的爱尔兰人围攻。"Yan，我们都知道你是一个中国作家，你在中国的时候写了很多很多很多本书，但你写的是什么啊？你告诉我，不许开玩笑或者岔开话题，你严肃地告诉我，你到底是个什么样的作家？"其中的一个问我。

我莫名地被悲伤击中。我亲爱的朋友，我无法告诉你我是一个怎样的作家，即使我们都这样热爱我们所热爱的，谈论我们所谈论的，赞同并信任彼此——

但是我无法告诉你我是一个怎样的作家，只有我写的故事才能告诉你。

那个时候《我们家》的英文版即将出版，其他的好几种语言也陆续出版或者翻译完稿了。因为种种原因（最重要的大概是节省主办方的路费开销），我时常在爱尔兰或者别的国家参加文学活动和文学节，谈论我的写作和小说——在好几个不同的场合，我都被要求读了《我们家》英文翻译的选段，每一次，我都说明：这英文是出自我的翻译，并不是我。

更频繁地，是在提问环节，我被问道：你有考虑过英文写作么？

每一次我都坚定地回答：不会。只有中文是我的写作语言。写中文带给我的挑战和满足是其他所不可比拟的。我对写作的野心只有写中文才能实现。

言之凿凿。言犹在耳。

大概是在我搬到都柏林之后第二年的秋天，之前参加过的一个文学节的主办方联系到我，说他们准备要出版一本纪念册，希望我能给他们写一篇文章，讲讲我在文学节的感受。因为喝了他们不少的酒，我把这事情答应了下来，并承诺一周以后一定交稿。

奇怪的是，当我打开电脑，试图写这篇本来很理所当然的文章时，我发现自己前所未有的迷茫。枯坐到一周快结束的时候我终于决定：不用中文，而用英文来写。原因很简单，因为在这个文学节上，所有的一切都是英文的——所有的讨论，观察，玩笑话。而我是这样一名不合格而生硬的翻译，最好的出路就是把故事按照它本来发生的语言记录下来。

于是我写了这一篇文章，题目叫作 *Panda Suicides*，主办方收到以后很开心，并且告诉我其他所有作家的文章里都提到了和我（在不同的时间和场所）喝酒的事。

这件事情以后我戒酒了很久，并且开始用英文来写一些只能用英文写的故事。我写了一个住在旅行箱里的作家的故事，是以我去利兹大学做文学翻译工作坊的经历开始；之后，我给《爱尔兰时报》写了一个短篇，关于西爱尔兰小镇上的中年作家和他少年时代的日本朋友的故事；再之后，我收到了邀请，给 Faber & Faber 出版社 90 周年纪念的爱尔兰短篇小说集写一个故事，于是我写了一群住在都柏林 Liberties 区年轻人的故事，题目是 *How I Fell in Love With the Well-documented Life of Alexander Whelan*。

我感到一种欣喜。因为有一个新的，用英文写不一样的故事的作家在我身体里成长起来。少年时候初拾写作的不知所措和语无伦次又回来了——我又成了一个无知的人，一个刚刚开始写作的人，一切都是可能的，所有的事都是那样地令人雀跃。

最重要的是，到了这时候我才忽然明白：写英文不等于和写中文告别。我会成为一个英语世界的作家，一个新的作家；但是我依然是写中文的我，舍不得平乐镇，写的是四川话。

今年九月份，我和先生以及一岁多的儿子一起，离开了都柏林，搬到了英格兰的诺里奇。我开始了在东英吉利大学（University of East Anglia）的创意写作 MFA 课程，重新成为了一个学生。UEA 有全欧洲最具盛名的创意写作项目，知名作家校友如林，得用字母排序来检索。在介绍会上，二十几个来自不同大洲的同学坐成一圈，每个都是有些来头的。轮到我的时候，我忽然异常紧张，用了好久才找到自己的声音：

“我十几岁的时候开始出书，写了十二三本的中文书，也算是个‘老作家’了——但是这些在这里都不重要。现在我来到这里，是希望找到在这一种新的语言里，我是一个什么样的作家，有什么样的声音，要对什么样的隐指读者（the implied reader）讲怎样的故事。这些问题的答案我都不知道，因为所有事情才刚开始。当然了，我也想过，我可能到最后都找不到答案，这桩堂吉诃德式的（quixotic）冒险可能没什么好结果——但是这并不重要，重要的是，我现在是个新的作家。可以在三十多岁的时候开始第二种不同的人生，成为另一个不一样的作家——单单从这一点来说，我真的很幸福。”

文 | 盛韵

非虚构写作中的傲慢与偏见

盛韵，复旦大学中文系博士毕业，上海社会科学院文学研究所助理研究员，《东方早报 · 上海书评》特约编辑。中文随笔散见于《上海书评》《读书》《三联生活周刊》等，英文随笔散见于《伦敦书评》和《泰晤士报文学增刊》。

我没有写过小说，但在我的想象中，写小说是可以天马行空或者自言自语的，很多伟大的小说诞生之前，作家并不知道他/她的读者在哪里。非虚构写作就无福享受这种奢侈，读者很重要，提笔前就要想清楚写给谁看，对读者的理解能力和情绪反应要有预判，并据此制订叙事策略和叙事节奏。

很多有采访功底的记者，驾驭非虚构写作会比较轻松。好记者做采访，一定会做足功课，熟悉采访对象的观点和性格，对采访对象的回答有预期，通过设计问题大纲勾勒叙述框架，引导采访对象说出你期待的内容，然后通过适当的剪裁，去掉一些啰唆的闲聊，用一系列递进的问答式叙事把干货呈现给读者。不过即便准备充足，有时也会碰到不成功的访谈，采访对象状态不好或者不积极配合，没有表达欲，导致无米之炊的尴尬；现实中采访对象也时常会超常发挥，甚至主动提及记者没有想到的精彩问题，这样的意外之喜可以将访谈提升好几个层次。好的非虚构写作也一样，能够在读者既有的知识框架之外提供一些新内容、新视角和新思路。

用非母语比如英语写非虚构，大体的原则是共通的，只有细部处理的差异。最重要的，仍旧是对读者的预判以及如何与你的读者交流。一般来说，刊物的定位决定了你的读者是谁，也决定了你的写作方式。因为工作原因，我平时阅读较多的是英美的书评刊物，比如《纽约书评》《伦敦书评》《泰晤士报文学增刊》《卫报评论》《纽约客》等，这些刊物通常属于“高等新闻”（higher journalism）的范畴，它们的读者是受过高等教育、思辨能力强、有好奇心的高知群体，这决定了它们刊发的文章与普通新闻报道不同，没有那么讲求时效性，但一定要有深度分析，或是针对一些焦点问题提出不同的解读方式，并且提供有理有据的论证。

大部分情况下，选题是由刊物决定的，因为刊物的编辑最知道它的读者关心什么，想看哪方面的内容。在《伦敦书评》约我写独生子女政策之前，我完全没有想过这个话题，因为在我的成长环境里，独生子女是一个常态，家家都是这样，我们没心没肺地长大了，并没有什么特别的不适感。但当我开始考虑西方的读者时，才意识到在国家层面通过立法限制生育这件事，在整个世界历史中都是极为特殊的。为了熟悉读者，我地毯式地阅读了西方媒体对独生子女政策的报道以及相关书籍，可是看了几天就觉得颇为厌烦，因为观点和论证都大同小异，主要强调独生子女政策导致了农村大量丢弃女婴甚至杀害女婴，以及强制堕胎的惨剧，还有就是独生子女可能会有的性格缺陷，比如自我中心啦，娇生惯养啦，容易拜金，崇尚享乐，等等，著名的《科学》杂志煞有介事地发表研究说独生子女一代容易消极、不喜风险、不爱竞争。

偏见是一个很好的切入点。经常看单口喜剧和脱口秀的人都知道，偏见是幽默的一大源泉，偏见往往自带喜剧效果，与偏见对抗则能给叙事的戏剧化加入更多层次感。另外，《伦敦书评》的编辑在约稿时，就几番提醒，多用第一人称。第一人称叙事是许多年来非虚构写作一直比较热门的套路，通过个人视角和个人经历可以避免宏大叙事的空洞，因为主观，因为私人，所以可以任性添加很多个人观感和意见，并不需要拘泥于新闻报道恪守的中立客观。但是，第一人称叙事不容易把握好，因为很容易陷进通篇“我”“我”“我”的自我中心情结，滔滔不绝地说自己觉得重要但别人看来其实是鸡毛蒜皮的事情。如何用“我”作为叙述主体去表达超越个人的外在世界，需要一定的自我控制，表面上在说你自己的事，其实要反映具有代表性的社会心态或情绪。自嘲也是一种好办法，作者将自己作为偏见的主体与之对抗，能让读者产生代入感或激发同情心，在幽默的语境中理解自己平时容易产生哪些偏见，与之相对的是居高临下的训诫 / 说教式写作，容易弄巧成拙令读者产生抗拒心理。

具体说独生子女政策，被强迫堕胎、弃婴等悲惨案例遮蔽掉的，是它对男权社会根基的根本性颠覆。在该政策实施的三十多年里，城市父母几乎是被迫接受了生儿生女都一样的观念，如果生了女儿，也会给她提供最好的教育机会，希望她成材，这是在之前重男轻女的社会中无论如何无法做到的。拿农村来说，传宗接代的宗族思维实在太强大，连计划生育政策也不得不妥协，允许农村夫妇在第一胎是女孩的情况下还可以再生一胎。这种现实操作中的 1.5 孩政策，直接导致了男女比例失调，中国多出来的三千万光棍几乎全在农村。这不是很多人认为的计划生育导致性别失调，而是执行计划生育不彻底、向重男轻女的封建传统低头导致了失调。计划生育本是为抑制人口过快增长而制订的，却无心插柳地促成了中国女性崛起。这个被西方媒体选择性忽略掉的重点，应该值得一写。同样被西方选择性忽略的是控制人口对环境和自然资源的正面影响，中国已经是全球人口最大国，农民越来越少，很多粮食依赖进口，如果再放任人口像印度那样增长，恐怕整个地球的粮食都不够我们吃的。我本人不是很喜欢“卖惨”的写作，当然穷、苦、惨、底层的故事有不少人要看，但如果你的生活不是那样，只是为了发表，迎合媒体的猎奇心态去写这些，反而会显得不真实。

还有女权的例子。研究中国女权的西方女权主义者往往特别喜欢夸大中国女权运动的影响力，比如洪理达（Leta Hong Fincher）的新书《背叛老大哥》（*Betraying Big Brother*）。其实在中国，没有几个人能说出“女权五姐妹”的名字，或者知道她们在主张什么。女权是微博等社交媒体被多次清洗后一息尚存的微弱声音，因为没有别的声音存在，于是导致了一定程度的“幸存者偏差”，女权的声音似乎被放大了，导致很多西方媒体觉得中国的女权运动特别厉害。其实，西方女性争取的选举权、同工同酬、公平机遇等在中国都没有对应，我们的女权也没有大胆到去反对婚姻和生育这些真正限制女性发展的东西，能做的也就是反对性骚扰、反对某一版婚姻法的某些条例、反对家暴而已。更何况还有中华田园女权，只想获得利益不想承担责任。如果再进一步说，以今日的在校学生比例看，已经是女生占多数，越年轻的群体越看不出男性主导，年轻人中流行的中性风甚至模糊了性别差异，在可预见的未来，男性的职场优势将不复存在。女权不会是未来社会的重要议题。轰轰烈烈的 #MeToo 也是如此，它其实更多体现的是代际冲突而非性别冲突，以当下年轻人对性的态度以及恋爱交往模式看，已经与上一辈大不相同，年轻男性大多支持 #MeToo，这点东西方皆同。

除了叙事策略之外，语调也很重要。烦琐的学院腔一定要避免，但是论证必须逻辑严谨。有趣的八卦逸事在任何语言的写作中都多多益善。举例的时候要尽量避免本土文化中的特殊案例，哪怕中国人耳熟能详的人名也尽量避免，因为对西方读者来说，这些案例和名字没有附加价值，不能引起共鸣。相反，如果能把本土化的案例用西方文化中熟知的典故表述出来，能帮助你的读者进入情境。比如八股文要求应试者“代圣人立言”，也就是模仿孔孟口气写作文，还有很复杂的对仗要求，如果想要西方读者理解，可以说考生必须模仿苏格拉底或柏拉图的口气，还得用英雄双行体写出来。

很多人可能会觉得给英语刊物写文章，首先要英语好。其实不尽然。我是学中文出身，从来没有留过学，英语基础基本上来自书面阅读和看大量英美剧，词汇量有限，只会用常见字，俚语和冷僻字一概不会，还经常犯各种各样的语法错误，不会表达复杂时态，不会写复杂从句，不会用插入语。这些编辑都可以帮助你润色，甚至全文改写。英语刊物如果找英语非母语的作者写稿，英语水平倒可能是较少考虑的，他们也不会约你写西方的事情，一定是写你熟悉的文化，最好能跟他们的刻板印象有点不一样，说点他们不知道的事情——当然这点说起来容易做起来难，因为你得先摸清楚他们知道些什么。行文尽量简洁，几句话能说清楚的问题，不要长篇大论；如果文章是长阅读的形式，那么尽量照顾一个社会问题背后的多重面相，体现层次感，不能是单向度的例证堆砌。此外，如果能有点幽默感，就更好了。

文 | 陈浩基

我的推理小说创作程序 ver.2.1

陈浩基，香港推理小说家，香港中文大学计算机科学系毕业。
出版有长篇小说《遗忘，刑警》《13 · 67》《网内人》《山羊狞笑的刹那》等。2009 年，凭《蓝胡子的密室》获台湾推理作家协会征文奖首奖，2011 年，以《遗忘，刑警》荣获第二届“岛田庄司推理小说奖”头奖。长篇《13 · 67》被翻译成多国语言，日文版获“《周刊文春》十大推理小说”第一名。

毫无疑问，推理小说是文学界中的异类。即使跟一众类型文学（诸如科幻、奇幻、武侠等等）相提并论，推理小说仍有其特异之处——只有推理小说会被读者判断“对”与“错”。言情小说中主角情归何处无一定答案，科幻小说可以让结局留白让读者自行想象，但推理小说作者为谜团做出的解答，却会被仔细研究其“正确性”。究其根本，皆因推理小说不单是文学作品，更是一场以逻辑为规则的角力；读者不单是受众，更是与作者对等的游戏参与者。固然，古往今来不少推理小说能跨足传统文学界别，读者能以纯文学的角度审视作品、解构作者的创作动机与概念，可是更多的推理小说读者着眼于作品的逻辑性与公平性，假若当中有所缺失，即便其文学性再高，也一样为人诟病。

正因为推理小说创作讲究逻辑正确，它的创作手法亦往往跟其他小说不一样。比起一般艺术创作，撰写推理小说更像建筑设计，在“建设”（动笔）之前必须好好绘画“蓝图”（大纲），假如没有全盘考虑，确认蓝图是否符合“规则”（逻辑），只会落得两个下场：一是房子盖到一半发现盖不下去（故事写不完），一是勉强将房子盖好，却发现问题多多，根本住不了人（硬把故事写完，却处处犯驳）。也许有人会反驳说，坊间亦有很厉害的推理作家，能不写大纲直接动笔，写出合理有趣的推理小说；但我认为那只有两个可能，要么这位作家一直走狗屎运碰巧写出好作品，要么他其实有写大纲，只是他人从不知道——那幅“蓝图”直接在作家的脑袋中先完成。现实中“幸运值满点”和“脑容量超凡”的作家都万中无一，咱们凡人假如想挑战创作推理小说，我的意见是，还是采取保险一点的策略较稳妥。

大概因为我本来是软件工程师的关系，我总觉得创作推理小说可以沿用开发软件的方法。开发软件并非程序员埋首每天敲键盘键入一行行源代码便大功告成，“编码”只是整个工程的一小部分，更多的时间——超过六成——是花在分析和设计之上。在我的写作过程中，我同样花大量时间在这些前期工序上，当脑海中浮现某题材的轮廓，或是觉得某点子很值得写成长篇小说时，便会开始思考和分析故事的方向与构成。这个过程相当缓慢，就像滴漏咖啡一样，只能让意念一点一滴累积起来，反复想象故事内容。日常生活中的任何时间——

包括坐公交车、早上赖床、洗澡，甚至蹲马桶——都可以用作思量故事。在这阶段，我以前会用纸笔做一些笔记，不管想法有多稀奇古怪、不切实际也会将它写下来，有时亦会加上流程图之类，画上一大堆箭头和只有自己才看得懂的符号；近年我购买了平板电脑和电子笔，于是这过程亦顺利电子化了，在整理和保存上比之前更方便。

一般而言，我构想推理小说都是从结局开始的，先从谜底想起，桥段会较容易成立。反过来的话不是不行，只是十分困难：先想出一个三重密室，思考如何破解，永远不如先想到一种有破绽的密室杀人，再在它之上包覆额外两层虚假的密室设计容易。推理小说有点像魔术表演，纵使表演如何复杂，核心诡计往往都离不开几套手法，像隐藏、取代、交换、模拟、转移焦点等等，而如何运用这些手法去建架完整的“表演”，便是推理作家的课题。

当小说构想从虚无缥缈的灵感变成略为完整的故事梗概后，我便会进行第二步：撰写大纲。跟传统小说创作的大纲或者有点不一样，我写的不单是剧情大纲，更是一大串背景资料。附个人资料的角色表、事件流程图、日程表、地图、伏线与误导及真相的关系图、章节分割内容表……我甚至会在角色表加上各人的成长年表，纵使当中 99% 不会在故事中提及，但如此一来，就能让角色们更具备真实性，我会知道他们在哪个年代成长、见证过什么世界大事。另一方面，我有时会用 3D 室内设计软件来建造故事中的场景，虽然用途同样不大（假如你不是写机关密室杀人），但这做法有两个好处，一来可以让自己更清楚故事环境，容易投入故事，二来有机会避过一些矛盾。我曾在某作品中，写主角们来到某大楼的后面，在西翼后门旁找到某工具；然而我用软件替大楼建模后，才发觉他们所在位置根本不可能看到西翼后门，该改成东翼才对。虽然大部分读者不会留意当中的差别，但见微知著，小说的真实感便是靠这些细节累积而成的。

在构想和撰写大纲与各式图表的同时，我亦会搜集资料。我想，作家的取材的方法大同小异，我找资料主要是靠阅读、观看纪录片、实地取材、请教专业人士与浏览互联网。我知道今天很多年轻作者将互联网当成主要的取材工具——固然互联网十分方便，提供了大量资料，可是我必须指出，别倚靠网络作为单一的材料来源。书籍和影像资料是作为验证从网络取材所得资讯的真确性的好工具，另外，实地求证和请教熟识相关知识的人们往往有更多好处。或许这说法会令大家疑惑，难道推理小说作家要一一验证诡计吗？现实中可不能杀个人来看看诡计是否行得通吧？虚构的诡计当然可以靠“脑补”，但一道诡计往往由多个环节组成，当中总有不少部分可以验证。举个实例，我就曾为了设计一个犯人隐藏网络身份的诡计，特意来回数个地铁站之间，记录行车时间、连接互联网所留下的足迹、月台监视镜头的位置等等。现在回想，搞不好有地铁职员把我当成可疑分子？作家似乎都会做一些怪怪的行动哩。

话说回来，前期取材和后期取材不尽相同。在构想概念时，因为还没有方向，所以我不会很确定自己要找什么，通常都是觉得某方向有可能成为内容，便多找一些书本看看，或是上网搜寻某些关键字，有时更会逛博物馆或科学馆找灵感；而当剧情已定得七七八八，搜集资料是为了完成故事中某个环节，我就会集中追求某些问题的答案，比如向医生请教某些药物的作用、向任职商界的朋友查问银行借贷细节之类。

书本是优秀的取材来源之一，但我要强调，千万不要倚赖人家写的小说当成资料来源，因为你无法确保那本小说的内容有多少真实，多少虚构。我经常举的例子是，假如你因为读过《福尔摩斯探案》便想写一本同样以维多利亚时代英国为背景的小说，那只会写出一个“很像福尔摩斯背景的英国”而不是“英国”，你的视野一开始便限制在柯南·道尔爵士笔下的范围里了。这时候，非小说的参考书是你的好朋友，我们可以从非小说中找到更多有用（而且真实）的知识。我曾撰写英国童话改编的推理故事，为了了解16世纪的欧洲人生活，我阅读了一些描写那个时代平民生活的史普作品以及记载中世纪欧洲司法案例的书籍，虽然结果在故事里用上的内容恐怕不到5%，但至少令我对我的故事背景有更深刻的认识和理解。

当我确定手上的大纲和资料已足够让我动笔的话，我便会真正开始“写作”

了。假如大纲整理得完美，写作过程是相当轻松的，因为只要将先前设计好的蓝图按“元件”一件一件组装便能完成，唯一要考虑的只是演绎细节，像角色的语气、文字的修饰、描写的长短之类。创作经验多寡往往在这时候见真章——经验不足的话，写作期间会三心两意，察觉先前的大纲有漏洞，徘徊于“应该不按大纲而行”还是“硬着头皮继续错下去”。经验丰富的作者大概也会遇上这情况，但大抵大纲设计上不会出现大矛盾或破绽，应对也较轻松，任何选择都不致令剧情脱轨。当然也有一些例外，我写《网内人》时便遇上麻烦的情况，纵使剧情依原来的设计而行，却因为想将人物描写得更细腻，结果篇幅暴增，多写了一大堆跟主线关系不大的对话和支线剧情，令写作过程拖得非常长。

写作完成后，便来到修稿润稿的阶段。事实上，我在最后的修稿阶段通常花时间不多，原因是我会在写作期间边写边修。写好一章后，在进入下一章前先重读一次，确定内容无误，有必要的话连之前一章或两章也会再看一遍。我喜欢将稿件第一次修好后搁在一旁，放它三个月至半年，之后再读。这段我戏称为“过冷河”的时间可以让作者自己忘掉一些主观想法，重读重修便能换一个更客观的角度来评估作品。

以上便是我的创作过程，除非是二三千字的极短篇，否则我基本上都用上述的方式来写作。推理小说不易写，所以我一向对新手的提议是先试写一万至二万字的推理短篇，诡计不要复杂，人物不要多，假如能在这篇幅写出一个有趣、合理、让读者感到真相意外的故事就已经够好了。能驾驭二万字的短篇，便可以挑战五万字的中篇，五万字也能解决的话，便能上试十万、二十万。在推理小说创作里经常有一个误解，一般人以为既然能写出二万五千字的推理故事，那只要花双倍时间便能完成五万字的作品，花四倍更能写出一篇十万字的长篇小说；然而现实却不然，我就听过有新人作者说明明二万字的短篇写得很轻松，五万字却老是写不好。这是因为篇幅愈长，故事的复杂度愈高，这混乱程度是以几何级数递增的。尤其推理故事的重点通常在最后揭开的真相上，结构不能在写作途中随意更动，长篇推理小说自然比短篇难以控制。

谈完了“形而下”的实作程序，接下来姑且略谈一下“形而上”的创作理念——就像说明了沏茶的每一个步骤，但重点还是“你为什么要沏这一壶茶？”

每位推理作家很可能有不同的创作理念，但大概有两个最常见：一是视推理小说为逻辑游戏，为了追寻解谜乐趣、挑战“化不可能为可能”而投身推理创作；另一是将推理小说当成伸张正义、揭示人性的道具，为了追求“文以载道”而撰写撼动人心的犯罪作品。以日本的推理小说流派分类，笼统地说，前者就是本格派而后者就是社会派。固然作家们不一定要选其中一边阵营，不少名作的作者都同时具备两种创作理念，倒是坊间总会听到不少对立的声音，比如社会派的粉丝指责本格推理的谜团浮夸失实，本格派的读者嫌社会派推理作品沉闷缺乏想象力。

然而我认为两者都有彼此无法取代的优点。

社会派的作家关心社会，尝试透过推理谜团来反映人性，令读者了解身边的事物，这是毋庸置疑的崇高志向。相反地，本格派推理小说也许跟我们身处的现实无直接关系，但“思考”本来就是人性中最伟大的特质，敢于发想、找寻事物的种种可能性、突破每一个盲点，也是人类灵性的体现。我认为两者无分高低，而事实上两者同时存在，更展现出推理小说的非凡。

而且，无论社会派、本格派或是任何派别的推理小说，都有一个不变的核心——寻找真相。不管是着重游戏性，还是侧重反映现实，推理作品的目的永远只有一个，就是解开谜团、暴露谜底。即使故事中的侦探最后被摆了一道，凶手逍遥法外，读者依旧能从结局里获知真相，假如作者自己也不了解真相，书中缺乏论理逻辑，那这本就根本不是推理小说了。推理小说是作者对现实、对真相、对自我的诘问成果，纵使手段不同、理念各异，追本溯源却出于相同的人性。

过去我曾在国内的推理杂志写过一些谈推理创作的文章，这回获《鲤》邀稿，特此整理思绪，重撰一遍，完整地阐述创作步骤与背后思想，期望能让一些有意创作推理小说的朋友多一份参考。这几年间我自觉写作方法和理念都有些微改变，故此本文题为“ver.2.1”，说不定未来还有“3.0”“4.0”，毕竟写作是一辈子的课业，但愿将来仍能有所精进，再与诸君分享。

文 | 飞氘

从比喻义到字面义：科幻的一种解法

飞氘，科幻作家。北京师范大学文学硕士，清华大学文学博士。
代表作包括《去死的漫漫旅途》《一览众山小》《蝴蝶效应》等。出版有短篇小说集《纯真及其所编造的》《讲故事的机器人》《中国科幻大片》。

“怎样才能想到一个好的科幻创意？”

刚开始尝试写科幻的朋友常会这么问。对此可以有许多建议，比如增加阅读量、关注科技前沿、深入了解社会生活，等等。最方便坦率的回答是：没有好创意的时候，可以不写的嘛。毕竟写作最好的动力应该源自内在不可遏制的表达欲。对“科幻”这样一种读者对其技术创意期许甚高的文学样式而言，尤其如此。著名作家刘慈欣就说过，他近年来之所以没有什么新作，主要是没有找到能让自己激动不已的创意。大刘尚且如此，我们更无须勉强自己。

除非有人逼你。

当然，人生在世，难免身不由己。比如说，你选修了一门叫“科幻文学创作”的课，为了拿到学分，必须在期末之前写出一篇科幻小说。时间紧迫，灵感偏偏又不肯降临，如何是好？这时，作为这门课的任课老师，我倒是可以给点小的建议，说不定能帮助你萌发几个脑洞。

首先要强调的是，对许多写作者而言，“交稿期”无疑是可怕的精神折磨。为了身心健康着想，写作者应该尽量避免陷入那种拖欠债务等待偿还、眼看截止期临近却装死不想动弹、不拖到最后一刻不肯为了保全自己的名声而勉力完成任务的过程。不过，假如你不慎陷入这种困境中，也不必垂头丧气。因为，也有不少人承认，如果没有一个在规定时间内必须完成的强制性束缚，他们往往在成功地新建完一个文档，或者想出一个较为满意的题目，以及写下一段不足三百字值得炫耀的开头后，就会心安理得地拿起手机，在淘宝、微博、朋友圈上愉快地摸起鱼来。众所周知，大脑是需要一段时间来逐渐进入到写作状态的，这就像要得到稳定的室温，就不能频繁地开启又关闭空调。因此，对于那些斗志昂扬，在每一个退课时限过去后仍然愿意留下来接受挑战并希望能得到一些教益的年轻人，我认为最能帮助到大家的措施就是规定一个必须提交作品的明确日期。实际上，“八个星期后的我将会写完一篇新的小说”这个念头还是颇能令人宽慰的，毕竟世界上有那么多人一度想要成为作家却从来没能写完过一个作品，这主要是因为没人逼着他们必须交稿。

接下来，我就以自己的小说为例，来演示一种强制生成科幻创意的方法。

这当然并非自视甚高，而是每个作者只能对自己的“灵感”产生过程最有体会。

十几年前，作为一个想在写作上有所作为的大学生，我努力扩充着自己的阅读量。一天，我翻开了法拉奇的《风云人物采访录》。这位意大利记者说，她很想弄明白历史到底是多数人还是少数人创造的，并谈到了罗素的一段话：世界的命运是少数政治领袖决定的，“要是他们说‘你们去死’，我们就得去死，如果他们说‘你们活下去’，我们就得活下去”。这个句子一下子击中了我，令我浮想联翩：假如有一个国王，他打造了一批真正的“不死者”，有点像《终结者Ⅱ》中那个不论怎样爆头、轰炸都会神奇地恢复原样的液态金属机器人T1000，不过还要厉害得更彻底，敌人拿它一点辙都没有，那么国王当然会征服世界，然后出于某种难以揣摩的心理动机，阴郁、暴躁的国王命令这些不死者："你们去死吧”，那么将是一个多么带感的故事啊！

这就是《去死的漫漫旅途》这篇小说的由来。在这个现身说法中，有几点经验可供参考。

第一，对写作者来说，读书以杂为宜。哪怕你已经抱定决心成为刘慈欣第二或者你自己第一，也不必将阅读兴趣局限于科幻文学和科技类图书，毕竟你永远无法预测哪本毫不相关的书会突然激活你的脑回路。

第二，前无古人的科幻创意固然了不起，但能第一个想出时间旅行概念、第一个考虑星际战争问题、第一个预想赛博朋克故事的人终究少之又少，除了绝对的原创，既有概念的组合和拼接也可以成为新故事的出发点。

第三，也是本文要谈的主要问题，就是一种方法，这里姑且称之为“从比喻义到字面义”。比如，当你看到这句“要是他们说‘你们去死’，我们就得去死”时，就去想象一下，如果真的有一个至高无上者命令一群人去死，那会如何？然后为了制造最大的冲突或悬念，给他一百个死不了的机器人吧。

我们再举几个例子来更明确地说明这种方法。

1941年，科幻编辑坎贝尔让他的作者阿西莫夫思考诗人爱默生的一句话："如果繁星每隔千年才出现一晚，人类将会如何景仰与崇拜，并世代保留上帝之城的回忆。”于是，21 岁的哥伦比亚大学研究生设想了一个围绕六颗太阳运转的行星，那里的文明每隔一千年才能见到一次夜晚，名篇《日暮》由此而生。

再比如，“朝闻道，夕死可矣”这句名言流传千年，但凡读过书的中国人都耳熟能详，但直到 2002 年我们才在刘慈欣的《朝闻道》中，见识了一群对真理极度渴望的科学家，怎样向那个为了防止宇宙毁灭而不允许人类继续探索的外星人哀求：让我们知道宇宙大统一模型吧，让我们知道费尔玛猜想和哥德巴赫猜想的证明过程吧，告诉我们这些伟大的真理吧，十分钟后将我们毁灭就是了。

现在，我们可以把这种方法明确地描述为：

> 将一个句子的比喻义或引申义悬而不论，然后尝试在唯物论的宇宙图景中，通过技术化的构想来落实其字面义。

当然，这不是什么新发明。科幻作家德兰尼就曾经把“科幻”理解为一种“符码传统”。简单说，在科幻故事中，时间、地点、人物、生活设施乃至物理法则，总会有某个方面与现实世界不同，读者必须在阅读过程中正确“解码”了作者所制订的游戏规则后，才能确定一些奇特的句子到底应该如何阅读。比如说，“他的双眼射出了怒火”，对于习惯于阅读现实主义文学的读者而言，毫无疑问是个比喻句，但假如出现在《科幻世界》上，就必须考虑一下角色是否有着《X 战警》中的镭射眼一样的超能力。

实际上，不止是科幻作品存在着“正确打开方式”的问题。让我们来看看下面这段话：

> 眼下，季节这条大船似乎已经搁浅了。黎明和日暮仍像祖父的步履一样更替。我蛰居在一个被人称作“水边”的地域，写一部类似圣约翰预言的书。我想把它献给我从前的恋人。她在三十岁生日的烛光晚会上过于激动，患脑血栓，不幸逝世。从那以后，我就再也没有见过她。

如果我们将这个开篇从原文抽离出来，丢给不明就里的读者，一些不确定的状况就出现了：“季节这条大船似乎已经搁浅了”是什么意思？这是一个比喻吗？还是说，有一支太空舰队，它们分别有不同的名字，其中一艘名为“季节号”，别的飞船还在前进，它却出了故障搁浅了？还有，从前的恋人不幸逝世后，“我就再也没有见过她”又该怎么理解？虽然我没见过她，是否有别的人见过她？就像《百年孤独》里的世界那样，人死之后，亡魂还会在庭院中徘徊？当然，实际上，这段话出自格非老师的先锋主义代表作《迷舟》，奇异的句子背后是对当时文学陈规的反叛，而不是要引出科幻或魔幻现实主义的情节。

现在，那些为创意匮乏而苦恼的人，不妨拿起一本你最喜爱的作品，换一种古怪的眼光去重新打量每个句子，仔细研究它们的字面义，看看有没有什么奇特的画面从你的脑海中浮现。比如张爱玲的这句话：

> 见了他，她变得很低很低，低到尘埃里，但她心里是欢喜的，从尘埃里开出花来。

在什么样的时空背景下，人们会发明一种技术，让一个人会变小、变小，最后小到尘埃里去然后开出一朵纳米花束呢？反正漫威公司都敢瞎扯什么“蚁人”这样能够进入量子世界的超级英雄，我们又何必担心自己的脑洞太荒唐呢？

再看看海子的这段诗：

> 春天，十个海子全部复活 / 在光明的景色中 / 嘲笑这一个野蛮而悲伤的海子 / 你这么长久地沉睡究竟为了什么？

原诗当然很悲伤，但也不妨想象一个奇异的故事开篇：在一艘神秘的太空飞船冬眠舱里，冷冻着十一个海子，某一天，飞船抵达了目的地，然后十个海子开始“复活”，只有一个还在沉睡……尽管画风诡异，不过，就在前不久，长征二号丙火箭将几颗卫星送上太空，据说其中一颗卫星里装着刘慈欣的基因，所以十个刘慈欣被三体人“复活”这种事也不是不可想象……

对于严肃正派的文学家来说，这种操作似乎有些不着调，但它其实在历史的脉络中有迹可循。我们都知道，如果没有现代科学的诞生，“科学幻想”也就无从谈起。自科学革命以来，从前那些神圣的、具有道德色彩的、精神性的事物，就开始沉落为世俗的、中性的、物质性的存在。在西塞罗的《论共和国》中，月亮将易朽的凡间与不朽的神界区隔开来，而当开普勒要证明群星只是像钟表那样的机械、伽利略用他的望远镜观察月球时，已经为宇航员阿姆斯特朗的那一小步埋下了伏笔；《圣经》说上帝仿照自己的模样造了人，让他掌管地上众生，而当笛卡尔把人也看成一部由骨骼、肌肉、神经组成的精妙机器，达尔文寻找着物种起源时，也为克隆人、赛博格、基因编辑等技术对“人”的重新定义做好了准备。这种用理性的态度、科学的方法、技术的手段将种种神仙鬼怪解析为物质现象、让世界和人自身变得可理解、可操控的不懈努力，为现代世界定下了基调，也为科幻文学的发展提供了动力，“从比喻义到字面义”这种阅读思路正是从此而来。

话虽如此，作为具体的灵感开发手段，这终究不是什么高大上的技巧。如果僵硬地执行，十有七八只会得出一些古怪离奇却缺乏深意的脑洞，相信没有几个正经的科幻作家会刻意地通过这种方式寻找灵感：《朝闻道》就肯定不是刘慈欣死盯着孔子的那句话硬编出来的。所以，它最多也就是一种入门阶段的小练习，或者救急时刻的非常手段。所谓“操千曲而后晓声，观千剑而后识器”，写作其实没有太多捷径可寻，只有多读书、多动笔才是正道。科幻创作也不例外，无非多读包括但不限于科幻的经典文学作品，然后通过包括但不限于选修“科幻文学创作”的方式多动笔，仅此而已。只不过，在科幻里浸泡得久了，脑回路就自然地清奇起来，以至看到一个句子时，常有一些异常的打开方式。这也是阅读科幻的乐趣之一：它让我们面对文学和生活时，获得了一种新鲜的视角，仿佛重新认识了语言和整个世界。

Interview

访谈

文 | 黄昱宁

麦克尤恩讲述麦克尤恩
McEwan talks about McEwan

伊恩 · 麦克尤恩（Ian McEwan），生于 1948 年，英国小说家、编剧。
《泰晤士报》评选的“1945 年以来英国最伟大的五十位作家”之一。头两部小说《水泥花园》和《只爱陌生人》为他赢得了“恐怖伊恩”的绰号。1998 年，凭借《阿姆斯特丹》获布克奖。他的下一部小说《赎罪》所改编的名电影获奥斯卡最佳影片。此后又出版有《星期六》《在切瑟尔海滩上》《追日》《甜牙》《儿童法案》《坚果壳》和《我的紫色芳香小说》等。
2011 年，麦克尤恩被授予耶路撒冷文学奖。

邀请伊恩·麦克尤恩的工作从两年前开始启动。然而，直到麦克尤恩在2018年10月24日登上从伦敦飞往北京的航班的一周前，他首次访华能否成行仍然是一个悬念。作为麦克尤恩十几个中译本的出版者和四部小说的译者，我记得两年来的所有琐碎细节，体验过所有的惊喜、跌宕和柳暗花明。我从没有想过，邀请麦克尤恩的过程也不乏“麦克尤恩式瞬间”。

好在结局就像《甜牙》一般完满。麦克尤恩在北京和上海的大部分时间里，天气都好得不太真实，他满心以为能见识到的北京雾霾也在第一天晚上便被大风吹散。酒店的会议室里，我坐在这位直接改变了我写作轨迹的七十岁老人面前，看他体贴地拿过我的手机放到自己跟前。

“这样录得更清楚一点。”

话题是聊到哪里算哪里的。但麦老师以他数十年接受采访的经验，在该讲段子的地方讲段子，在该说警句的时候说警句。在整个访谈还剩一两个问题就要结束时，他整个人笼罩在秋日午后的阳光中，慢慢地，一个字一个字地讲：“无论如何，如果要我对自己讲一讲麦克尤恩的故事，我就会这么讲。”

黄昱宁（以下简称“黄”）：我翻译过你的两个标准长度的长篇小说（《追日》和《甜牙》，各二十多万字），一个小长篇（《在切瑟尔海滩上》，八万字），还有一个万把字的短篇小说。最新翻译的就是这个名叫《我的紫色芳香小说》（以下简称《紫色》）的短篇。在所有的翻译经历中，翻译这篇《紫色》的过程是最快乐的，因为它很短，相对轻松，易读，既具有巧妙的讽刺性，又洋溢着某种穿越时光的感伤。

麦克尤恩（以下简称“麦”）：关于这篇小说，我还真有个秘密。我有个朋友是策展人，我答应给他的展览的小册子写个故事，主题必须围绕“被偷走的影像（偶像）”。我答应了，但是我也几乎把它忘了——直到我在两年前染上流感。当时体温很高，我突然想起还有这份作业的期限将至，而我还一个字都没有写。然后，我穿着睡衣胡思乱想，那个故事就这么自动出现了。那么完整流畅，如有神助。我没法解释，只知道赶快抓住它。写那个故事只用了四个小时。

黄：哦……为什么我没有得过这样的流感？

麦：实际上此后我再没有碰上过这样的好事。唔……我也在等。

黄：我注意到这篇的写作时间其实是在2016年，但你直到2018年才出版其单行本，而且以此庆祝自己的七十岁生日。其实我觉得，某种程度上，拿它来给你的写作生涯做一番概括，也算别有意味。它写一个作家偷走了另一个作家的作品和人生。虽然你用一场高烧来解释它的灵感，可我还是想追问一句：作为一个写作者，你担心过“被偷窃”吗？有过那样的梦魇吗？

麦：庆祝生日是出版商的主意。算是他们送给我的一份礼物吧。某种程度上这个小故事确实有一种总结的意味，关于小说和小说家。那种感觉就好像，那场邪门的流感在送给我一个好故事之后，符合狗血的戏剧逻辑的结局，应该是我就这么顺势圆满结束生命了——那真是挺适合当遗言的故事（笑）。至于"偷窃"，我并不担心被偷窃，但我害怕被人指控偷窃——说我偷走别人的想法。你知道，或多或少地，每个小说家都是小偷。我们的写作都始于阅读，我们都站在很多文学巨人的肩膀上——但同时，我们的肩膀也承载着巨人们的重负，并不是耸耸肩就能把它们卸下来的。我们阅读，我们聆听，我们总在寻找某些可以触动、潜入、点燃思维的东西，为我所用。那条界限如此微妙模糊，以至你会在潜意识里担心自己不小心逾越它，或者被别人判定失去原创力，只能拿出因袭模仿的成果。

黄：近年来你其实很少写短篇。自从早年有过那两个惊世骇俗的短篇集（《最初的爱情，最后的仪式》和《床笫之间》）之后，你就基本没再出版过短篇集。

麦：看看我这四十多年的写作，相比短篇小说，可能我更持久的兴趣在长篇小说和所谓的"小长篇"(short novel)——通常也被称为"中篇"(novella) 上。我想特别提一提这后一种文体。早期的《水泥花园》和《只爱陌生人》，后来的《在切瑟尔海滩上》和《坚果壳》，都属于这一类。在我看来，卡夫卡、托马斯·曼、亨利·詹姆斯、康拉德，都是用这样的文体贡献了他们最好的作品。因为这样的篇幅需要你精打细算，把事件的起承转合用十分经济的笔墨展现出来，你的控制力要经受很大的考验。它可能会将你的极限逼出来。它就像是一出舞台剧，三幕。你知道一部真正的长篇小说是没有那种天然的结构的，你至少得看第二遍才能发现长篇小说的结构是怎样搭建的。但在中篇（小长篇）里，你能直接看到、感觉到结构，这是阅读的一大愉悦之处。

黄：既然已经说到七十岁了，那我不得不说说这个讨厌的话题。真实的七十岁，和你以前想象中的七十岁有什么不同?

麦：呃，我依然可以打网球，但登山的时候，或者努力试图想起一件什么事情的时候，就觉得自己也许真的七十岁了。不过我想你其实想让我怀一怀旧。我得说，站在我现在这个年龄点上回首往事，我常常想起我母亲以前一直跟我念叨的事，她说我多希望回到四十五岁。那时我只有三十来岁，总是觉得这话很好笑——你为什么不想回到更年轻一点，比如，二十一岁? 她说，不不，四十五是最好的。现在看起来，她是对的。你的体力和智力都在那时达到最佳，而且，从那时起终于不再有人叫你“青年作家”，你不用成天嘀咕鲍勃·迪伦那首《永远年轻》为什么一直能唱下去。这感觉还不错。

黄：哈，我今年四十三岁……

麦：那你还有两年就可以庆祝人生最美好的时刻了。(笑)

黄:实际上在我翻译的这几本书里，我个人最喜欢的还是《甜牙》。我清晰地记得翻译最后一章，那封长信时的情景，我记得我居然忍不住掉下了眼泪。之前的叙述设定的前提，在最后一章中被推翻,而文本中隐藏的一些细节,因为这种推翻而获得全新的意义。其实类似的叙事套路在《赎罪》中已经用过一遍了，但我仍然觉得它在《甜牙》中的运用是独一无二的，充满新鲜的张力。

你觉得，两者之间最大的不同是什么？

麦：谢谢你的眼泪。我想，表层上的不同有很多。比如《赎罪》是一个看起来客观的第三人称视角，最终被反转；而《甜牙》则通篇都是塞丽娜的第一人称自述，最后一封信将真相复原。《赎罪》更沉重一些，它提出的问题是“如果小说家是上帝，那么谁来审判上帝”。《甜牙》则把小说家放在与间谍互相对照的位置。当塞丽娜以为她是一个带着任务来侦查小说家汤姆的女间谍时，她自己在无形中成为了被“反侦查”的对象——而所有出色的小说家的使命，也正是成为一个合格的“间谍”。

黄：这是《甜牙》最动人的部分。汤姆在那封信里说：“为了在纸上重塑你，我必须成为你。当我把自己注入你的皮肤时，我就应该猜到会是这样的结果。我还爱你。不，不对，我更爱你了。”这是我近年来看到的情感力量最充沛的情书，尤其是，它居然出自于你这样一贯冷静的、深谙反讽之道的作家。

麦：我只能说，这是叙事的本质，也可能是爱情的本质。是的，《甜牙》与《赎罪》最大的区别是，它有一个看起来完满的结局，布里奥妮的罪孽在《赎罪》中是无法获得救赎的，但《甜牙》展现了虚构的另一种力量——它可以破坏爱情，也可以拯救它。

黄：关于《甜牙》的元叙事层面，已经被讨论得足够多。我想暂时回到它的表层故事里。《甜牙》发生在所谓的冷战时期。无论在西方还是东方，谈论这段时期，都是一个复杂而吊诡的问题。比起几年前来，当下的国际政治环境更为严酷和复杂。有人说全球化已然崩溃，某种形式的新冷战可能在不远的将来会出现。我知道你是一个特别关心国际政治的作家，每天不看报纸就没法活的那种人。所以我想听听你的看法。在当今时代，一个像《甜牙》这样的故事似乎并没有过时？

麦：在西方，人们曾经普遍认为，二战之后的人类有了很多层面上的共识。尽管仍然有战争，但在近五百年里，战后这段时光很可能是暴力最少的年代——哪怕始终有人在破坏规则，但你至少知道规则是什么。现在的这种“崩溃”有太复杂的背景，在欧洲，在我们英国，主要表现在移民问题上。我们可以列举很多问题，但我想最重要的问题是，那些不得不为新来的移民腾地方的人位于底层，而不是顶层。左派和右派永远在鸡同鸭讲。我们面对的是一场“完美风暴”。我并不认为现在的危机会在形式上简单重复当年的冷战，当年的冷战毕竟也达成了一种可怕的平衡。现在也许要比当年危险得多。我们这两天看到沙特记者的事件（指发生在2018年秋季的沙特记者卡舒吉遇害案。——编按）就充满恐怖的戏剧性。现在的问题是，能从大局考虑问题的成年人在哪里？也许欧洲最后一个成年人是默克尔，但是看看她现在因为移民问题遭到多少攻击。无论如何，我始终相信全球化是利大于弊的，来中国的老外越多，去国外的中国人越多，人们对于他者的恐惧就越少。我们需要互相理解，才能抵御人类面对的共同的问题，比如我在《追日》里写到的气候问题。一国治理气候问题是没有意义的，我们只有站在一起才有希望。

黄：我听说《甜牙》将被改编成电影，剧本也是你写的。在小说技术上的复杂其实反而会给电影改编带来不少难度吧？

麦：其实剧本在两年前已经写好。你说的小说叙事上的招数确实是改编上的难点。比如说，小说是文本套文本的，男主人公汤姆本身是个小说家，《甜牙》里一共出现了他写的六部小说，都被不同程度地概述或者摘引。这其中，有三部在我早期的短篇小说集《床笫之间》里能找到原型——借此，晚年的我似乎可以跟早年的我达成某种对话，另三部出自新的构思，可以算是现编的。我把《甜牙》改编成剧本时，要做的第一件事就是尽可能地去掉这些部分，因为它们在影像中是很难被表现出来的。不过我终究还是完成了。但是，最大的问题在于，这样的故事的视觉呈现必然不是单一的，类似于“马赛克”的效果。塞丽娜的叙述汤姆是无从得知的，反过来也一样。中情局和军情五处开会的时候，他们俩也蒙在鼓里。好莱坞可能觉得这样写太复杂，他们想要一个女明星，想让她戏份更多，要让她控制整个叙述。所以这个剧本目前还搁置着，这事很让人心烦，但电影就是这样。

黄：啊，好遗憾啊，我还等着这片子呢。

麦：当然还在努力推进中，说不定你会在四十五岁生日时看到它。（笑）

黄：说到写剧本，你近年来似乎花了很多时间在影视圈啊。主要是出于兴趣？

麦：我对这个问题的标准答案是：我要给自己一个从孤独写作中走出来的机会，让自己与他人合作，把自己的手“弄脏”。

黄:用中文说那就是“接地气”。我看了最近上映的你的电影。《在切瑟尔海滩上》和《儿童法案》。我更喜欢后者。并不是说《儿童法案》一定拍得比《在切瑟尔海滩上》更出色，我觉得主要原因是《在切瑟尔海滩上》的改编难度太大。

麦：确实更难。那么多内景，一段短短六小时的婚姻，床上的孤岛。用文字撑开的空间没有边界，变成影像就受到很大的局限。不过这两部电影在同一天开始拍摄，无论是创作、拍摄和宣传，我都几乎要同时应付，有一阵子搞得非常忙碌。

黄：你在写剧本时有多大的自由度？我常常听中国的编剧抱怨，说最终出现在银幕上的片子已经跟剧本截然不同。

麦：在英国，电视剧编剧的话语权相对大一点，电影的中心目前仍然是导演。就我而言，我至少能独立完成剧本，到目前为止对最终拍出来的作品都还算满意，没有发现面目全非的情况。但是，当然，一定有妥协。我不是莎士比亚，如果爱玛·汤普森告诉我哪几句台词她怎么念都不顺，我会很乐意修改。顺便说一句，我想你给《儿童法案》打分略高，很可能是因为爱玛的表演很迷人……

黄：千真万确！她看起来甚至比年轻时更美。（笑）其实，说到适合改编的小说，我觉得在近年的作品中，情节线最为曲折的是《追日》吧，为什么它反倒没有被改成影视剧？

麦：确实有好多人谈起这部小说应该被改编成电影，但是一直没有实现，也许恰恰因为它太复杂了……等等，我差点忘了，《追日》有个改成电视剧的计划，四集，我想它应该还在进展中。我不愿意写剧本，因为写个四五集电视剧的工作量可以用来写两个长篇。不过这样一来我就对进度一无所知了。你倒是提醒我了，回头我去问问到什么阶段了。

黄：说到《追日》，在我翻译的你的作品中，这无疑是最难的一次。男主角迈克尔·别尔德是个年轻时就得过诺贝尔奖的理论物理学家，所以翻译《追日》的感觉就好像一直在被各种各样的专业名词围追堵截。困难的不仅是我得把这些词查出来，而是我得在一定程度上搞懂它。因为从别尔德眼里看出的世界，他习惯的那种科学家式的联想，一定与我们文科生是不同的。你很精准地写出了这种不同，所以我翻译的时候必须努力跟上你的步伐。我可以想象你为了写这部小说一定做了大量调查，那么写完之后，你真正搞懂量子力学了吗？

麦：我有次去美国开会，那里有个科学家告诉我他看了我的小说以后非常惊讶："那些关于量子力学的部分，明明就是我的工作啊。"我说："可不是嘛，我就是从你的论文里偷来的，你发表在《自然》杂志上的那篇。"不过我得承认，我还是没有真正搞懂量子力学，我能理解那些描述，我能想象电子要选择一条特定路径，它们时而消失时而出现自有其理由，但是我不知道为什么。我有一回跟一个理论物理学家聊起我的疑惑，他直截了当地告诉我："这是个错误的问题。"我说："那你给我个错误的答案吧。"直到今天我也没得到那个答案。（笑）

黄：在你中后期的作品中，几乎每写一部小说就要进入一个崭新的领域，科学、宗教、法律、间谍，你在小说中戏拟这些行业中的文件，在我这个外行看来实在是相当专业。我想问问你是不是很喜欢在开始写一部小说之前，投入大量时间调查？通常要花多少时间？

麦：我已经记不清总共花了多少时间在调查上。在写《星期六》的时候，我是一边写一边调查的。

我记得那时我常常要去见一个神经科医生。写《追日》的时候，情况也差不多，我要去见很多专业人士，跟他们聊天，做笔记，比较集中的调查时间至少持续了六个月，开始写之后还在不断地调查，可以说贯串始终。《追日》的第三部分写到新墨西哥，所以那段时间我常常就跟太太两个人在那一带开着车转悠。其实调查这件事，我很难准确度量时间，因为有好多问题其实一直萦绕在我脑中，比如对人工智能的兴趣我很早就有，甚至最初写《赎罪》时我试图把它写成一个科幻故事，男主人公的脑子里植入某种芯片……幸好这些胡思乱想没有持续很久。我的意思是，我对于这个问题的兴趣是持久的，所以一直在做这方面的材料准备，很难说清我为新作《像我这样的机器》（*Machines Like Me*）准备了多久。比较明确的是《星期六》，写这部小说之前的准备工作长达一年半。

黄：人们通常会把《追日》看成一部写温室效应、全球气候变化的小说。不过，在我看来，这小说中更重要的是人性。我想，在文本中，你对人的关注还是比对天气更多一点点。别尔德这个人物浑身都是缺点，很不讨人喜欢。但是，随着故事的进展，我发现他在某种程度上像一个滑稽的悲剧英雄。他没心没肺地饱食终日时，倒是基本可以保持岁月静好。但随着那个意外降临，他得到了一个奇特的机会，他的那种变形的英雄主义居然爆发。他以为自己能用一种极端利己的方式拯救世界，到头来却发现他连自己也拯救不了。

麦：温室效应是一件多么抽象的事，你当然不能直接写一个勇士跟天气斗争。所以我写了一个机会主义者的故事。你说这是个“滑稽的悲剧英雄”，我懂你的意思，我愿意把这话说得更彻底一些——他是个“反英雄”。所以美国人对这个人物很有意见，他们认为男主角理应是个正面一点的形象，这跟美国人深厚的宗教基础有关。他们不喜欢别尔德这么个“坏人”。美国人通常比较天真，他们曾经问过我：“你的《坚果壳》里写一个胎儿在子宫中的自述，所以这部小说的主题是不是反堕胎呢？”说回《追日》，别尔德是个不讨人喜欢的“反英雄”，但他同时也是我们每一个人。他很贪婪，对饮食男女的贪欲没有止境，在他身上交织着很多我们这个时代的悲剧。不管是在中国，还是在欧洲，人类都是从很早开始就砍伐树木、破坏环境的。我们现在已经很清楚这有多么危险，但事情并没有什么变化，这就像有人已经很胖，知道自己不能再多吃但就是停不下来。问题在于，我们节制自己的欲望是为了惠及后人，但我们见不到他们，他们也没有机会感谢我们。你可以看看现在特朗普对环境保护的态度，就会觉得我们对未来真是没办法乐观。我昨天跟你在一起吃饭，我们都喝了一碗非常美味的鸡汤，我当时就在想，也许为了保护环境我们应该放弃一点吃肉的乐趣，但实际上我放不下那碗汤，太好喝了……在那一刻，我觉得我和讨厌的别尔德并没有什么两样。

黄：你刚刚完成一部二十多万字的长篇《像我这样的机器》。这一回你再次闯进了一个全新的领域。这些天你一直在各种媒体上聊人工智能，不过我最感兴趣的是这个故事设定在 20 世纪 80 年代，当时英国正跟阿根廷在福克兰群岛上开战，撒切尔夫人正在唐宁街搞权力斗争。在你的笔下，一方面，有关时代背景的细节是逼真的，另一方面，你把那时的科学发展状况做了很大的改动，与真实的历史形成反差。你知道，无论在过去，还是在当下，我们都买不到你在小说中描述的那种跟真人高度相似的机器人。所以，实际上，你用过去时写了一个未来的故事。我觉得这条时间线很奇妙，你为什么要选择这样写？

麦：我很少看科幻小说，因为那通常发生在遥远的未来。我把这个故事设置在过去，是为了暗示，现在的科学发展水平，某种程度上也是拜历史偶然性所赐。谁也猜不到工业革命会在欧洲西北部的不起眼的海岛上兴起，然后改变整个世界。这种偶然性很迷人。所以我想在小说里做一个这样的游戏，改变一点对历史上科学、政治的设定，看看会发生什么。同时，整体氛围仍然是我们熟悉的，故事模式仍然是具有亲切感的，你会看到一个经典三角恋，看到复仇——一个女人如何向一个强奸了她朋友的男人复仇，而机器人在这里是个叙述者，他的视角当然也会引发我们对人工智能伦理的思考。

黄：你从早年的“恐怖伊恩”时期，转变成一个似乎“更具有同情心”的作家，这样的转折常常在访谈中被提起，我想你一定已经回答过无数次这样的问题了。不过，我常常觉得，这样的问题本身也是片面的。我觉得在你中后期的作品中，黑色的那部分并没有消失。切瑟尔海滩婚床上的尴尬瞬间（《在切瑟尔海滩上》），物理学家家里的桌角引发的血案（《追日》），深夜失眠的医生目击窗外坠毁的飞机（《星期六》），谁能说这样的情节不是黑色的？在我看来，你最近十多年的作品努力呈现的是一个更丰富更复杂的世界，在这个世界里有暗色也有亮色。你的作品变得比以前更宽阔也更成熟老到（sophisticated）。不过，成熟老到的作品是不容易驾驭的，有时候也很难取悦评论家和读者。他们也许还在怀念你早期更外露的锋芒，希望你写得更极端一些？

麦：所有的作家都得改变。随着年龄增长，兴趣的转移，或多或少会变化。我曾经想象过，如果为了取悦评论家，我继续写我早期的那些黑色短篇，但我觉得那样我一定会发疯。我得说当时写那些是有具体原因的，比如当时我初出茅庐时不知如何引起注意，比如刚刚成立家庭时面临的各种问题，那是没办法重来一遍的。如果我回顾自己的整个写作生涯，我想可以分成三个阶段。第一个阶段是那些黑色的短篇，还有两个阴郁的小长篇（《水泥花园》和《只爱陌生人》）；第二个阶段是从那以后一直到《儿童法案》；按照我现在的猜测，第三阶段，我写作生涯的最后一幕，应该是从《坚果壳》开始的。在这个阶段里，我可能会让自己与现实主义小说、与现实本身的联结变得松弛一点。我仍然会关注现实问题，但不一定会限制在现实主义的框架中。我不知道这一阶段最终会通往何方，我也相信不同的人会用不同的方式定义我的写作，但是无论如何，如果要我对自己讲一讲麦克尤恩的故事，我就会这么讲。

黄：我注意到你在小说里常常写到音乐，主要是古典音乐。比如《阿姆斯特丹》和《在切瑟尔海滩上》。而你的小说结构也总是被精心设计、严谨铺排，就像缜密的古典音乐。音乐里有什么特殊的东西对你的写作产生影响？你最喜欢哪种音乐和哪位音乐家？

麦：我的小说中出现那么多音乐，唯一的原因就是音乐对我很重要。我对音乐有很强的记忆力，总是能记住曲调。以前吹过长笛，不过后来停了，但我能熟练读谱。其实我听很多音乐，除了古典乐之外也听民谣、布鲁斯、爵士乐和摇滚。所以实际上我并没有一个清晰的关于“音乐意味着什么”的概念，我想音乐最好的特质就是它其实“不意味着任何事”。有时候音乐能帮我找到表现人物的方法，你知道《在切瑟尔海滩》上的男女主人公就有着截然不同的音乐口味。当然，有时候我纯粹是借人物之口表达我自己的音乐爱好。比如我特别喜欢室内乐，巴赫给我一生带来莫大的快乐和慰藉。

黄：我很好奇你对图书巡回宣传的真实态度。在当了那么多年的著名作家之后，你对这些单调的、折磨人的工作是不是已经受够了？你在中国已经待了大约一星期，据你的观察，在中国的图书宣传和文化活动跟别处有没有什么不同？

麦：怎么说呢，如果关于自己的话题说得太多，那你就会渐渐讨厌自己，你会觉得不真实。我其实并不介意那些问题，那些问题通常都不错，都来自聪明的、富有教养的人，问题在于，如果这样的情况持续太长时间，你会觉得自己就像是一个幽灵，你在“假装成为自己”。所以重要的是节制。比方这次回国之后，我要确保自己有一段时间不做这些，也许到明年一月份再理会那些来自公关部的朋友。（笑）你真的不能把写作和宣传放在同一个时间段里。我喜欢到各国各地见到不一样的人，比如这次，但需要警惕的是不要让这些事情掏空你。我知道有些人特别喜欢并善于做这些事——我不会告诉你他们的名字——可他们真的能一直神采奕奕地面对公众，他们私下甚至会抱怨出版社没给他们安排足够的活动。如果我愿意，我可以一年到头都泡在这些活动里，总有各种各样的请柬从四面八方飞来，但我只能选择一小部分。这一回的时机真是非常好。我的新长篇刚刚完稿，在最后定稿之前我需要暂时放一放，这样改的效果会更好。访华的这一个多星期时间恰恰嵌在其中，真是完美的平衡。其实在中国的宣传，我不觉得有什么特别不一样的地方，也许中国的读者特别喜欢签名。（笑）我最高兴的是，我能像在别处一样，跟我的中国出版社建立长久的友谊。你知道，在英国，我从出道以来就没有离开过那个社（乔纳森·凯普出版公司），就像一个忠实的丈夫。

黄：你是我的文学偶像。我这话绝不是恭维。我从三年前开始学着写小说，我把每次阅读和翻译你的作品作为我最重要的写作课。在很多层面上你都直接影响了我的虚构写作。所以，我想把最后一个问题留给自己。截至目前，我写的都是中短篇，最长不超过三万字，常常在怀疑自己有没有做好写得更长的准备。对于像我这样处在这个特定阶段的写作者，你有什么建议？

麦：给别人提建议总是非常困难的。我只能从自身经验出发说两句。我记得我初次写长篇的尝试野心太大，最后只能放弃，改写了一个规模小得多的故事。所以我的建议是，寻找一个同样也适合短篇小说表达的题材，一个小规模的故事，看看有没有办法扩展到更长。甚或是两个短篇故事，你看看是否能将它们交织、糅合在一起。你可以从这里开始，无论成功或失败都不会给你带来太严重的挫败。带着你在短篇小说中的经验向小长篇（或者较长的中篇）进发。在这之后，你就只管展开翅膀好了——你会飞起来的。

文 | 小白

附录

破了皮：
评麦克尤恩《坚果壳》

小白，作家，出版有小说《封锁》《租界》《局点》，随笔集《好色的哈姆雷特》《表演与偷窥》等。
2018 年，凭借《封锁》获第七届鲁迅文学奖中篇小说奖。

一

《坚果壳》叙述锋利果断，如同大师雕刻小像，随手处刀刀精准。不知是有意无意，作者在书中真的用雕像来比喻时过境迁的“密谋”和“实施”（p.136，本文涉及页码均出自上海译文出版社 2018 年版《坚果壳》——编按）——那不就是小说么？

用中篇（或说小长篇）来作此构造，文体空间最合适，它确实是麦老喜欢而且擅长的。他把它比作三幕舞台剧，因为篇幅所限，必须结构清晰、推进坚决。

到《坚果壳》，戏剧性已超越文体学借喻范围，成为叙事动力本身。归根结底，这小说为读者提供了一种剧场经验——也就是小说第六章中，叙述者所说：“我开始意识到言语能让事情成真。”（p.65）

谋杀，是一件日常经验中的“不可能之事”，至少对现代人而言。关于这一点，我们知道，叙述者也知道，他确曾在小说提到过——那些在现代城市中，人无法去以杀易杀、为父报仇地思考。然而谋杀也是一种事实，作为都市传奇，谋杀在日常生活边缘不断发生，热衷于看新闻、听播客的那位胎盘中的叙述者对此当然同样了解。如果我们相信世事可以推原论始、叙事也应遵循那条因果之链，要让谋杀从“不可能”中终成事实，故事该如何讲述？或者换一种问法：如果世事确有因果，不可能发生的谋杀如何发生？

19 世纪发明了现实主义，如今已是叙事陈规。它相信只要全面呈现复杂人际关系、深入当事人生活历史，叙述者终可找到因果链上最初那一环，19 世纪小说也因此越来越漫长——长至“长河小说”。如果找不到原始之因——20 世纪现代主义则声称，在清晰有序世界的对面，有一个不可分析的心理世界，混沌、阴暗、罪孽深重。

麦克尤恩喜欢讲现实主义，但他的现实主义，不如说是一种“场景”现实主义。被很多读者敏锐感知到的“麦克尤恩瞬间”：一个戏剧性时刻，人物被日常生活的逻辑驱赶到现场，由此一步跨入不可能的彼岸。他用他那些小说告诉读者，一个人去谋杀，不是（主要不是）因为他有强烈的动机、他有无法控制的激情，或者他有反人类的天性（那些 19 世纪结论）。所有这一切可以用言语表述的状况，都只是把人物从日常生活导向那个决定性场景的言语。

一旦抵达现场，言语就成真了。

二

《坚果壳》清晰地揭示了这个戏剧性时刻，这个让言语成真的现场。它当然是麦克尤恩叙事一以贯之的重要元素，但在这部小说中，它成了唯一主题。为此作者选择了一个可能是英国文学中最为人熟知的故事模型：一个集中所有叙事力量的好主意。为了让“王子”像哈姆莱特一样耽于思考而无法行动，麦克尤恩让他遁入子宫，让他“是”（be）一个未出生的胎儿，又是一个好主意。

让言语成真，让不可能的事件发生，需要一种戏剧性装置。在戏剧（舞台或者生活舞台）中，迫在眉睫的只有正在进行中的“此刻”。让一切不可避免地发生的，只是瞬间打开的一个时间窗口、一种化学反应、（逻辑炸弹的）一次爆炸。两个人坠入情网，一对情侣转头成仇，在那戏剧性时刻之前，实际上并没有什么必然缘由。哈姆雷特反复思索着 to be or not to be，但让这种语言游戏转而成真的，是因缘际会的那个行动瞬间。

为了抵达那个戏剧性时刻，《坚果壳》搭建了一座精巧坚固的舞台（与那座腐朽不洁、摇摇欲坠的老宅恰好构成一对反喻）。小说刚一开头，一个重大阴谋就被揭露了：“他们在密谋一件可怕的事情”（p.10），但却是以充满省略、隐喻和叽里咕噜音调的方式。密谋双方，一个是有着“苹果肉般肩膀”的母亲特鲁迪，另一个是喜欢不断重复话题的克劳德。重复，不仅指向无趣庸俗，更暗示了狭窄头脑：一个想法、一种“言语”就可以把它占满，绝没有换一个角度重新审视的空间。想必随后他也只能靠这本事说服情妇，说服自己。究竟在密谋什么，这会儿还没人知道，正如一部好戏，重要信息被延宕了，观众吊起了胃口，演员们也在慢慢进入角色。

戏就这样有条不紊地进行着，另一个重要角色在第二章登场：父亲约翰，妻子跟人通奸，生意难以维持，什么都没有了，只剩下一幢祖产老宅，价值七百万英镑。

第三章，除了性、不断回响的阴谋，胎儿叙述者大段大段的独白，像那位学究气的哈姆雷特王子那样，关注宇宙、世界和人性，时而悲观，时而乐观。但到这一章最后，从片言只语的密谋中观众又获得新的信息：克劳德如果跑到约翰办公室，借给他一笔钱，会是个“很好的掩饰”。计划变得有形了，那是一种 alibi 么？一种脱罪证据？

下一章，克劳德真去了约翰办公室。阴谋用看似无害的行动伸出了触角。这是一次预演，言语证明了自身，如果计划最后得以实施，它就是起点。但此时小说家甚至给了罪人们一次机会，喜剧般地让胎儿想象了情敌会面场景，一段戏中戏，假如父亲拒绝了这笔借款，犯罪计划可能就此打消。然而没有，父亲收下了钱。此前，罪行仅仅存在于一对无罪俗人吞吞吐吐的对话中，从这时起，行动开始了。在这章最后，特鲁迪说出了具体成形的罪行：下毒。

犯罪同盟已缔结，杀人方法已确定，甚至设计了脱罪证据。在接下来的第五章、第六章，克劳德和特鲁迪继续反复商议计划，克鲁迪主意已定，特鲁迪间或良心发现。他们的对话愚蠢可笑、麻木不仁。用那位叙述者的话来说，冷漠得甚至有了一点诗意。他们打算用一种剧毒防冻剂来杀人，把毒药混合在某种食物中，克劳德竟然认真地考虑了一会儿“用防冻剂做冰淇淋”。这是莎士比亚的方法，让这部阴暗人生戏剧在彻底坠入深渊之前，喜剧性地迁延片刻。直到现在，一切仍未成事实，只有漏洞百出的计划，冷酷滑稽的对话。再加上叙述者透过狭窄视角所做的推论，正如他所想，仅凭这些片言只语，到了警察那儿，连证据都算不上。他想象警察是如何不予采信，台词相当合理，也很幽默。然而谋杀之事就在这些言语中继续推进，正在逼近成为事实的那一刻。当克劳德计划让特鲁迪清理预定的作案现场，我们的胎儿叙述者意识到：言语成真的那一时刻即将到来。

从第七到第十章，剧情被毫不犹豫地推向高潮。舞台就是约翰那座老宅，人物则全部到场。密谋者和受害者面对面飙戏，由观众和叙述者 / 上帝观看他们表演（就像那些最好的舞台戏剧）。这些角色各具秉性，怀有各自动机，他们互相碰撞牵引，冲向无法挽回的结局。让观众惊讶的，约翰，那个阴谋算计中的受害对象，他自己找上门来。宣布他了解通奸者的秘密，但他并不在意，他是来和解的，因为他自己也找到了新情人，甚至把那位也带到现场。他提出重置生活，但他的方案从两方面刺激了罪人们：他要特鲁迪搬出老宅，与克劳德正式同居，他不知道，这项不动产正是阴谋的主要目标；他有了新情人，这又让特鲁迪扔掉了对他仅剩的一丝善意。于是密谋者下手了，严格遵循三一律的谋杀发生了：就在同一座老宅、就在 24 小时内（约翰夜晚来访，第二天上午喝下了那杯毒奶昔）。

三

《坚果壳》见证了不可能之事如何发生，见证了言语成真。小说处于语词（word）和现实世界（world）之间的边缘地带，虚构之所以成立，是因为它能发明真实。理想的小说，其任务是要突破语言牢笼，在现实世界中夺取一块飞地。小说乐于关注传奇，关注不可能之事，犹如发现、占领一片无主之地。

《坚果壳》本身就暗含着对小说自身的隐喻。小说中每个人物都在用自己的言语去虚构那件不可能之事——在最初，它甚至是不可命名之事，他们使用晦涩难懂的隐喻来表达，诸如“圣诞树上的老式彩灯”。他们谈论那件事时，把话语拆分成碎片，好像只不过是顺手用它们填补各种事前事后的间歇。

其中克劳德言辞最单调，他愚蠢而顽固，不断地向特鲁迪重复，因为粗俗扰人竟而有效。但是特鲁迪，她是一个莎士比亚式的阴谋家。她与谋杀的关系不断变幻（p.164），起初，她无疑觉得谋杀不可能发生，是一种幻想，一种语言游戏。杀人以后她在与克劳德争吵中反省：“是你让这一场场愚蠢的游戏变了性质。”（p.179）当然，她说的就是那些语言游戏：那些在言语中虚构一件不可能之事的游戏。

然而实际上，这与克劳德令人厌倦的言辞无关，那顶多是一种扰人的背景声音。是她自己“精心策划了一个阴谋”，一则异想天开的“童话”（p.122）。是她的犹豫、她的良心发现、她（对约翰和生活）的厌烦、她妊娠期的疲惫和阴郁幻想、她的沉溺和自毁的性欲，使阴谋有机会被反复审视（犹如注视深渊），让这个无以名之、也不能以连续语句表达的阴谋得以成形。是她建议使用一个似乎比较容易说出口的名称：下毒。当被欺骗的丈夫凯旋般地前来宣布另结新欢时，也是她凭着疯狂怨恨确定了动手时间。

但想象和对话都只是语言游戏，要让言语成真，需要来一场真正的戏剧，无论如何，脚本总是充满变数。只有到角色就绪、幕布拉开，谋杀——这不可能的事件，才会从言语中突入现实。世事如戏，这恍然之感正是因为在那因缘际会、演技在线的时刻，事情竟然会真的发生。过后转头再看，仍觉不可思议。就好像特鲁迪，毒杀丈夫之后，回想先前的密谋和罪行，感觉它们“像是一个物体”，“一座不可撼动、冷冰冰的雕像”（p.136）。不可能之事在它发生过后，回到了一种既真实又不真实的状态，如同所有的都市传奇：好的和坏的。

似乎是为了再次强调戏剧的决定性力量，麦克尤恩在那场谋杀剧中，又加入一场戏中戏，以他用惯的信息延宕方式——戏剧的奥秘是要善于在不同场次间参差分配信息。直到完成杀人几天后，一条重要信息被当事人宣布：原来约翰当众宣称的崭新恋情纯属虚构编造，他只是猫头鹰女诗人的编辑、朋友和导师。他把她强拉到惊悚剧舞台上，让她扮演情人角色，只是想要激发特鲁迪，使她嫉妒，使她想起他的好处，奢望她能回头。约翰擅自加戏，不无反讽地成为致命一推：就此把谋杀罪行从言语推向真实世界。

当约翰充满柔情蜜意的（他自己固然不会觉得其中有任何讽刺之意）虚构情事被女诗人揭穿，这段假冒戏中戏又往回拉了一把特鲁迪（先前是推）。它把特鲁迪从她的“童话”中拽出来（虽然残忍阴暗但仍是她的童话）。言语成真那一戏剧时刻已过，她突然领悟：（让人心惊肉跳、让人精疲力竭的）罪行毫无意义，愚昧无聊，只是一件不得不去掩盖的“错误”（p.136）。先前种种疯狂和“勇气”消失殆尽，约翰自杀本是欺骗警察的虚假证词，如今她自己却渐渐越来越当真，当初她有勇气让罪行言语成真，现在却落得用谎言欺骗自己，换取一时半会儿的安心。

《坚果壳》演示了现实主义的当代可能性：去讲述言语成真的那个戏剧性时刻，去让不可能之事成为现实，去雕刻那个时间的现场，此外无它——这并不消极，既然世事如戏，就要积极地演好每一场。

Column

新文人

顾湘 专栏·刻舟求剑

台风

2018 年 8 月 17 日凌晨四点多，名叫“温比亚”的台风从海上登陆，我被风刮醒，躺在床上听它狂啸，觉得是从我住到这里以来风最大的一次，这次的风撞得很正，据气象台说，中心附近最大风力 9 级，我照例担心屋顶和窗户，窗抖得比以往都响，到天亮风过去了我才睡着。

睡醒出门发现院子里西边的那棵广玉兰倒在了院墙上，根从土里被撬了出来，巨大的树冠歪在邻居院子上方。我不知道该拿它怎么办。它太大了，比三层楼还高，没办法把它扶起来，而且就算扶起来，它好像也站不稳了，大概还会被吹倒的。

到了晚上，一位女邻居在楼下喊我，对我说早上他们家院门被树挡得开不了了，掰了好多树枝才能开门，还有树现在挂在电线上很危险。“叫村委会来想办法呀！”她说，“他们得管！”

于是我就拨打了市民热线，对那头一位态度很好的男子说：“台风把我家的树刮倒了。”

他说：“好的，我帮你登记一下。”感觉他胸前钉着一小片写着“市民的朋友”的毛毡。

第二天早上，市民热线没回音，不知道什么时候会有，我想也许是该找村民委员会问问，然而这天是星期六，村委会里没有人。向来坐在巷子里的几位老太太一致认为我可以去找某某——一位与绿化公司有联系又似乎在村委会任职的村邻，我没听清名字——并让沈老师带我前往。沈老师在某某的院子里叫了他，叫了一会儿，他从二楼窗口探出头来。他下来之后对我说，砍树是很花钱的，先前砍掉三棵不很大的杉树（就是我窗外那几棵，砍的时候我看见了，几个人用绳子拽着它）就花了五千，你的树这么大——你要弄吗？（“你出这个钱吗？”我估摸他的意思是），要的话我就去帮你找人来弄。“不弄怎么办呢？那你帮我问一下多少钱吧。”我说。

于是他动身往外走，走到我家门口又以检查者的严厉语气说：“你这个树很危险，到时候把墙压坍掉，把人家墙压倒了你就麻烦大了，全是你的责任。”说了好多句，才往村外去，绿化公司就在村口，走两步就到。

他一走，两个听到他说话的邻居老爷叔就皱眉撇嘴，对我说：“这个人真是的，不要睬他，听他瞎讲，墙怎么会坍，就会吓人，装腔作势，根本没事体。”

这时市民热线的一位同样冷冰冰的女士打来电话，问倒的是不是我家院子里的树。我说是的。她说：“那就是你自己的事了，我们是不管的。”

我说：“我在网上看到有人砍了自己家院子里的树被罚款了。”

她不耐烦地说：“你不要看那些网上的东西。”

我说：“不能要解决麻烦的时候要我自己管，到时候我自己解决了又有人来管。”

她说：“这不搭界的，这是你家里的树。”

我说：“新闻说绿化管理条例说树不管是谁的都不能擅自砍哎。”

她说：“你不要自己去看条例，反正我就跟你说，树是你家里的，我现在可以帮你去联系看看有什么部门可以处理这件事，但是产生的费用是要你自己承担的，你同意吗？同意的话我就去帮你找。”

我说：“哦，那你去找吧，看看要多少钱再说。”

这下有两个人要给我报价砍树了。我走到河边，给我爸爸打了个电话跟他说树没了不要怪我，再买了个辣土豆丝夹煎馍，回去坐在邻居的小椅子上吃，边吃边用手机找在网上发布收购树木信息的人，树是能卖钱的，但得碰运气、刚好有地方需要这样一棵大树，这天上午，他们不是不想只为一棵树跑一趟，就是不要广玉兰。广玉兰没有行情，我想。有几个邻居说它至少值一万块。但是没人要，我想，有些东西是这样的，有价值但没人要，解决它还得花钱。邻居说去帮我打听卖树。女邻居晚上还会来，我很讨厌纠葛，只想尽快了结。

这当中没好气女士打来电话，说有人会来帮我砍树，不需要费用。我想，你看本来就是有人管的。过了一会儿砍树的人打电话说十二点半来，我顺便问他属于什么部门，他说防汛。

接着某某带着绿化公司的人来了，我对他说市民热线派人来砍树了，不要钱。他很不高兴，说：“你找市民热线干什么？”我说：“因为他们不要钱啊。”他脸色不好看地走了。我理解他不高兴，但我挺高兴。

谁知道过了一会儿，他又和我的一位远亲一起出现了。那位远亲是接到我爸爸的电话之后过来的——他的母亲曾经是一位大队干部，他的儿子现在也在村委会工作，他是一个本地人——带着他找来解决问题的人。某某含混地说："她已经找了市民热线啦。"然后就闪走了。他走了之后，远亲说："你怎么去找市民热线啦？"我说："因为他跟我说要很多钱呀。"远亲眉毛一挑喊起来："要什么钱！村里为村里人做事哪能要钱！这是村里应该的呀！就算要钱也是村里出钱。"我想，他知道你没法糊弄，我去找他的时候，他绝没想当"村里"来办这个事呢，这个人不行，结论是。

十二点半，两个防汛部门的人来了，一个干活，一个什么也不干，只在旁边看，他们有一把大电锯，干活的人很利落地爬到树上，从上往下切那棵树，先把树冠切开，就像掰西兰花那样，把一大支一大支枝叶锯下来，再把树身截成几段，很快就切到了底，只剩一个树桩。一棵大树一转眼就没了。他们只管锯树，锯完就走了。切下来的树高高堆满了整个院子，上面还有用细枝、草和编织袋丝做的小巧的鸟窝，房子被围住了，看起来很奇怪，一边有树一边没树，看起来也很奇怪。如果有人丢个烟头就麻烦了，我想，理出一条小径进出。

敞亮了不少，村民都说好。

我开始心疼树，长三十年，长这么大，辛辛苦苦。它的祖先比人类早九千两百万年在地球上出现，开出地球上的第一批花，三觭龙从那巨大而华丽的花下经过。夜里想起来，开着手电筒去量了一下树桩的周长，有160 厘米。

我每天穿过枯枝败叶和断树堆，觉得这像一个显著的迹象，关于无常和事物注定的衰败，大自然和人世间无可挽回的各种分崩离析。

我在去年年底失去了一部分肺，现在仍然活蹦乱跳地活着，关心汇率、气候、空气和珊瑚礁，有时也会感到活着费力。我爸爸想要卖掉种着枇杷树的那个房子。台风天的夜晚，红钳子的螃蜞像亡命之徒一样在河边柏油路上奔走，很容易在幽黑中被碾碎。我出门散步，也想观测瓦解的旋涡的路径。

生活令人紧张但仍充满希望，新的生活渗透进来。就像有天深夜，我们在大陆东边的荒地里推着爆胎的电动车走着，一起呼吸着风里浓郁的尸臭，"我熟悉这个气味，"过去做标本的人说，"我有很多亲戚都在那里火化，"他还说。如果黑暗中的远处有抹香鲸搁浅，也会闻到这个气味吗？我想。周围有什么死去而我们还活着，我们一边死去一边活着。白头鹎还在剩下的树上唱歌。

吹倒广玉兰树的温比亚也是树，一种棕榈，西谷椰子，生长在河岸、沼泽或近水的地方。我们构想去长棕榈树的地方生活，背景里有蓝色的山。

树倒了之后，那位没好气女士还给我打了两个电话，质问我为何反复打电话，"我才没有，这是你们系统问题，"我说。

后来市民热线又来了好几个电话，每个都问："对我们的工作还满意吗？"我怕没好气女士再给我打电话，我说满意，说了好几遍。

郭大路 专栏·缘木求鱼

用背诵的性感
抵御衰老的死感

有一天你突然躺进ICU,不能动,不能听,不能看,不能说,只能等着时间一秒一秒的流逝。这时候你能做什么来打败时间?

或者换个场景。你年轻的时候勤勤恳恳工作,认认真真消费,到老了突然遭遇经济危机,穷得晚上连点灯都点不起。这时候你又能做什么来打败时间?

你心里想的恐怕是,我可能会进ICU,我必然会老,我未必会穷,但——我才不怕老后洪水滔天。

不要以为你不会老。老是很具体的。

耳科医生说,听力的丧失不是你以为的,听不清低频声音,分不清Laurel和Yanny,那是二三十岁面临的问题;到85岁后,八成人听力衰退,需要面对的是脑部的变化:人会难以分辨周围的声音,而当所有声音一股脑撞进脑子时,人们会变得无法集中精力。

眼科医生说,几乎每个人到了43岁左右,就需要某种辅助器具来阅读书本与报纸杂志,以及做其他需要详细观察的工作。这还没到43岁,请问你用Kindle看书的字号还是18岁时的五号吗?

我仔细读了衰老变化的量表(据《当世界又老又穷》),有些细节,让自以为年轻的自己不那么舒服了:

四十几岁时,大部分人需要给旧裤子重新缝折边。每十年,我们的身高就会缩短2.5厘米。

五十几岁时,牙龈开始后缩,越来越多蛀牙,嗅觉与味觉不像过去那么敏锐。

六十几岁时,我们的鼻子与耳朵看起来都好像变大了,因为环绕在鼻子与耳朵周围的脂肪减少了。

七十几岁时,控制排泄的能力开始降低,我们的膀胱肌开始变得无力,越来越难清空膀胱内的尿液,进而导致尿失禁。

没年轻人喜欢和一个弯腰驼背、一口烂牙、皮肤与嘴巴散发着怪味的陌生人接吻,但有一天，我们也会变成陌生年轻人眼里这样的人。人类感官对衰老的特征非常敏感，只消看一眼，就能做出判断。

怎么办呢？

一个问题一个问题地解决。先解决 ICU 的问题，再解决接吻的问题。

我选择背诵。如果我背下来一些足够经典的小说和诗歌，那么在什么也不能做的时候，不会那么无聊。

托尔金能背《贝奥武甫》。诗人奥登说他有一次听 J.R.R. 托尔金讲演，“他说过的话我一个词也不记得了，只记得某一个时刻他精彩地背诵了一长段《贝奥武甫》。我听得出神。”后来奥登为了懂这首诗去学了盎格鲁 - 萨克逊语，“因为如果不学，就不可能懂得这部史诗。我学了足够的盎格鲁 - 撒克逊语直到可以阅读《贝奥武甫》，尽管十分粗浅，盎格鲁 - 萨克逊语和中古英语诗歌已成为对我影响最深远、最持久的诗歌之一。”

布罗代尔能背《地中海史》。两千页的《菲利普二世时代的地中海和地中海世界》，35 岁的布罗代尔在西班牙和意大利的档案馆收集了撰写地中海史论文所有必要的材料。当他准备动笔时，战争爆发了。法国的战败致使他在德国的战俘集中营里待了五年，待到二战结束的 1945 年。五年里，他几乎全凭记忆撰写了这部关于 16 世纪地中海的巨著。他在 1946 年 5 月给《地中海史》写的第一版序的第一段话，满满的爱，承载着记忆的爱，“我极其热爱地中海，这无疑因为我随许多其他人之后，同他们一样从北方来到这里。我十分高兴能把长年累月——比我整个青年时代还要漫长的岁月——的研究奉献给它。”

哈菲兹能背整本《古兰经》。甚至，哈菲兹并不是他的本名，这个名字，是奖励给有经文背诵技艺的人的 title。和乔叟同时代的哈菲兹，能背也能写，他留下的《诗颂集》，今天在伊朗，卖得比他背的《古兰经》还要多（据 *The Gift: Poems by Hafiz* 英译者 Daniel Ladinsky 序，企鹅出版社，1999）。

研究哈菲兹的人也得能背。据说有很多研究哈菲兹的学者能够背诵整部《诗颂集》，背下四百八十首诗。他们认为，“只有将哈菲兹铭记于心才能深入理解他所谓的空间，诗句之间的承接，诗文的排布、人物、主题的转合”，才能领会哈菲兹。

哈菲兹出生在设拉子。设拉子是南波斯的一个城市，这座城市在历史上躲过了蒙古人的攻击，躲过了鞑靼人的攻击，出产了很多诗人，还出产了一种著名的葡萄酒——“有麝香味的暗红色葡萄酒”——设拉子。哈菲兹几乎在设拉子的花园里度过了一生。他死后被葬在自己最喜欢的地方，设拉子附近的一个玫瑰园里他亲手种植的一棵柏树下。

ITV 的纪录片《丝绸之路》（*Silk Road Adventure*，2018）去了设拉子的哈菲兹墓。

他们从德黑兰出发，经过伊斯法罕，来到了今天的设拉子。今天在设拉子已经喝不到设拉子葡萄酒，1979 年伊朗伊斯兰革命后，这个国家就禁止卖酒也禁止酿酒。侍者给主持人端上了一份玫瑰水清单，各种味道的玫瑰水，因为伊朗缺水，所以伊朗人对制作各种风味的水有着强烈的热忱。伊朗人对诗歌的热忱像对做水一样，隔着镜头都能感受到。

《丝绸之路》的主持人乔安娜来到哈菲兹墓前，好多人，各种年龄的人。主持人抓住一个大妈问，你喜欢哈菲兹什么？大妈说，他所有的诗只有一个主题，“爱，爱，爱！”“那你给背一首成不？”大妈毫不犹豫热情洋溢地背诵了一首“刻在我脑袋里的哈菲兹”。一个磕不打背完，乔安娜和观众的反应只有一个词，“Bravo！”

和《诗颂集》一样经典的波斯史诗《列王纪》，企鹅版的序，是阿扎尔·纳菲西写的，写《在德黑兰读〈洛丽塔〉》的纳菲西。她说，她父亲告诉她，波斯人没有家园，除了他们的文学和诗歌。这个国家经历了太多战乱，不断被侵略，被天翻地覆，每次波斯人失去他们对自己历史、文化和语言的亲近感时，他们都会发现，诗人才是他们真实的家园的守卫者。

仔细想想，设拉子没有设拉子喝，比起设拉子没人能背“设拉子夜莺”——哈菲兹的诗，好像不那么要紧了，毕竟味觉和听力一样，总有一天要退化的。不妨套用奥登的句式作结：面对不完美的世界和日趋衰败的身体，背诵是个庇护所。

Fiction

小 说

匿名作家 *

第三辑（021–031）

*

“匿名作家计划”是由《鲤》主题书系发起，联合理想国、腾讯·大家打造的一场极富悬疑感文学竞赛。参赛者由著名作家和年轻的文学新人组成，参赛作品全部以匿名的方式，在《鲤·匿名作家》《鲤·时间胶囊》《鲤·写作课》中分三辑呈现。力求回归文本本身，摒弃所有外在干扰，只用文字和读者沟通，通过初赛、复赛，评选出最出色的小说。“腾讯·大家”微信（微信号：ipress）是本版块的网络首发及赛况追踪平台。

消失大陆的爱情

文 | 匿名作家 023 号

陆地

金雨霏可能永远也忘不了，她和顾淮告别的那一天。当时她没想到那就是最后的见面。她穿过熙攘奔逃的人群，人群如狂风，几乎将她卷起，如落叶般裹挟。但她抓住一道残垣，让自己站定，身体依靠断壁，如薄纸贴在墙上。

不知过了多久，顾淮才露面。

顾淮从她身体一侧出现，焦急地问："你怎么在这里？"听到这句话，雨霏的眼泪一下子落下来。人群越来越拥挤，风沙越来越大。黄沙在身前狂啸而过，一张嘴就糊满嘴唇舌头。雨霏张嘴想说话，但是舔到了舌头上的沙子，竟一句话也说不出来。

天边的乌云又如大军压境。

艰难地逆着人流走了好一阵，两个人才找到一座只塌了一半的房子。从房间的内饰看，这曾经是一间高档餐厅，一面墙上还有没完全被毁坏的牡丹国画。但房间里的物品已经全被搬空，只留下靠墙的一排旧沙发。空荡荡的厅堂，跌落的灯罩，半面破碎不堪的墙。

雨霏和顾淮靠墙坐下，都有话说，都在开口之前咽了下去。

"预报说，暴雨会下三天……"顾淮先开口了。

"可能不止三天。"雨霏说。

相互又沉默了片刻。顾淮说："你听说了吗？连瑞士都快淹了。"

雨霏点点头："听说了。我没想到的是，连芝加哥这种内陆城市都沦陷了。"

"毕竟海拔低。"顾淮说，"海拔低的地方，早晚都得沦陷吧。"

"不知道最后能剩下多少陆地……"雨霏轻叹道。

顾淮没有接话。这个话题太令人沮丧。暴风雨不断，海水持续向陆地蔓延，欧洲大陆还剩下不到四分之一，上海、纽约、悉尼、巴黎……曾经世界上最令人向往的繁华都市都成了海底的亚特兰蒂斯。这两天听说非洲大陆也有一半淹没到海洋里。欧亚大陆的人都向蒙古和青藏高原转移，美洲人也通通向安第斯山脉附近逃亡。看上去是不可逆转的陆地消失过程，雨水和海洋从天空脚下两头进逼，侵蚀人类的生存空间。从来没人料到，地球生态圈内竟然有如此多水量，持续不断融化的严冰和地下渗出的水汽都变为水的中间形态——水。

这个过程持续了一年有余，而且是以一种诡异的正反馈形式自我加剧：冰层融化、海水上涨，带来更大的海洋面积。而更大的海洋面积带来更不确定的洋流和飓风，导致持续不断降雨，火山爆发加剧，二氧化碳和尘埃飘浮在空气里，阻止地球散热，更高温的气候条件让更多冰雪融化，水汽蒸发。大气进入永不停息的湍流状态。这些事情一般居民都搞不懂缘由，如果不是因为顾淮在基础科学研究所工作，他也很难接触到一手信息。民众只知道恐慌奔逃，只有研究所的研究员还在锲而不舍试图寻找改变命运的楔子。他们的努力最终打动了政府，顾淮听说，他们要飞上高空了。

“霏霏，我来是跟你说一件事，”顾淮终于稳了稳情绪，进入正题，“我得到了内部通知，政府从去年开始一直在扩容空间站，准备作为危急时刻的逃生岛，近期已经扩容成可以容纳一万人的小社区。在地球同步轨道上，和地球月球都有联系，能供人长期生活。下个月政府准备先护送一批科学队伍上去，从高空研究解决危机的办法。我们研究所可以派出三百人，我在其中。你跟我一同上去吧。”

顾淮说完，等了屏息凝神的十几秒，才听到雨霏充满犹豫的回答。“淮……”雨霏轻声说，“其实……我听说这个消息了。”

“你听说了？你听谁说的？那你已经准备好了？跟我一起走？”

“我走不了。”

“这是什么意思？”顾淮感觉到自己的心在怦怦怦往下沉。

“意思就是……我不能跟你走。”

“为什么？”

“我在地上的事情……还太多了。”

雨霏只说了这么几个字，就没有再继续下去了。顾淮心急如焚，想快速问个清楚，但又怕催得太急，引起雨霏反感。他伸手想握住雨霏的手。但雨霏双手相互紧紧握着。

“是工作上的事情，还是什么事？”顾淮轻声问。

“有工作上的，也有我妈妈……”雨霏说。

“伯母怎么了？”顾淮一惊。

“她也染上 HC375 了。”雨霏说，“我爸爸带着她，到了川藏边缘。可是高原她的身体又吃不消，现在停下来休整了。”

顾淮听到 HC375，心里骤然沉到谷底。那是新近流行起来的一种疫病，最初可能是从羊或牛身上爆发出来，传到人身上之后，变得异常严重。就像每次大湿大热环境中的新病毒，在取上千人性命之前，很难找到控制其蔓延的办法。目前的气候病毒极易传播，死亡的人数几天之内就直线上升，根据前一天晚上的新闻播报，目前达到了 7268 人。雨霏自己的专业就是生物医学，在这次大迁徙之中，一直是在医疗队，随迁徙人流解决病痛难题。目睹太多死难本来就让人心理压力过大，这次疫病感染到自己母亲身上，可想而知会有怎样的崩溃。顾淮恨不得立即将雨霏带走，可是他知道他不能。二人静坐的残垣断壁此时竟有了一种即将沉没的帆船之感。

“那你接下来……怎么打算呢？”顾淮问。

“我想去川藏线，跟我爸妈会合。”雨霏说。

她和顾淮目前都在青藏线上，自从大陆全面被海水淹没，所有人都朝青藏高原大逃亡，从前令人避之如洪水猛兽的高原反应也没人在意了。毕竟高原反应怎么都能适应，洪水来了是真的要死人的。更何况，自从气候变暖，喜马拉雅山脉高山冰雪融化消失，高原的空气也没那么稀薄冷冽了。仍是只有青藏、川藏两条进藏线，而现在高原上的居民已经过亿。

“什么时候去？”顾淮问。

雨霏声音更轻了：“……明天。”

“这么快？”顾淮着实吃了一惊。

“HC375 扩散很快，我怕我赶不到，妈妈就……”雨霏的话生生刹住了，顾淮也能感受到她心里的恐慌，但片刻之后，雨霏的声音又镇定下来，“我已经跟川藏线的医疗二队联系了，加入研究组了。其实这次，即使没有我妈妈的事，我也想留在地上。需要的新药和新的疫苗太多了，急救处理也多，我们现在全员七天轮转，还是应付不过来。”

“那我明天就见不到你了？”顾淮问。

雨霏勉力笑了一下："希望咱们都快点研究出东西，快点解决问题吧。等水退下去……"

她没有再说下去，或许是因为找不到合适的词接下去了。两个人都知道，这个假设前提实现的可能非常渺茫，基于这个前提的所有畅想都显得如此苍白。顾淮揽住雨霏，让她靠着他的肩膀，另一只手也握住了雨霏的手。但即使是如此亲密无间的姿势，两个人之间也像是被一层无形的玻璃隔着，相互触不到对方的温度。

从废旧餐厅里出来，已是暴雨如注。只有下午四点，但天黑如夜幕降临。

他们本就在高速公路边缘，四面是一马平川的原野，此时人影稀落，车辆寥寥无几，更增添了庞然空旷的感觉。低云遍布四野，倾盆大雨蒙住视线，天地仿佛进入宇宙之初的混沌，但不断被炸雷和从天至地的闪电撕裂。每次闪电撕开乌云，就会看见整片大地的荒寂苍茫，仿佛人类文明从来不曾在地球上存在。

落雨之前，雨霏跟随的人流队伍此时已经消失不见，绝大多数人可能进入了两公里之外的休息站。此时的公路上，只还有三三两两被困在雨中仍在艰难赶路的人。路上多数房屋的自来水已经断流，而按照经验，这大雨不下三天是不会停息的，因此所有路人都知道，必须赶到运营中的休息站，否则就是死路一条。

顾淮搂着雨霏的肩膀，两个人顶着暴雨向西行进。在他们身后，仿佛有什么一直追赶，或许是从东部一路蔓延的海水带来的压迫感，或许是两个人心里对于未知命运的不确定感，他们一路走，一路感觉身后的阴影。

他们很清楚，这不仅是他们两个人命运分岔的节点，也是整个地球命运分岔的节点。

天空城

顾淮等待雨霏通话的时候，经常站在天空城最偏僻的一条走廊里，从落地窗俯瞰脚下的地球。这里是通向天空城能源中继站的一条通道，距离居住和科研区都远，能源中继站运行良好的情况下，没有人会到这边来。顾淮在这里，可以有最自由安静和地面通话的时间。

他等待着，但雨霏许久都没接听电话。

顾淮的心思纷乱。他进入天空城已经一个月了，但不知为什么，他心里一直有不真实的感觉，就好像进入了一个电影场景，或是进入了一场梦，总觉得随时可能结束、醒来，回到地面上他曾经住了五年的博士宿舍。他时常俯瞰脚下的地球，看变幻莫测的白色气旋和不断扩大的蓝色海洋，这种遥远的俯瞰也像极了一场梦。

只是每天早上，他都从天空城的小房间里醒来。

天空城的生活朴素极了。他们每一天都延续前一天的模式，早晨起来吃两袋营养食物包，进入实验室研究，十二点吃一顿素食三明治，然后一点开始下午的工作，一直到五点，之后是强制的体育运动时间，七点吃唯一一顿正餐：天空城无土种植的高蛋白植物，做成伪肉排配意大利面。顾淮起初受不了食谱的单调，但久而久之也就习惯了。与他们忧心忡忡的工作相比，没有什么饮食问题是值得花心思的。

实验室弥漫着严肃而压抑的氛围。地球上的气候变化是大范围的，影响的范围尺度大，而想要对其产生影响，需要的能量也是极大的。想要扭转气候变化的趋势，所需能量基本上要在万亿瓦特级别，这样大尺度的能量工程，哪里是一个简单的天空实验室能够做出的呢。人类对气候的影响是全球性、经年累月的，化石能源燃烧了消耗了地球十亿年的能量储备，碳排放的能量已经对地球表面层能量总量产生了显著影响，而如今，若想让这样的趋势扭转，也需要同样调动地球自身存储的能源——从 46 亿年前地球形成就存储在体内的热能。而这又谈何容易。更不用说天气本身是混沌系统，一旦出现了紊乱，想要逆转趋势回到有序，是人类整个科学系统还处理不了的复杂情形。

天空城汇集了来自地球各个国家最优秀的研究人员，各种语言、各种学术背景的对话，相互交流，这原本是最能促进学术新知迸发的理想氛围，但几乎无解的困境，让所有研究员脸上都有几分沉重，餐厅里的交谈也缺少愉悦的兴奋，更见不到新发现诞生时的闪闪发光了。他们都知道，自己背负着无法背负的责任。

天空城的中心研究区是马蹄形建筑，各个实验室沿半环形分布，在共同的中央区域安装了一个巨大的地球模型，随时按地球上的最新数据显示出实时天气和水文，也把各个实验室研究出的新方案不断在模型上模拟。每到下午的模拟和集体会议时间，研究员都从实验室里出来，围绕在地球模型四周聚集成一圈，共同仰望着他们心中的家园，也共同承受着一次次失败的模拟效果。

那是嘴里干冽而苦涩的感觉，压在人心上。

顾淮很想把这里的一切都告诉雨霏，想告诉她自己的压力、忙碌、挫败感、生活的单调以及对她的思念。可是每每到了真的视频时间，他又把话都压回肚子里。告诉她那些挫败和无力感有什么用呢？她又没有办法帮他，而且徒增她的心理压力。要知道，她正和地球上所有其他人一样，期待着天空城的拯救和突破。如果告诉她所有的希望都是渺茫的，对于她和地球上的其他人未免打击太大。地面上还生活在一片艰难困苦中，远比他们更艰难困苦，每天都有人在眼前死去。相比而言，他的研究上的挫败感又算得了什么呢。

顾淮的平板通讯器突然响起来，把陷入沉思的他惊醒。

是雨霏。她看到了那些未接的通话记录，回拨了过来。

"霏霏……"顾淮刚想说一些想念的话，突然看到她哭得红彤彤的眼睛，"你怎么了？"

"我妈妈……"雨霏说不下去了。

"伯母她……她……"顾淮怎么都说不出那两个字，"……是吗？"

雨霏点点头："昨天下午。"

"你还好吗？"顾淮不知道还能说什么。

"我没事，"雨霏说着，突然又捂住了嘴，呜咽了，"我只是想起妈妈临走时，看着我爸爸的眼神……"

"霏霏，霏霏，"顾淮几乎要把头钻进屏幕里，"你听我说，你别太悲伤了，身体要紧啊，越是这个时候，你越不能太悲哀。你爸爸需要你，我也需要你呢。你听见我说话吗，霏霏。"

"嗯，我知道了。"雨霏吸了吸鼻子，"我没事了。"

"你自己最近怎么样？"顾淮问，"感冒好点了吗？"

"没事了。你放心。"

“如果有什么症状，一定要赶快检查……”

“我知道。”雨霏说到自己，反而异常平静，“我每天都做疫情检查，对自己的情况很了解。我还有很多工作，不会让自己那么容易死掉的。”

“霏霏，压力也别太大了。”顾淮愈发感觉自己的力不从心，“工作的事情，做也做不完，你还是该休息就休息。”

“我怎么能休息呢？多休息一个小时，可能就多死一个人。”霏霏有点凄然，但不是为了自己而委屈，更多是对现状的痛惜。

“情况……已经这么严重了吗？”

霏霏点点头：“嗯，最近这个礼拜，死亡率飙升。有一些疫病突然爆发，你都没法想象，像肺结核和疟疾，原本多少年都没出现过的。现在所有人都风声鹤唳。不过这可能也难免。最近新来的移民太多了，居住区密度太大了，你都不知道人们是怎么住的。四个人躺一排，他们身上还能横着躺两个人睡。饮用水也不干净，但人们还是得喝……最近这几天，天气又不好，一直没有风，又湿又热，HC375 已经发现了两个变种。我们真的有点走投无路了，实验材料越来越少，还不知道下一批什么时候能运过来。”

顾淮听着雨霏的讲述，越听越觉得自己离她实在过于遥远。他能明白她现在的绝望，就像他自己在研究中时常遇到的绝望感。但他也知道，与她遇到的困难相比，他研究中的困难太微不足道了。不管怎么说，他只是面临数据模拟的失败，而她要面对的，是一条条生命在她面前倒地逝去。

“霏霏，别太忧愁了，”顾淮尽可能表现出轻松的语调，“会好的，你相信我，真的。我们最近加了科研强度，一定会想出办法的。到时候能让地球降温、冰山结冰、海水退回到海洋里，一切都会和从前一样的。我们最近已经有了一些进展了。”

“真的吗？”雨霏显然有一点被鼓舞了，“你们的研究有突破了吗？”

“还不算是。就是……有了一点新进展，还要再看看模拟效果。”顾淮语焉不详，掩饰自己的心虚，“不过你放心吧。天空城的所有人都在全力以赴，会好起来的。”

“嗯，我相信你肯定能做到。”雨霏笑了一下，这是顾淮这两周第一次见到她笑。

关了平板通讯器，顾淮久久站在窗前，看着脚下地球的云雾缭绕。这颗看上去宁静美好的小小星球，谁能想到在它上面有如此多灾难正在发生。他们生活在天空城里，就像活在另一个世界。清洁、稳定、规律、高智能，这里的一切都和地球上如此不同。他们在想办法拯救地球，可是他们抽身世外，没有对地球灾难的切肤之痛。有那么一瞬间，他忽然很害怕自己忘掉了地球上的生活，如果是那样，他就永远没办法贴近雨霏的心了。

他多希望明早一醒来，所有洪水灾难、所有这一切都是梦。

晚上从实验室出来，运动和晚餐之后，顾淮一个人回到房间里。房间只有六平米左右，但各种功能一应俱全，墙壁上各块壁板落下之后有不同功能的模块，一体化餐桌和简单餐具、工作台和电子设备、个人清洁装备应有尽有。平时模块壁板收到墙壁之后，墙壁浑然一体，是乳白色泛光的高分子聚合材料。单人床上方，有几个小格子用来放个人纪念品。其中最大一格里是顾淮和雨霏的合影。

顾淮将房门在身后关上，打开灯，房间里赫然出现两个人影。

另一个是一个女孩的身影，端庄地坐在顾淮床沿上。顾淮蹲下身子，面孔平视女孩面孔，女孩的眼睛里亮出一抹蓝盈盈的光。蓝光迅速消失，女孩的眼眸恢复到平常的黑色。随后，女孩站起身，说："你回来了。要喝水吗？"

如果这个时候有人站到女孩面前，会惊异地发现：女孩的面容和她身后照片中的雨霏，一模一样。如果雨霏自己看到，会惊讶地叫出声来。

"小 C，"顾淮说，"你坐下。我跟你说一些事情。"

"好。什么事情？"女孩顺从地在转椅上坐下，声音柔顺。

"小 C，我想告诉你一些事，你一定要替我记住，如果有一天我忘了你要提醒我。"顾淮感觉非常疲惫，声音也很低，"你一定要记得。"

小 C 乖巧地点点头："好的，我一定记得。"

顾淮躺倒在床上，眼睛望着天花板，说："我和雨霏——你就把她当作你自己好了——是在大学里认识的。那大概是九年前了，那个时候，地球上还没有海难，只是气候已经有点不正常了。我还记得那一天，特别特别闷热，热到了 40° C 吧，人快被汗水淹没了，所有人和树都无精打采，耷拉着脑袋。我下午搬了好几箱子书，整个人都被热晕了。傍晚的时候，天上的云越来越低，气压也越来越低，能听到很远的地方有闷雷，肯定是要下雨了，大家都往宿舍跑，我也跟着。但是喘不过气，不知怎么的，我就晕倒在路上了。当时就记得，晕倒之前一个漂亮女生过来扶住了我，那就是雨霏……”

顾淮说着说着，声音渐渐弱了下去，像九年前那个雨天一样昏昏睡去。这一次在他身边的仍然是同样美丽的面孔。

小 C 坐在转椅上，面向顾淮床边，静默良久。她眸子里又闪了一抹蓝光，然后暗下去，之后就一动不动了。

房间一夜寂然无声。

陆地

如果说不断爆发的疫病是压在雨霏心上的沉沉的包袱，那么这个早上目睹的事情，就是压倒骆驼的最后一根稻草。

雨霏没有想过，一旦危机到来，人和人的分裂来得如此之快。

早上她去旁边的一个居住村里，给居民打针，中途感觉头晕目眩，一照镜子看到嘴唇都白了，于是决定提前回来。因为是提前回来，所以无意中目睹了她本不该看到的一幕。

这几日，暴雨冲毁了公路上一座临时修建的桥，运送物资的车都被堵在河流两侧。虽然工队夜以继日赶工重建，但物料不足，按最快的速度估计也还要一周。运药物的车也被堵在河流另一岸。随着疫情持续蔓延，药物正在一天天消耗，眼看着还有两天就要见底，剩下的几天，拿什么补漏洞，整个实验室都心里没底。实验室的主任医师黄曦一直在带领实验室，用仅有的实验材料生产简易药物，有一些进展，但量不可能大。

当雨霏回到实验室园区，离得很远她就看到院外的争吵。为首的一个人她认识，是隔壁居住村的王老伯。五十岁上下，干瘦干瘦，但精力旺盛，是那个村落的带头人。隔壁的村落居住的以北方人为主，都是从华北或中原长途迁徙而来，人口密度极大，各种疫病传播迅速，起初只是疟疾，就大面积造成数百人死亡，近来又出现了第一例 HC375 变种案例。王老伯经常带人来园区找他们，求取更多药物和医疗服务，雨霏也去过几次他们村子，他们的居住条件实在令人不忍直视，一顶帐篷里能挤十五六个人，男人女人身体交错，即便再小心谨慎，残破的衣服也露出大片肌肤。

此时，王老伯正往园区院子里冲，但被两个研究员拉住了。两个研究员都是年轻力壮的小伙子，因此纵使王老伯冲劲旺盛不断挣脱，也还是难以脱身，更难以冲进院子。

“这是怎么了？”雨霏上前去，问两个同事，也问王老伯。

“金姑娘，”王老伯显然认出了雨霏，“你跟你们领导说说，让我进去说句话行不？我就说几句话。金姑娘，你行行好。”

雨霏看了看她的两个同事，其中一个小伙子皱皱眉，微微摇了摇头，脑袋向院内偏了偏，示意雨霏院子里有情况。

雨霏迈进院门，小小的院子里很安静，并没有预想中的骚动。院里只有三座单层房屋，分属于三个实验室，也是临时建筑，但设施还算齐备，比起密集居住的村子条件好了太多。雨霏朝自己的实验室走去，还没走到大门，就听见玻璃门里气氛僵硬的争论声。为首的声音她很熟悉，低沉而略哑，这是她们整个实验园区的领导人，第一实验室的老教授杜魁。和他争执的，正是她的实验室主任黄曦。

“我知道你的意思。”杜魁教授说，“但你也知道事情有轻重缓急。”

“……但他们村的情况，也很紧急。”黄曦说。

“那毕竟是一个小村的事。”杜魁说，“你要救的是天下人。”

“下礼拜桥通了，还会有新的材料过来。到时候研究还可以继续的，不会影响大局的。”黄曦的声音一直高于杜魁，但不知道为什么，听起来却没有杜魁有气势。

“一礼拜，一礼拜是多少分钟！时间争分夺秒，你怎么知道这一礼拜不会研究出决定性方案？那能救活多少人你知道吗？”

“但是……”黄曦还是有点执拗，“这一礼拜，可能眼前就死好多人。”

雨霏渐渐明白其中的分歧所在了。黄曦主任想把剩余的实验材料都用来配置简易药物，用来急救，也许就是帮助王老伯的村子。而杜魁教授坚持希望实验材料仍然用来攻坚，研究根治疫病的关键疫苗。

“别说了。这件事就按我说的办吧，不可以再配药了，抓紧以现有的病人为基础做实验研究。”杜魁强调了一遍。

“但是王老伯说，他们村现在就……”

“别管他们。”杜魁低声呵斥。

“您就是想让所有药都用来管您小舅子一家吧。”黄曦却提高了一点声音。

这话一出，周围寂静了半秒，仿佛把空气都劈开了。

“你瞎说什么呢！”杜魁有点恼了，“有没有点大局意识？！”

随着话音，杜魁从内厅里走出来，向院外走去。雨霏连忙侧身，避在一旁，以灰土墙的阴影遮住自己的身形，不想让人知道自己听到了刚才的对话。杜魁径直向外走，目不斜视，黄曦和实验室里新来的助理跟在后面，还想拦住杜魁说话，但狭小的院子并没有给他时间。身材颀长的杜魁三步并作两步到了院门口。雨霏悄悄跟在后面。

杜魁迈出院子，向还在与两个研究员纠缠挣扎的王老伯挥了挥手，带着不容分说的决绝说：“您老回去吧。我们这儿真没有多余的药了。”

“领导，”王老伯一边扭动着摆脱胳膊上的四只手，一边求恳，“您再考虑考虑，考虑考虑，我们村儿好几千老老少少，都等着我回去给他们条命呐。”

“我知道你们难熬，”杜魁皱了皱眉，“可是我们也没有药了。”

“领导，领导，我求求您了……我们村儿前天还只有仨，昨天就有十二个了。这眼看着，大家都要没命啊！”

“隔离吧。这病全世界都没辙。药也是一时的。你走吧。”杜魁有点生气了。

王老伯整个身子都往前倾斜了：“能救一时算一时啊，领导……”

“我也没办法，”杜魁又挥挥手，“你快点走吧。”

王老伯又求恳了几次，眼看着没有办法说动，忽然站定了，再次甩手，面色颓丧地说：“好，我走，我这就走。放开我。”

两个研究员听了这话，不由得撤了手，向后退了半步。所有人的眼睛都盯在王老伯脸上。他半低着头，显得很失落，又莫名带着一股子严肃。

突然之间，王老伯低头弯腰，伸手抓向自己的裤腿。他用所有人都没看清的快速动作，从小腿裤腿里抽出一把长刀。长刀银光一亮，每个人都倒吸了一口冷气，雨霏觉得自己已经停止呼吸了。没有人做出任何反应。

说时迟那时快。就在众人都以为王老伯会刺向杜魁时，王老伯举起右手，把刀高高地挥起来，刺向自己的大腿。一刀狠入肌肉，几乎没过刀身。雨霏惊呼了一声。而动作没有结束。王老伯又狠命将刀抽出来，不顾喷出的鲜血，第二刀继续向自己大腿刺去。雨霏不敢看了，下意识捂住眼睛。就在这个时候，其余人也反应过来，黄曦叫着“拦住他”，王老伯身后的两个研究员又重新抓住他的手臂，夺下了他的刀。此时，王老伯已经深刺自己大腿两刀，第三刀将将刺下去。被夺过刀时，大腿已然血肉模糊。

杜魁一言不发，仍铁青着脸站在一边。

“快抬进去！”黄曦连忙指挥身后的助理去帮助两个研究员，“抬到后面，给包扎一下。”

杜魁没有说好，也没有说不好，虽然面色仍然是不以为然，甚至有一点恼怒，但是面对这等惨烈的场面，也不好再说什么。

王老伯被几个人手忙脚乱抬到后面去了。黄曦看了一眼杜魁，也拔脚进了院子。

雨霏见状，连忙侧身闪进院子，跟上黄曦。“主任……”雨霏问，“刚才……”

黄曦摇了摇头，示意她先不要说话。两个人闭着嘴向屋后走了好一会儿，黄曦才开口，给雨霏解释了上午发生的事。跟雨霏料想得差不多，因为物资断流，仅有的实验药物资源的分配，成了明争暗斗的焦点。杜魁的小舅子一家，就住在实验园区后面的病房里，都感染了 HC375 变种病毒，干脆做了实验志愿者，接受新疫苗研发的测试。

黄曦越说，越有一点怅然。“这才是一切的开始啊。”他叹了口气说。

雨霏发现，黄曦额角的头发突然白了许多。“希望下周桥能按预期修好吧。”她说。

“桥也只是一时的。苦日子还在后面。”黄曦看着远处冰雪褪尽、露出荒凉脊背的棕黑色苍茫山岭，有点宿命似的，“你看到的，只不过才是开端而已。”

当天晚上，雨霏心里堵得难受。她特别想和顾淮通话。这么多天，她还从来没有这么想找顾淮倾诉过。不仅是想把所见所闻讲出来，更多的是因为她自己内心害怕。她不知道未来会怎样，也不知道自己到了更糟糕的境地里，会做什么事情。而后者更让她恐慌。她急切需要一个拥抱，一些安慰，一种能让她稳定下来的锚定感。

视频通话的提示音响了很久，顾淮都没有接听。

直到最后一次她几乎放弃的时候，视频忽然通了，但画面一片昏暗，什么都看不清楚，像是房间没有开灯。雨霏只听到一个甜美而似曾相识的女声问："请问您是哪位？我是小 C。顾淮不在，我可以帮顾淮记录留言。"

雨霏惊呆了。

天空城

顾淮早上醒来的时候，闹铃已经闹了第三回。前一天晚上回来得太晚，他倒头就睡了，此时也仍然昏昏沉沉。他坐起来，揉揉眼睛，十五秒之后，又倒在枕头上。他决定牺牲早饭时间，让自己再多睡片刻。

只是他的起身动作已经被坐在一旁转椅上的小 C 捕捉到。小 C 启动了笑容，和煦明媚，又站起身，给顾淮倒了一杯温水，端到床头。"要我把衬衫取来吗？"她俯身问顾淮。

顾淮又勉力睁开眼，看见一张眯着眼睛、笑得很温柔的脸——是自己日思夜想的笑脸，但又有那么一点点不一样。这是小 C 第一次主动完成这一系列动作，一句都不需要他吩咐，自然流畅，可见是智能记忆已经起了作用。

顾淮坐起身，用双掌掌根按压太阳穴，想让自己的头脑清醒一点。

"要我把衬衫取来吗？"小 C 又问了一遍。得到肯定答复之后，小 C 从柜子里取来蓝色的衬衫，一边递到顾淮手上，一边问："要我把昨晚的通话留言给你讲一下吗？"

"昨晚你替我接听通话了？"顾淮一愣。

"是的。"小 C 点点头，看上去思绪很单纯，"昨晚你的通话很多，我接了后面几个。”

“你怎么接的？你说你是谁？”

“我说我是小 C。我说你不在，请对方留下留言。”

顾淮一听，心就有点慌了。他一边手忙脚乱地穿衣服，一边着急想看昨天的通话记录。“昨天都有谁来电话了？”他问小 C。

“我只接了最后几个。先是你的父母。然后是你大学宿舍室友林奇。然后有一个通话，没有说话，我问了几次都没回答，过了一会儿就挂了。”

顾淮完全明白那是谁，慌乱地拿过通讯器，拨通雨霏的号码。他的心已经快要从嗓子里跳出来了，只希望雨霏能快一点接听，让他早一分钟澄清自己。可是通讯器里一直是忙音。重复的嘀声一声一声敲击他内心的焦躁。

小 C 已经给他把牙膏和水杯准备好了，提醒他再不出门就要迟到了。顾淮洗漱的时候一直在等，最终看看表，还是挂断出门了。

小 C 的眼睛蓝光熄灭，又在椅子上坐了下来。

整个早上，顾淮做实验都有些心不在焉，几乎是数秒等着午休时间到来。

顾淮今天的工作是进行能量循环的模拟，尝试优化能量利用效率，探索能量层级放大的可能性。顾淮的专业是能源与环境，最初学这个专业的时候，目标方向还是经济发展的环保和效率，没想到没过几年，就被突然而至的全球气候灾难，逼到了他从未预料的拯救地球的责任位置上。

“结果怎么样？”导师古明哲从他的身后出现。

“……嗯？啊！”顾淮有一点如梦初醒，“哦……我还在等，程序还在跑。”

“你怎么了？不舒服吗？”古明哲问。

“哦，没事。没事。”顾淮有一点不好意思，“我就是……在想问题。”

古明哲没有继续探问，点了点头：“有什么新想法吗？”

“我在想，我们最终的目的是让地球更高效地辐射掉多余能量。而现在的温室气体成为屏蔽层，阻止能量释放。那我们就是要找到一条能量通路，让大气里的辐射能量穿透出来，而且，是不是有可能通过云层之间的电势差，形成谐振腔，让能量扩大释放……”顾淮调出来电脑里的两张计算图片，给古明哲展示。

古明哲微微颔首，表示鼓励，又提了一些小问题，提了两点改进建议。

“那我就按这个思路先继续算算？”顾淮试探着问。

“先不着急。你先来算算这个事。”古明哲从口袋里拿出一张很薄的图纸，给顾淮摊开，“这是咱们空间站的平面图，现在有三个太阳能能源中继站，中心这里还有一个核能发电站。你现在看看，什么样的方式能最有效率增加能量供给。前提是不从地球额外调用资源。”

“为什么要增加能量供给？”顾淮听了，莫名有一点兴奋，“空间站要扩容了吗？”

“也不一定。耗能的地方很多啊。”古明哲语焉不详，“越来越多的实验模拟、数据存储，都需要耗能，目前我们的生活用电也不是很够。”

“您是不是听到了什么消息？是要扩容吧？”顾淮还是不死心。

“没有什么确切消息。”古明哲说。

午餐之前，顾淮迫不及待又给雨霏拨了电话。但还是没人接。他忽然想到，此时应该是雨霏时区的深夜，于是没敢再拨，默默抓了一个仿牛肉三明治，坐在窗边闷头啃。想到雨霏可能误会自己了，他心里就堵得说不出的难受。

古明哲也拿了一个三明治、一份沙拉、一块樱桃派和一杯咖啡，坐到顾淮身旁。古明哲永远有胃口，即使所有都是素食简餐，也不影响他怡然自得的享受。他看顾淮的吃相不雅，一脸愁云，默默递给他一块餐巾纸，指了指他的嘴角。

“怎么啦？一早晨就看你失魂落魄的。跟女朋友吵架啦？”古明哲喝了一口咖啡问。

“也不算是。”顾淮叹了口气。

“年轻人哪，吵吵闹闹很正常。”古明哲已经四十几岁了，“别太要面子。有什么事让着点小女孩，多哄哄就好了。”

“不是啦。”顾淮说，“只是打不通电话。”

古明哲笑了，像是说“我以为是什么大事呢”，拍拍顾淮：“晚上接着打。”

顾淮点点头，又闷头吃，眼睛失焦地盯着桌腿。吃了几口，突然想起来，抬头问古明哲：“古老师，您实话告诉我，我保证不告诉任何其他人。空间站是不是有扩容的计划？”

古明哲这次没有直接否认：“你听到什么风声了吗？”

“没有。”顾淮的心怦怦跳，充满期待，“我只是……我只是太想念我女朋友了。什么时候才能让我把她接过来？”

“小顾啊，”古明哲缓缓地说，“有些事，我本来不应该在这个阶段跟你说，但我也明白你现在的心情。人之常情。我就跟你说一点点，你自己考虑一下。”

“您说。”顾淮识相地放低了声音。

古明哲的声音也越发低了：“小顾，你自己算了这么长时间，心里可能也有数了。现在的地球，该淹的都淹了，该毁的都毁了，大气还是湍流，接下来可能更严重。这不是一时能解决得了的问题。”

“我不是今天早上设想……”

古明哲抬起手，打断了顾淮：“你的想法挺好的。不过这是个系统性问题，不是多一条能量通路就能解决问题的。地球这几个圈，岩石圈、水圈、生物圈和大气圈，全都出了问题，那就不是简单的升温降温的事。那是系统性紊乱。复杂系统有混沌现象，相互影响还会放大，现在看起来，想恢复正常太难了。……我们，恐怕回不去了。”

“回不去了？这是什么意思？是说再也不可能回到以前的稳定气候了吗？”

“嗯，这是一方面。”古明哲说，“另一方面，我们可能该开始考虑……除了地球以外……还有没有其他适宜居住的地方了。”

顾淮大吃一惊，倒吸一口凉气：“您是说……是说……我们有可能不回地球了？”

“我没有明确说。”古明哲特意澄清道，“我只是说，有可能需要想一想其他路了。”

“这不行啊！”顾淮不由得提高了声音，“可地球上的人还在等我们，我们怎么能放弃他们，这是不负责任的……”

古明哲连忙用手势示意他压低声音：“你先别激动。还没有任何确定结论，你先别让人知道。冷静点，冷静点。……小顾啊，我跟你说这些，是咱们师徒这么多年，我拿你当家人。你就是心里有数就完了，千万先别说。……我只是想让你做做准备，如果有什么变动，及早申请把女朋友接来。”

说完这几句，古明哲就站起身归还餐盘去了，不再给顾淮时间发问，留下顾淮一个人在桌边疑窦重重。

顾淮愣在原地，心如蛛网缠绕。即使古明哲一再否认有确定消息，但从最后一句话判断，古明哲是在提醒他，未来可能需要放弃地球、进发宇宙，让他早做打算，带女朋友同行。如果这个推测是对的，那么这个决定基本上已经是八九不离十了。这是什么时候开始的事？为什么会这样？难道因为天空城是在天空漂浮，就不再对地球上的人负责任？可他们的任务明明是拯救地球。是地球上的人送他们上来的。这样是不对的啊。

整个下午，顾淮都无法进入工作，头在云雾里缭绕，百爪挠心。

晚上，顾淮还是没能拨通雨霏的电话。他有一点慌了，不知道雨霏是生他的气了，还是遇到什么意外情况了。之前还从来没有这么久都找不到人的时候。

他一方面是想着雨霏，另一方面想着白天古明哲的消息，心里越来越慌。他从没有一刻比现在更想知道地球现在是什么状况了。

小C似乎看出他的神情不快，给他倒了一杯水：“你怎么了？不开心吗？”

“我打不通雨霏电话。”顾淮说。

“我可以帮你拨电话，在后台持续拨打，直到她接听。”小C说。

“嗯，试试吧。”

“你要不要躺一会儿？”小C上前要扶顾淮躺下。顾淮摇摇头，只是坐在床沿上看着窗外，水也没有喝。

小C在床沿上坐下，坐在顾淮身旁。她用手轻轻扶住顾淮的手臂，顾淮侧头看她一眼，本想把她的手拿开，但看到她的面孔，犹豫了一下又没有动。

“我可以为你做些什么吗？”小C问。

顾淮又摇摇头：“你不懂。”

“你可以教我。”小C说。

“爱是教不了的。”顾淮说。

“但我可以记住。”小C说，“记住得越多，也就懂得越多。”

顾淮看着她的脸，那么柔和的下巴线条，洁净无瑕的皮肤，比雨霏的皮肤还要好，眼睛鼻子都完美地复刻了雨霏的造型。他之前从来没想到，3D 打印的肌体效果竟然有这么好。“你要真的是她该有多好……”顾淮不禁叹道。

“你可以把我当成她。”小 C 说，“你把你们的往事都告诉我，我都能记住的。”

顾淮还是疲倦地摇摇头：“雨霏接电话了吗？”

“没有。一直都没有。”

“我有种预感，”顾淮躺在床上，呆呆地看着天花板说，“很担心很担心的预感。我担心我再也见不到雨霏了。……小 C，你知道吗，空间站有可能要远离地球，去其他星球呢。”

“哦，什么时候？”

“不知道。其实现在还没有准信，但我导师给我透露了一点消息。”

小 C 点点头，表示知道了这个消息，但既没有透露出喜悦，也没有流露出惊讶或愤怒。她甚至没有询问为什么。顾淮知道，即使小 C 再智能，她也理解不了这种事情背后的复杂的争议。她的表情就是那么温柔如水，静静坐在床边，专注地看着顾淮，等着他接下来要说的话。顾淮忽然有一点伤感。他知道小 C 完全不会懂自己，但是她可以心无旁骛地陪着自己。他很想和雨霏说话，因为他敢肯定，以雨霏的敏感和聪慧，一瞬间就能理解这个消息带来的惊天动地的影响，一定能跟他聊很多。但与此同时，他又有点不敢和雨霏说话，他担心雨霏会生气，会把天空城的变故联系到他的身上。面对具备喜怒哀乐的真实个体就是如此矛盾，理解的喜悦也在于此，担心争吵的忧虑也在于此。

顾淮听着呼叫器里持续不断的忙音，越来越疲惫，抑制不住困倦来袭。小 C 看到他皱着的眉头，破天荒第一次坐到他的床头，为他按摩太阳穴。她的手指柔软却又有力度，让顾淮感觉极为舒服。小 C 又把顾淮的头和肩膀微微抬起来，靠着她的身体，顾淮犹豫了一下，但没有拒绝。

夜，就这样沉沉地来了。

陆地

当雨霏终于接听了顾淮的电话，她心里一片茫然，不知道该如何说。可能就是因为这种茫然，她才下意识点了接通。

雨霏好几天没有接顾淮的通话请求了。还不仅仅是生他的气，更多的是因为她心很乱，一片乱麻的状态中没有心思和他争吵，而她又不知道该用什么态度与他说话。困扰她内心的，是最近目睹的越来越变本加厉的生存斗争，从药物开始，上升到水和安全的居住地，握有权力的人吃相越来越不好看，一无所有的人更是撕破了所有斯文。在一次两个居住区的冲突中，她被夹在其中，几乎被推倒踩在泥里。回到宿舍用小盆洗澡的时候，洗了很久都洗不干净，她几乎哭出来。在这样的情况下，她没有心思和顾淮吵架。

可是今天不一样，她被下午听说的消息震懵了，整个晚上人都浑浑噩噩，心飘在云里，当顾淮的通话讯号亮起来的时候，她机械地按下接听，但接通几十秒之后都还没能聚焦。

“……嗯？什么？你再说一遍行吗？”差不多一分钟之后，雨霏才如梦初醒。

“我是说，霏霏，你别再生我的气了，她真的只是机器人。”顾淮的脸在屏幕里，焦急得有点变形，“她只是长得很像真人罢了。其实身子还是硅胶的，……只是新系统的声音很像真人。你千万别误会。你见到她的样子了吗？那天晚上，你是不是只听到了声音，还没见过她的长相？那你一定要看一下，看一下就不会误会了。……小 C！你过来一下！霏霏，真的，你听我说，我们只是在飞船上，可以申请做一个机器人助理，帮助生活。……小 C，你过来，”顾淮说着，一把把小 C 拉到屏幕前，“霏霏，你看，你看，我是照着你的样子向工厂申请的，我太想你了，所以才……”

雨霏看到屏幕前出现一张和自己一模一样的脸，或者说，和很多年前的自己一模一样的脸。那张脸年轻、漂亮、充满笑意，脸上光滑闪亮，有胶原蛋白一般的润泽，几乎看不出来是人造材料。而对比她自己，她下意识地摸摸脸，在高原的紫外线和凛冽风中浸淫的自己，皮肤已经粗糙得像月亮，有斑点，有伤疤，还有头发丝里洗不干净的泥土。她知道，屏幕里的女孩是不会老的。那几乎是她自己的梦想，永远留在二十岁那年的样子。也许这也是顾淮的梦想。

雨霏的眼泪不知不觉涌出眼眶。她想把屏幕关了。但顾淮从屏幕里看到她的动作，大声阻止道："别关！我还有重要的事要跟你说。"

雨霏犹豫了一下，没有点关闭，顾淮几乎是扑到通讯器前面："霏霏，我真的有很重要的事。"

"什么事？"雨霏犹豫了一下问。

"最近，你迅速申请一下，到天空城来。最近可能会有机会，这次千万别耽误了，要不然以后也许没机会了。"顾淮斩钉截铁地说。

"为什么以后没机会了？"雨霏问。

顾淮明显犹豫了一下，雨霏不知道他在犹豫什么，但肯定他是有些东西不想告诉自己，这让雨霏再次感觉气馁。她和顾淮之间的距离，真的已经这么远了吗。

"你就听我的，没错的。"顾淮试图让她确信，"上天的机会不容易，以后越来越不容易。这次机会你一定要把握住。你跟你们主任好好求恳一下，让他帮你说说。霏霏，你快来吧，我真的太想你了。"

"你想我，那能不能回到地面上来？"雨霏问得有点突兀。

"呃……"顾淮明显吃了一惊，没想到她会这么问，而雨霏看得出来，他的表情是对此坚决拒斥的，"这……可能不行。还是你来天上吧。在地上……未来太不确定了。"

雨霏迷惑于顾淮的表情，于是微微试探了一下："是啊，地上的未来……当然不确定。那你们在天上呢？未来很美很确定吗？"

顾淮听出雨霏话里的讽刺，像被噎了一下，嗫嚅着说："当然也不是，未来谁都说不好……只是我觉得，地面上还是风险太大，凶多吉少。你如果有机会，还是到天上来吧。"

"你们不是说，要从天上拯救我们吗？"雨霏反问道，"现在进展怎么样了？"

"……都还在尝试……暂时还没有结果。有一些方案……"顾淮说。

雨霏越听心里越沉，她隐隐约约感觉到，天上的人并没有做出任何成果。"是不是你们发现地面上的人根本无法拯救，所以就决定住在天上，不回来了？”

顾淮说：“霏霏，你别多想，我只是……很想让你跟我来，过一点舒心的日子。我知道，你在下面太辛苦了。”

“是啊，天上的日子多幸福啊。干净舒服，还有佳人相伴。”今天的雨霏有一点咄咄逼人，话说出口，连她自己都有点诧异。她只是心里不舒服的预感越来越强，她问顾淮的事情，他都没给出正面回答，让她越来越担心，“你们要是打算放弃地面上的人了，就直说。就算是背叛，也总好过给人一个不切实际的希望。”

顾淮被她呛得说不出话，只是无力地安慰道：“霏霏，你想太多了。……你申请到天上来，我们见了面再细聊好吗？”

“申请？”雨霏有点凄然地反问道，“我拿什么申请？拿命吗？其实我们这边早有消息说最近还有最后一批机会去天空城，你知道其他人是怎么争的吗？……我们总共就十来个名额，我们大领导，杜魁，直接从名额里拿出来一半给他自己的亲信和亲戚，底下人都快炸了。你没看到前天下午院子里闹腾成什么样，三个实验室的人全都出来吵，什么都顾不得了，简直斯文扫地……还有村里，也不知道是谁透露了消息，听说有去天上的机会，当时就炸锅了。本来这次还只是给科研人员名额，但昨天隔壁一个居住村里像疯了一样，先是自己厮打，然后跑来跟我们说，要是不给他们名额，就放火烧房子，大家一起死。他们这么一闹，听闻的人越来越多。……今天下午，你知道他们都在说什么吗？说天空城压根就不是救地球的，而是一小撮人以后就住在天上了，不管地上的人了，说地上的人没救了。这意味着什么你懂吗？我们这儿最近本来就断水了，这个消息是要逼死人的。……你让我申请上天，我拿什么申请？你还是和你的小C一起好好过吧。”

雨霏按下了挂断，痛哭不止。她说不清心里这种混合感觉，委屈、无助、气恼、嫉妒、失望，对顾淮的失望，也是对天空城所有人的失望。她觉得自己最近这几个月的救人变成了一种无谓的傻，反正灾难还是会加剧，所有人都会死，就像恐龙灭绝前试图救助受伤的恐龙，最终什么都改变不了。而明智的人就应该早早逃命，事不关己高高挂起，就像天空城的人。人类或许一直这样，吉祥安乐的时候宣称是命运共同体，在危难关头却是各自分飞，落得片白茫茫的大地真干净。

她站在窗前，望着窗外雨帘后苍茫荒瘠的大地，傍晚的昏黑勾勒出远山尖锐无情的轮廓，地上满是积水的污泥坑，人的临时居住棚像泥污中的破布一样寒碜，不堪一击。人类的脆弱在这一刻暴露无遗。她不停地流泪，想止也止不住。顾淮的闪烁其词可以说从侧面印证了她下午听到的消息，她不知道人为何能如此凉薄。

她再也没有接听顾淮的通话请求，这一夜一直不停在亮。

次日清晨，雨霏醒来，从镜子里看见自己红肿的眼睛。她用冰水洗了洗脸，又用浸了水的毛巾冰了冰眼眶。看红肿差不多消退了，她梳好马尾辫，换了一件白色 T 恤，收拾了背包出门。

这一日她有两个居住村要走，预计会处理四十多个病人的发烧、感染和疫病。她把水瓶放在侧袋里，开始了徒步进程。路上，她遇到每一个人都露出微笑说："就快好了！相信我！加油哦！"一边说，一边踏着泥泞的小路，向远山跋涉。

天空城

在天空城公开决议大会召开前，顾淮仍然心怀忐忑地找古明哲争辩了两次。他眼前总是雨霏含着泪的脸庞，还有她对他们抛弃地球人的尖锐指责。他内心惭愧，因为他知道她说的是对的。可是在大势的压力下，他又不敢以一己之力站出来反抗。

"古老师，咱们能再谈一次吗？"顾淮在开会前两小时，又一次来到古明哲的办公室。

"小顾啊，我都跟你说得很清楚了。"古明哲的眼睛故意盯着屏幕，不看他，"我知道你想说什么，但这个时候，你找我说也没用啊。最后还得大会决定。"

"但是，我待会儿得答辩啊……我想跟您聊一下，我答辩的时候……"顾淮有点迟疑。

古明哲这下瞅着顾淮，摘了眼镜，问："你想聊什么？待会儿你不想答辩了？

还是说，你准备在答辩的时候说方案不可行？”

顾淮没有否认，只是用不太坚定的反问说：“我在想……在想……如果能量方案不可行，那是不是还有不走的可能性？”

“小顾，”古明哲严肃地说，“你知道你在说什么吗？你现在肩膀上担着的，可不是一个人的事，也不是咱们小组的事，你担负着的是整个天空城的命运。你是一个尊重科学事实的人，你应该知道，科学里，对就是对，不对就是不对，行就是行，不行就是不行。你这样，根据个人的好恶随便说方案结果，这是科学的态度吗？”

“可问题在于，”顾淮沉下一条心，也不管古明哲会怎么想，“我也不能只担负天空城命运，我还得想想人类的命运不是吗？我们就这么走了，地上的人怎么办呢？当初是所有国家的人勒紧裤腰带凑钱才建起来的天空城，说好了是要研究救灾方案才建起来的，现在说走就走，这算怎么回事儿呢。这件事我想不明白，就没法老老实实算方案。”

“当初是当初，现在是现在，”古明哲微微皱眉，“整个过程你也全身参与了，咱们刚来时，不是没有用尽全力测算，可是后来是观测到整个气候变化的幅度实在是太剧烈了，能量量级和大气的紊乱程度都超过了咱们能干预的范畴，这才有了新战略。人就是必须根据情势做出决定，时势不等人，适应性一直是人类存活至今的最大的竞争力。战略上的取舍和抉择需要当机立断，这道理你又不是不懂。我也给你说了好几次了，你怎么还是这么轴呢？”

顾淮被古明哲说得一愣一愣的，但他还是鼓起勇气，小声争辩道：“可是我之前的方案，我是说利用大气层的能量通路做辐射的能量放大器的方案，还一直没有做过真的模拟测试，说不准就能有用呢？我们还没试过所有方案，就这么放弃，真的是合适的吗？”

“我们试得起吗？”古明哲问，“现在地上的形势一天比一天差，不可能让地面再提供多少能源支持，而天空城现存核能燃料是一定的，我们要想在地球上做这么大的实验，耗能一定是极大的，万一失败了呢？万一失败了，咱们连飞到最近行星都做不到了，到时候所有人都坐以待毙吗？……行了，你别说了。如果你待会儿不愿意发言，我替你汇报方案。”

古明哲说完，带着点怒意又开始噼噼啪啪打字，再也不看顾淮一眼。顾淮还想说什么，但最终只是张了张嘴，把话咽回了肚子，退出了房间。

决议大会在天空城中心的大会场召开。

每次顾淮进入这个大厅，都会有一种晕眩的感觉。大会场在天空城最核心的地方，多条枢纽都连接到天空城外的门厅，旋转一圈的门厅给人一种轮轴的枢纽感，中间的大会场因此更有罗马的感觉——条条大路通罗马，罗马的建筑也以这样的环形闻名。大会场头顶的穹顶是通透的有机玻璃，只要太阳不直射，就完全打开遮蔽，高空逐渐稀疏的空气呈现出深蓝，即使是白天，也能看清远处的一些星星。这穹幕如此磅礴，仿佛天穹直接覆盖在头顶，让人倍感渺小。而地面上也有一周玻璃，虽然中间的主体部分是不透明的木色地板，但观众席的脚下是整整一周透明玻璃，宛若护城河，可以直接看到脚下云雾缭绕的地球。这样头上脚下的通透感，让人有漂浮在宇宙里讲话的错觉，因此开口也更加需要勇气。

顾淮坐在前排侧面一个座位上，不断翻看手里的平板显示器，想要再把数据记清楚一点，为待会儿的答辩做准备。他看不进去，往前翻篇，又往回翻篇，一次又一次重复，手指绷得看得出骨骼，紧张写在脸上，清晰可辨。

“这一页你已经看了三遍了。需要我给你读吗？”坐在一旁的小 C 轻轻问他。

“嗯？哦，不用，不用。”顾淮如梦方醒，意识到自己的不安和走神，有点不好意思。

“你可以休息一会儿了。”小 C 体贴地说，“按照演讲筹备指南上的建议，真的到演讲前，就不建议反复看讲稿了。这时候最好休息一下大脑和心情，可以闭上眼睛，想一想待会儿要如何上场，如何动作，心里走一遍预演。另外就是可以想一些放松的事情。”

“你不懂。”顾淮摇了摇头，“这不是一次演讲。没那么多讲究。这是答辩。”

“答辩也需要演讲的仪态风度，才会给人留下好印象。”小 C 仍然天真地说。

“唉，你不懂。”顾淮又叹了口气说。

这时候，会场的观众席陆陆续续入场，已经差不多坐满了人，各种窃窃私语议论的声音、站起和落座的声音、会场播放的简要注意事项，混合在一起，盘旋在大厅上空，陡然营造出紧张的气氛。会议主席，世界科学共同体理事会理事长路易斯·韦伯先生已经站在会场中央，等待全部观众落座完毕，就开始议程。难得看到所有科研人员都穿上衬衫或正装，更增加了仪式感。

每个人面前的会议桌上，开始显示出会议议程，议程用每个位置嘉宾的母语显示。小 C 低头阅读，然后开始给顾淮朗读："科学共同体理事会理事长路易斯·韦伯先生致大会开幕词。科学共同体执行委员会委员长马克·拉塞尔博士主持会议。第一议程：地球气候的前景分析，发言人：基础科学第一研究部部长、哈佛大学副校长莉莉·马奎尔女士；环境与能源……"

顾淮是第四议程第五个发言，按时间会排到下午晚些时候。他有一点紧张，但更多的是矛盾和迟疑。他并不是担心自己上台会磕磕巴巴、台风不良，而是在做最后的心理斗争：他下午要讲的内容实在是非常重要，否则古明哲和研究四部部长也不会让他一个名不见经传的小角色在这么重要的场合上台发言。他要讲的是宇宙空间中的能量级联放大机制，能利用空间辐射和飞船间的能量互动，干涉加强，从而以百倍效率为飞船带来推进动力。

这是到目前为止，最好的远征方案。

可问题是，人类到底该不该远征呢？顾淮回答不了这个问题。他也不希望让自己的发言成为这场论争中的筹码。可是他已经处在这样的位置上。

他抬头看着透明穹顶外浩渺的星空。如果在他小时候，有个人告诉他，人类可以去远征，而他可以成为提出方案的关键人物，他一定会为其中的英雄感兴奋不已。

可是现在，事情却完全不是一回事。无论他怎么看，这次的远征都像是逃亡。

他要背离地球，背离地球上那个小小的身影。

他转头看着小 C，带着一点悲凉说："小 C，在你的程序里，如果有一件事，计算的结果是一个样，你心里想做的是另一个样，你会怎么办？"

小 C 用大眼睛望着顾淮，说："我不太明白你的意思。"

顾淮说："就是程序告诉你应该做的事，你不想做，你怎么办？"

小 C 仔细想了一会儿："我没有遇到过这样的情况。"

顾淮望着脚下那一圈地板玻璃，透过玻璃望着远远的地球，说："我现在特别慌，我怕我再也见不到地球，也见不到雨霏了。"

小 C 微微一笑，轻轻扶住顾淮的胳膊说："我已经记住了你告诉我的所有事情，从现在开始，你可以把我叫作雨霏了。"

顾淮看着她依然轻快甜美的笑容，却完全感受不到同样的轻快甜美，他反问她："如果，有一天，有另一个机器人长得和我一模一样，也记住了所有有关我的事情，你会把他当成我吗？"

小 C 想了想："会啊。我一定会的。"

顾淮叹了口气，又把视线盯住地板上的玻璃。小 C 试图靠上顾淮的手臂，说："你放心，我一定会对你很好，像雨霏一样好的。"

顾淮沉默了好一会儿说："可能人世间的很多事，在抉择的那一刻，都看不到未来吧。"

会议开始了。

顾淮机械地听着一个又一个发言，其中的大部分内容他基本上已经心知肚明，此时此刻也只是看那些大人物走一个过场。直到第一议程的第六个发言人，宇宙和空间技术部部长、前欧洲宇航局局长劳埃德·布鲁姆博士的发言，顾淮才突然心里怦怦跳起来。

"……当我们在抉择一项大的命运变革的时候，我们不仅要考虑到当下的形势条件和风险，我们还要考虑到一百年之后的人类——如果那个时候还存在——会如何看待这项选择。很多时候，做出选择的人，他们肩上担负的，不仅仅是他们个人的命运，也不仅仅是同时代人的命运，而是整个人类，从一百万年前一路走来的这个叫作人类的物种的命运。人类存活至今经历了多少次磨难和危机，可以说是九死一生，以致人类的亲族物种已经全部灭绝，只有今天的智人还存活于世。而这种存活本身是非常脆弱的，很久以前就有人说过，人类并不比其他物种特殊，不比恐龙特殊，也不比其他动物特殊，人类也可能毁于外界灾难、毁于内部战争、毁于其他物种的竞争、毁于无法适应环境，当然，还更有可能毁于自身的愚蠢。如今，我们就因为自身的愚蠢，走到了人类这个物种生死存亡的边缘。

“所以，我恳请各位，在做出任何庄严决定的时候，能够以一百年后的人类视角去考虑。如果我们希望人类物种还能存在于宇宙当中，如果希望以我们小小的虚荣心看起来能称之为文明的一些东西还能存在于宇宙当中，那么没有什么比活下去更重要的了。只有人类活下去，才能把千百年来积累的点点滴滴文明延续下去。这些文明果实对于宇宙来说也许不算什么，但对于一个智慧物种而言，几乎就是一切财富。所以我们必须要考虑的是，以什么样的策略能让人类的文明火光不至于彻底熄灭。

“因此，有的时候，我们就会面临取舍。我们固然舍不得放弃原有的一切，舍不得放弃家园、故土、怀念的世界、手足同胞，但在面临文明消亡的取舍面前，也许我们不得不放弃。诺亚方舟不是一个神话，它是一个寓言，它是告诉我们，当人类的愚蠢招致天谴的时候，有远见的人应该如何将人类物种的延续扛在自己肩上，以一艘航船度过危机。

“这并不容易。这要求我们有远航的勇气、冒风险的勇气、承担骂名的勇气以及生存的勇气。我希望在座的各位，能够做出有担当的选择。”

顾淮听这些话的时候，脸上红一阵白一阵，他被说动了，有相当长一段时间，他被人类远航的前景、被自身背负全人类文明延续的使命打动，激动不已，也为能贡献力量而骄傲。但另有一些时间，他又觉得有什么地方不对，他的内心深处似乎还是有一个声音在叫他，叫他停下来，再听一听，再看一看，再想一想。

他又一次仰望头顶穹庐上的星辰，很想站起来大声嘶吼：“宇宙啊，你能给我一个声音吗？你能不能告诉我，地球的这场浩劫、人类的这次选择，意义何在？出路何在？”

但是宇宙没有发出声音。

顾淮也只是静默地坐着。

大陆

雨霏看到了最后一批登船者的身影。

那天的天空格外湛蓝，在雨霏的印象中，已经很多很多日子没见到这么湛蓝的天空了。前日里的雨连续下了四天，雨过天晴之后，有短暂两天有晴空与太阳的日子。飞船发射早就预定好在这一周，具体时间根据雨情确定，前一天晚上才定下来发射时间。

这一批登船的名额，比黄金乘钻石的价值还高，不知道争抢了多久才定下来。发射之前就有很多人知道，这是最后一批上天的机会，也是生死之间的区隔。但是知情人都不把这个消息透露出去，因为一旦天下尽人皆知，那会引起所有人饿虎扑食，就连发射的地勤工作都不会再有人安心去做。于是，所有幸运获得了名额的人，都在窃喜中保持沉默。

但即便是这样，消息还是从唇齿的缝隙中不胫而走。真到了发射之前的登船时分，出乎意料的是，不知道从哪里涌来了大批大批避难的居民，有从发射场隔壁居住村里来的，也有从相当远的居住地赶来的。雨霏从自己的窗口望出去，远远涌来的人群宛如乌云压境。

她吃了一惊，出门去看，大批陌生人从门口呼啸而过。科研中心正有车子要去发射场，她于是登车跟随。只见一辆辆破旧铿锵的车子拼尽速度，从他们身边超越，他们如同被裹挟在山洪里的碎石，在泥泞的路上颠簸。

“为什么会有这么多人来？”雨霏惊诧地问身边坐着的黄曦。

“天下没有不透风的墙。”黄曦说。

“你是说，这些人已经知道……”

“是的。”黄曦点头，“他们已经知道，天上的人们要弃我们而去了。”

雨霏有心理准备，但还是略微吸了一口凉气。如果地上的人都知道了，那将是何种恐慌与混乱，她不敢想象。

“他们是怎么知道的？”雨霏问。

“还能有什么新鲜的，不外乎就是哪个大人物想带上自己的亲戚，亲戚又想带上亲戚呗。谁都说‘你千万别告诉别人’，这事就告诉了千万人了。”黄曦从车窗望向远处，他瘦削的面庞近日里更加皮包骨，骨头的轮廓像极了他的个性，硌得人生疼，这次黄曦也没有获得名额，“昨天我在检疫的时候，就听到有人窃窃议论了。”

他们没有太多时间谈话，在土摩托和小卡车的轰隆声里，他们的声音也几乎听不见。在洪水般的人流中，他们来到发射场外缘。

“我们是药物补给车。”雨霏乘坐的车子的司机叫道。这一声呼叫让他们很容易从车流中脱颖而出，发射场的执勤人员以电瓶车给他们开路。

两旁拥挤的人群愣了片刻，看他们前行，但很快，不知道是谁叫了一句:“不能让他们再把药带走啦！”于是其他人如梦方醒般涌上来,试图堵住他们的去路。司机踩了一脚油门，向前冲过去，发射场的铁门开了一道刚好容一辆车的缝隙，试图让他们挤过去，将其他乌合之众拦在后面。

但场面很快失控了。有人以大功率摩托来撞雨霏坐的车子，把车子的轨迹直接撞歪了。车子很努力地控制平衡，把握方向，继续前行，但就这一耽搁，其他车很容易就跟上了他们的轨迹。就在发射场外不远的地方，混乱的车流追上他们，一同向发射场铁门撞去。守卫员见场面失控，立即想关上院子铁门，可为时已晚。铁门在闭合之前的一瞬间，被汹涌的车流撞开，一道裂隙很快扩大为决堤隘口。

雨霏看到自己坐的车子被身后源源不断的车流推进空旷的发射场，如山洪泥石流般向中心的发射飞船涌去。发射场一向警戒森严、秩序井然，从来不曾有如此多庸众进入，所有守卫和地勤人员都有一点发懵，一时之间没来得及做出反应。等到所有人从耳机里听到拦截闯入者的通告、行动起来的时候，已经迟了，涌入的人群距离发射飞船不过数百米的距离了。

登船者正在登船。一直到此时，他们还保持着优越的优雅。女人拉着孩子小步走楼梯，男人手臂上搭着大衣，手里拎着箱子。不知道是谁对他们喊了一声“快！快点登船！”，他们才赫然发现逼近的人流，突然之间，惊慌失措起来。

登船者匆忙加快了登船速度，喇叭里的催促声越来越强，广播说发射可能会提前，要求迅速登船。男人推着女人，女人拖着摔在楼梯上的小孩子往上爬。广场上，执勤车辆拉来了铁丝网，试图将逼近的车辆和人流挡在发射区域之外，车辆和铁丝网发生剧烈碰撞。执勤车被冲击，几乎退却。有人从尚未合拢的铁丝网中间的缝隙穿过去，向飞船奔跑。这样的行动有太强的激发效应，迅速就有很多人跟随前者的带领，穿过阻拦，奔向飞船，将铁丝网之间的缝隙越扩越大，局面越来越不可收拾。

八百米。六百米。三百米。一百米。

跑在最前面的人已经奔到了飞船脚下。飞船的门开始闭锁。但还有一小部分登船者没有登上飞船，用身体扒住船舱门，拼命往里挤，后面涌过来的民众迅速攀爬上楼梯，将登船者击打到地上，试图取而代之。飞船门口躯体缠绕，发生激烈斗殴，堵住门口，进出不得。而更多人还在源源不断向飞船跑来，在飞船脚下形成黑压压的一条河流。

就在这时，地面控制塔内传来“预备发射”的口令，人群爆发出恐慌与愤怒的呼喝，人们更加速了涌向飞船船舱门。船舱门在强行关闭。

雨霏远远地看着这一切。远处的争斗惊心动魄，朝着悲剧的方向越走越远。她恍然看见天边有什么一闪而过，似乎有一颗白日流星降至地面，像是有什么事物从空中降落。但没有其他人注意到。人群仍然逼向已经开始点火启动的飞船。

飞船舱门还未紧闭，但已经点火。珍惜生命的人开始退却，围绕飞船，形成一道真空的涟漪。已经抓住飞船舱门，或者登上飞船楼梯的人不甘心放弃，仍然想从最后一道缝隙抓住升天的机会。随着飞船底部火焰点燃，有人被推落，有人被甩下，有人直接跌落进火焰里，远远看去就像扑火的飞蛾。飞船火焰达到极盛，蹿天而去，留下震耳欲聋的嗡鸣声。所有人在远方旁观这一切，都被震住，许多人骇然无言。

随着飞船远去，有人爆发出哭泣的声音，紧接着，这种声音传遍人群。没有登船的人群开始被愤怒和绝望的悲伤笼罩。执勤车仍然想用铁丝网将人群驱逐出发射场，爆发出混乱的斗争。雨霏向人群外退去，她不想卷进这样的争斗，甚至连看都不想再看。

她流着泪向发射场外跑去，一边跑，一边擦眼泪。连她自己也说不清，为什么流眼泪。并不是因为失去了升天的机会，事实上，她从多日之前就知道了这个结局。也不是因为他们被遗留在地球上自生自灭，在她心里仍然还抱着对未来的渺茫希望。但她在这个上午旁观的刺激之后，仍然想哭。她的眼前，始终是最后落入火焰的人的身影。

在发射场外不远处，路上的一个泥水坑边上，她一步没踩稳，踉跄了一下，摔到地上。她跪在地上看着泥水，眼泪扑簌簌掉进水里。

就在这时，一双手扶住她的双臂，将她慢慢扶起来。她看到那双手的骨节，异常熟悉。她心里一惊，抬起头来。眼前的眼睛也异常熟悉。

顾淮将她扶稳，问："你怎么在这里？我正好要去找你。"

雨霏呆呆地瞪着他："你怎么在这里？"

"我刚刚降落，第一时间想去找你。"顾淮说。

"你没有……没有……？"雨霏不知道该用什么样的语言了。

**他们知道，
也许地球上所有大陆
有一天都会消失，
但他们此时此刻，
仍然可以
深一脚浅一脚走在
泥水路上。**

"是的。我没去远航。"顾淮说。

"为什么？"

"我好久没回来了。"顾淮说，"我回来看看你。"

雨霏不知道该如何形容自己的心情了。顾淮帮她擦下去手上、腿上的泥水，扶她前行，两个人在坑洼积水的小路上深一脚浅一脚走着。雨霏心里慢慢展开了。她好像好久好久没有这样的平静了。她听顾淮说着天上的变化，听他说远航的争执与忙碌，听他说他是如何做出一个叫小 D 的机器人，替他去远航，而又是如何申请了特批的飞船降落下来。他们聊地球，聊地球仅存的大陆和变化无端的海洋，聊地球的气候和未来，聊他们在地球上剩下的日子。他们知道，也许地球上所有大陆有一天都会消失，但他们此时此刻，仍然可以深一脚浅一脚走在泥水路上。

那就这样吧，雨霏想。

十七天

文 | 匿名作家 025 号

第一天

老殷片刻不宁，站起来又坐下，坐下又站起来，每一下都伴随着心脏突突乱蹦，紊乱如鼓。他焦躁地在房间里踱步，感觉时间如巨大的方阵，纷纷来到天花板上集合，一分一秒，规规矩矩，出列，正步，立定，整整齐齐站满一天花板的空白。

一阵脚步声踏上来，差点与心悸混淆。

是老万。他推门而入，放下手里的塑料桶，从桶里拿出一大瓶五升纯净水，两袋面包，一条盒装牛奶，几卷卫生纸，一一摆好，都是楼下超市刚买的。他把桶清空了，摆地上。想了下，觉得桶太高了，不方便呕吐，又找来一个塑料盆，换掉桶，放在床垫边上。

弄完，老万叉着腰环视：房间只剩下一张巨大的床垫，占据了几乎全部的地板，看起来像一座浮岛。用砖块填补起来的窗户，只剩下接近天花板的地方留了一道通风口；所有家具都已清空，只留下家具外廓勾勒的痕迹；所有的锐物都已扔掉，连两米以下的四面墙壁都糊了一层旧棉絮——再没有任何可以伤人的东西了，连墙壁、地板，都不能。

“我出不了气。”老殷毫无睡意，却不停地打哈欠，把哈欠当成呼吸似的，一个接一个地打，眼泪鼻涕像漏了的水管，流了一脖子。外面伏天，蝉声四起，他却浑身盗汗，冷得透骨渗肉，打着寒战缩成一团，骑木马似地不停摇着。

“忍着，才开始呢，”老万说完，踢了一下床垫，“起来，洗个澡，洗完睡会儿。”

老殷嚅唇而骂，没出声；身子不起，继续抱成一团摇着。

老万懒得跟他啰唆，干脆把他拽起来，也没料到他轻得像一捆柴草，自己用力多余，拽得俩人都趔趄了。

卫生间里，老殷从头到尾缩在一角；老万拎着花洒，冲着老殷的背，身，脸，腿，像浇花似的。浇完，擦干，弄回床垫上，老万又折腾出一身汗。他从领口里都闻到了自个儿的味儿，恶心得一把脱了。他正想去冲个凉，裤腿却被老殷咬住了：

“别……把我扔这儿……”老殷呜咽着，冷得把被子拽成一个球，滚成团。不知道是在摇头还是在发抖，反正浑身颤着。

“谁扔你啦，我这不是陪你耗着？”

没有回应，老万便摔上门，去厕所草草冲了个凉。冲完，他坐下来，一边擦头发，一边想，该给老殷的儿子打个电话。

第二天

又拨了两次，还是没人接。老万骂着，掐掉电话，趺坐了一小会儿。陪他趺坐的同有一床，一柜，一桌，一电视。

靠床的墙壁渗水，青霉腐蚀涂料，显得恶心，不知道被谁用各种铜版纸糊上，花里胡哨的。采光不佳，阴暗将某种死意冻结成块，捏成一台布满灰尘的电视机，静置于角落。满屏信噪雪花，两个壮实的白种男人在拳击，打得很黏稠，时不时就抱缠在一起，又被裁判扯开。

紧挨着超市促销广告有一截莫名其妙的海报，是个大胡子男，黑框大眼镜，边儿上印着半截句子：

钥匙在窗台上

钥匙在窗前的阳光里

……

老万摸出打火机抽烟，盯着模糊不清的拳击赛发愣。好在这是最后一次了。只要熬过两个多周——精确说来十七天，四百零八小时，两万四千四百八十分钟——之后，血液里不再残留，就可以给他用戒断药，不会再复吸了。不管是不是真的如此，这都叫希望。

隔壁响起可疑的声音，好像什么东西打翻，伴有人声。老万侧了一下头，竖起耳朵听，身子却懒得起来。毕竟见过的次数多了，老万早就对门背后的声响产生了耐受性。什么样的都听过，像人叫的，不像人叫的……他都无动于衷，他知道那个房间里的物品很安全。

电视满屏雪花依然模糊不清，两个血汗淋漓的壮汉，眼眶肿得像圆茄，闭着眼又缠抱在一起了，右上角字幕：第八回合。

烟抽完了，鼻孔也挖干净了，再挖就要出血了。时间过去了三十八小时二十七分十七秒，十八秒，十九秒……距离十七天的尽头又近一寸了。一片雪花中，裁判冲上去扯开两个壮汉，顺便把屏幕扯成了信噪横条，彻底没法看了。

老万关掉电视，在突如其来的安静中，听到卫生间传来几种动物般的吟嚎，他过去一看：老殷坐在蹲坑一边，弓成虾米。这一上午他都在这儿，好像就没出来过。骨头里边儿的虫子不痛不痒地爬着，向四面八方巡逻。老殷徒劳地不停抓挠着，想把皮掀起来，把底下的骨头挖出来，刮干净，刮完还穿回去吗？真不想要了，真想换一副，可老殷没力气换，腹痛几拳就把他揍瘪了，铁拳伸入胃内翻搅，像要搜出什么东西来。

老殷蜷缩成一团在卫生间的地上，四肢伸伸缩缩，没法安宁。骨头里的虫子好像全都爬到了瓷砖上了，密密麻麻的黑点，聚集又散开。鼻涕沿着人中横淌，快要把自己呛死了。

老万用毛巾把老殷的手包扎起来，再抓下去，皮肉就要没了。

第三天

去往市疾控中心的路，老万已经非常熟悉了。每当他看到某个“新人”头一次来这儿，一脸发懵，又不敢问路的可怜样儿，他心里就跟猫抓似的。由于心生鄙视又愧疚于不该鄙视，他会主动上前问人家：“领药是吧？”

那人通常先愣一下，接着犹豫地轻微点头。

“他们办事的地方是一栋楼，领药的地方又在另一栋楼。”老万把新人带到那个三楼角落的窗口前。那些新人看着他这么个老头也还好好活着，总觉得像看到奇迹在眼前，不免对他笑，有的还问他生理指标如何，老万就虎下脸来：“看啥？不是我。别看我。”

通常队伍不长，比较安静。排队的人们好像彼此熟悉，互相攀比 CD4 的水平，说自己升到 700 的很开心，另几个则很丧气，说不晓得为什么跌到了 400。听上去就像在比赛自家孩子的高考分数。

捎了药，老万在回家的路上，又给老殷的儿子拨电话，总算是打通了。

公车上没什么人，挺安静，老万沙着嗓子跟电话那头争吵，旁人佯装没在侧耳偷听。

“你听我说完行不行！？这次真的有救！有家进口戒断药，做到了实验第三期，还给补偿费。只要熬过十七天，体内不残留了，就给他用药，保准生理戒断。”

“……”

“真的，小祝说的。”

“……”

“祝医生啊！你见过的，‘女所’里那个小祝。”

“……”

“肯定能干净，十七天足够啦，我死守着他，寸步不离，你跟我，换着来。”

“……”

“你咋年纪轻轻的凡事儿老往坏处想呢？！那可是你爹啊！”

“……”

“要是没干净……没干净就打了药……会跟身体起严重反应，要死人的。”

“……”

“所以啊！才要你来啊！”

“……，……，……”

“你就一句话吧，来还是不来。”

“……”

“行，有你的。你能安生就行。”掐了电话，老万给气得直喘，咳了几口浓痰，猛拉开车窗，呸了出去。

第四天

“照你这么又吐又拉，八个马桶都不够。”老万骂着，拿水管把坑里坑外冲了，又给老殷冲了一下，才开始喂饭。

老殷木僵不动，一动起来又乱抖，汤汤水水顺着下巴流，老万用勺子刮上去。

折腾完了，老万自己也胃口全无，直想吐，仰着脖子盯着天花板，想缓缓。盯久了，天花板就不像天花板，像藏宝图，像有条龙……龙又跑了，天花板空了，像一片毫无意义的人生，偏又有几块意义重大的片段，从石灰墙皮上剥落。

天花板还很像那张纸。

老万开始想，要不是当初那张纸，现在他俩该在哪儿呢？

那张纸，普普通通，卷宗大小。在当兵刚满两年的时候，交士官申请书，写思想材料。殷建国正老实写着，旁边的万平咬着笔杆，实在憋不出套话，终于坐不住了，想抽过来抄，殷建国不给，万平非要，走到面前，趁空档使劲儿一抽——锋利的纸刃，贴着角膜，横割了殷建国的右眼。

当下就是一黑，殷建国只觉得刀子割肉，眼珠子切成两半似的痛，睁不开，捂着，手再也不敢拿下来。万平确实吓到了，不知道纸的边刃这么锋利，一时六神无主。

教官只当是两个小毛兵又调皮犯事儿，开假条都拖了一天，隔日才批。到省医院眼科一查：殷建国右眼角膜严重受伤，视网膜差点脱落，蒙着纱布瞎了一个月。

那一个月，万平心里愧疚如文火，煎得他夜夜辗转反侧，做梦连连。留在部队，出入受限，他总共也只请到了两次假，都去看殷建国了。两次殷建国都蒙着眼睛，仿佛在深睡；万平提着水果，愣在边上，不敢吱声，盯着一只蚊子，晃晃悠悠降落在殷建国的小腿上，刚一停，殷建国就啪地拍一巴掌，打出一星血，万平这才知道他只是装睡，不想说话。

当时那个蒙眼的小伙子怎么可能是眼前这坨东西？跟捏残了的橡皮泥似的。

岁月这个词闯进脑子，点燃了一个念头，写本回忆录吧。好多人都这么干。反正现在时间多如垃圾，怎么都打发不完，老万一兴起，开始想标题。半个小时过去，没想好，决定先放着，想想第一自然段。不对，应该是，自序。

不，应该是先搜集一下素材，捋一捋。好多事儿记不清了。老万进屋，企图把老殷叫起来。

第五天

眼睛伤了，体检没过关，又没后门，殷建国退役，回老家。

一路上，山越走越高，弯越走越绕。昏昏欲睡的客车摇到了晚上，夜如海，云如浪，月舟行。群山环卧，状如远古巨兽，正匍匐沉睡。黑暗深处偶有一星篝火熊熊燃烧，烟雾裹着星星点点的光斑，升入空中，飘到银河里去了。殷建国恍惚听见远处又响起枪声，才意识到离家真的近了。儿时下午，部队的训练枪声刚一响过，他就跟万平就眼巴巴候着，去打靶场捡子弹壳。有些子弹陷进土里，摸出来还是热的。捡着捡着，日头忽然间就滚下去了。

老家的彝人嗜爱火跟酒，夜里在坝子上围火而舞，烤土豆，喝酒。殷建国跟万平从小一起玩篝火，殷建国喜欢围着火看书，镇上的书摊他全租过了。他们比赛谁盯得更久，殷建国总是赢，他更喜欢闭眼的瞬间：一片五光十色，像万花筒，久久不散。

渐渐地他落下眼干症，畏光，当兵体检差点没过关。

仔细想想，殷建国一点都不怪万平，他觉得那张纸，割得好，可以正大光明地退伍；说实话，他受不了部队的枯燥和粗暴，周围没有可以说话的人，对他说话的人不是在吼就是在骂。夏天一训练完，宿舍臭得令人作呕，无穷无尽口号重复着，令他无比空虚。全连的人读过的书加起来也没有殷建国读过的多。后果就是，他总觉得有些空话哄得了别人，但哄不了他。

殷建国倒是真的训练刻苦，为了快点把自己累瘫，好入睡；睡不着，就撸几把，爽到憋气，缺氧了就容易睡着。实在都还是睡不着，就会想，为什么？到这里来干什么？有什么意思？

白晃了两年，没意思。“没意思”是一路上殷建国脑子里重复最多的三个字。不烦别的，烦怎么跟家里交代。懒得编谎话了，殷建国在离家最近的地方下了车，没回去见老娘。

第六天

警局门口安安静静，一眼望去，院内空空如也。

五六个身影，贴着走廊，悄悄蹿向后院，利索跃起，翻墙而出，爬上一辆货车，扬尘而去。

货车开出五公里，在一处僻静的密林中停了下来。人们沉默而熟练地从货箱中捡出几把手枪、物资，纷纷跳下来，换上了另一辆越野车，继续进山。多年后，万平才后怕起来，当初他们几个负责刑侦的小子，揣几把手枪就想跟灰毛儿对干，简直是九条命都不够死的。

早一百年前，鸦片是黑彝才享得上的高级玩意儿；到八十年代末九十年代初，才开始说这玩意儿碰不得，已经迟了。离开凉山到省城去“闯荡”的年轻人，出来混全靠跟老乡拉帮结派，初来乍到，要是有人敬根烟来，哪敢不抽。香烟换成针头，道理还是一样，几乎一大半人都染过了。眼看着白粉如雪灾，一村一村地泛滥成艾滋，才有族长联合汉人警队来治。

越野车像摇篮一样在泥泞不堪的坎坷山路上晃动——如果那也可以称作路的话——八十公里的路程却整整要晃四个小时。大伙儿一开始还瞎扯几句，说自己当警察，练得一身翻墙本事，偷偷摸摸，赛过逃犯。如此狼狈，也是不得已：警局门口那条街是镇上的主街，杂货店铺依次排开，车来人往，手碎脚杂，任何出警的风吹草动，都会通报到“灰毛儿”那儿，行动经常失败。所以他们每次行动都是偷偷摸摸翻墙而出，换车，进山。

就在大家被颠得摇头晃脑的时刻，队长打开烟盒，抽出一根，反插回去，在心底默念菩萨保佑。信佛、抽烟什么的本来都是禁令，但他们干这行的，生死界限薄如悬线，顾不上这些。队长把剩余的悉数分给弟兄；老兵心知肚明，说不好哪次就是最后一根烟了，一个个低头认认真真地抽了起来。万平稀里糊涂，也跟着装严肃，抽起来。

一根烟工夫，队长故作轻松，布置道："这次的豆腐呐，白的，数量，估计不少……灰毛儿呢，很可能就是本地人……消息呢，多边线索交叉验证一致，可信度很大。"把毒品叫成豆腐，毒贩叫成灰毛儿，是从上一任队长开始喊起的。

队长继续道："这次的任务，只是侦查。记住，只是侦查。状况摸清楚，拘捕的事情，要等武警一起干，都别犯傻。懂不？"众人点头，默坐。

窗外是冗长的青灰色山脉，泥路坎坷，摇着他们一车人，几颗心，既如满山乱石，又如一潭止水。

越野车到达密林，眼前彻底没路了。暮色已浓，日光不多了。一队人下车，扛着物资，沿着依稀可见的小道步行，抵达了密林深处。

队长止步："就这了。开始吧。小声说话，尽量别用灯。"

众人操起砍刀劈开藤蔓。除了噼里啪啦倒下的林叶，四野无声。天色渐晚，众人默不作声地干活，就着最后一点日光，搭起简易帐篷。晚上，队长简单布置了一下行动安排："除了这个临时营地，设两组瞭望哨，就在两公里之外的山腰，视野呈三角形覆盖，俯瞰这个区域，一旦哨岗发现车辆或来人，便立刻通知营地，营地立刻出发跟踪，若需要增援，瞭望哨也可以在几分钟之内就抵达……"

第七天

一早，万平出发蹲第一岗。他带上枪，刚刚出发，背后就传来队长低声咒骂："× 的……"

万平回头一看，队长正皱着眉，望着天：暗云滚滚，如涌动的灰海。豪雨在即，每个人都心下一沉，喜忧参半。

雨天是灰毛儿喜欢的天气，因为迷蒙，视线不佳，雨声掩盖行踪，便于运货。

当然，雨天让一切都变得更艰苦。队长叮嘱万平一声：“灵醒点。”

哨岗一趴就是八个小时，大雨如注，稀里哗啦地砸在雨衣上。万平艰难地剥除这层嘈杂，努力分辨远处是否有车辆来到。浑身上下没有一寸干燥。雨水透过草叶头冠，顺着眉头滚下，万平反复擦眼睛，手肘磨破了，撑望远镜都痛。

他的注意力已经濒临涣散，口舌发苦，满脑子杂念如菜刀刮鱼鳞一样乱片纷飞。他痛恨等待。一提起等待，万平就会想，如果当初殷建国没受伤，换他来做，应该会比自己厉害。时间一分一秒地凌迟着他，除了沉默的青山与嘈杂的雨水，什么都没有。

三天，五天，七天，十天……毫无进展。巡逻的同事毫无收获，而他岗哨蹲了十天，来过三次人，三次扑查，三次扑空，好像在玩狼来了的游戏，所有人都崩溃了。

因为不敢暴露目标，大伙儿没生火，吃不上热餐。洗澡全靠雨。在这潮湿不堪的山林中，帐篷里只有两张早就湿透了的垫子，睡上去潮得像躺在水里。好在累过头了，也无所谓，能躺上四五个小时就阿弥陀佛。

第十五天，万平为了晾一下靴子，不听劝，赤脚睡觉；醒来的时候，脚趾之间最嫩地方偏偏被虫子咬了，肿成大包，使劲一挠，泡就破了。双脚泡在湿靴子里，伤处化脓了，痛痒难忍，百爪挠心。这一来简直更要命了，蹲哨的时候，万平痒得恨不得拿刀子扎脚，感觉整个人烦躁得快要燃起来了。

一丝动静传来，万平惊起，竖着耳朵一听，声音来自后面。万平翻身弹起来，看见换岗的队友从黑色雨衣下面露出，嘿嘿一笑。

万平压低声音，小声咒骂：“靠，不提前说一声！”

“你对讲机嗡嗡的没音儿，进水啦！？”

万平这才摸了摸，对讲机泡在雨衣的褶皱里，一汪水，早就坏了。这理亏大了，回头肯定是被队长臭骂。

换岗回营的路上，万平饿得手脚发软。每走一步，又痒又痛，那滋味儿真是钻心钻肺。刚走进帐篷，果然迎头撞上队长熊吼：“蹲哨睡着了！？回来这么慢！？对讲机也不听？”

万平嘀咕：“趴了十几天了，屁都没有！”

队长急了：“十几天就叫唤！？老子最长的时候，原地！趴了二十二天！你这算什么！？”

“熬啊，谁怕熬！？倒是说清楚，什么料！？到底什么时候到？！”

“我又不是灰毛儿，我怎么知道什么时候到？一个个听好了，就是屁都不来，也要给我趴够二十天！”

队长吼完，一帐篷的人都灰溜了。对讲机突然响起，前哨通知，有一辆摩托车。“狼来了”的游戏又开始了，队长喊了一声：“愣着干吗！去啊！”

大雨没有停止的意思，几声鸟雀之啼，刺破云雾，随着，一辆摩托车驶来。万平打了个手势，巡逻队员左右包抄，万平正面拦截。

一个男子和一个女子披着斗篷，下了车。他们并没有怎么反抗，看上去只是本地农民。

万平迅速出示证件，然后搜查了那对男女的背包，厉声逼问：“哪儿来的，到哪儿去！？”“廖家湾来的……嗯……看亲戚……身份证没带……对，是我老婆……”一句句问下去，一句句答上来，没有发现异常。

但他们都清楚，灰毛儿一般会配合出行：一个负责前方探路的，不带货；遇到拦截，会尽快脱身，以便通知后方真正带货的同伴，前方有堵卡，后者会立刻掉头逃跑。

万平没有借口再扣留这两人，却又怀疑这人是探路前锋，不敢放行。

左右为难之际，对讲机响起，瞭望哨通报：“又发现一辆摩托车。”

那对男女突然神色慌张。队友立刻制服了这对男女，把他们铐在一起，拖到一边，脸对着树桩，万平跟队友准备二次拦截。

只见两百米外，另一辆摩托突然刹停，掉头就跑。万平一时情急，骑了那对男女的摩托就追。追了好长一阵，烟尘不见，引擎声没了，另一辆摩托不知什么时候拐进密林，不知踪迹。万平刹车，望着密林乱木，肾上腺素简直要从嗓子眼儿里喷出来。

一阵撕心裂肺的喊声，如垂死之兽，惨烈至极，竟不像人发出的，从三点钟方向传来。

万平空白了一秒，顺着那声音，骑着车子撞进野林，才发现完全无路，被树枝绊得直接从摩托上滚下来，一嘴泥巴。万平爬起来，稳了一秒，丢下车，摸了摸枪，继续寻声而去。再跑了两步，就看见被丢弃的摩托车，人却不见了；万平追着，渐渐感觉双腿抖得几乎站不稳，发软。

人影！万平突然看到密林尽头，一个人影正左奔右突，却迟迟没有往前；万平追上去就是一扑，把那人按住，俩人摔得槽牙啃地，眼珠子前就是崖，只差一迈就双双坠下。一身冷汗的瞬间，万平一个翻身把那人往回拖，两人滚成一团。

一把刀在眼前闪过，万平没松手，但眼睛一闭，身子一弓，心想这下是要挨刀子了。没料到疼痛迟迟没有传来，反倒是后面响起细碎杂声，队友赶到，扑上来搭了把手，把灰毛儿给擒拿了。

等万平想爬起来，脚腕子一阵烈痛，坏了，肯定刚才扑人的时候给崴了。刀子已经不见，真叫人纳闷。灰毛儿满头满脸全是泥，双手被反绑着，脑袋侧着被队友抵在膝盖底下，雨水冲了一会儿，半张脸大概看得出来了，是殷建国。

泥泞的山路被豪雨冲成了浑浊小溪。队友骑着摩托车，万平坐最后，俩人把殷建国夹在中央，三明治似的，骑回去。多少年没见了？万平贴着殷建国后脑勺，真想问殷建国一点儿什么，但雨太大了，擂鼓似的，什么也听不清，仨人怪异地挤在一辆摩托上。万平双手向后，紧紧撑着冰凉的后座扶手，胸腹贴着殷的后背，前裆抵着殷的屁股，一路上下颠簸……妈的，真诡异，他别开脸去，尽量不看殷建国的后脑勺，脑子里一团糨糊，随着大雨泥沙俱下，冲出些许莫名其妙的片段：还是调皮小子的时候，俩人有次偷了一匹马来骑，也是这么一前一后颠着。烈日之下，山风清爽，颠得姓什么都不知道了，那真是个高兴的下午啊，殷建国还记得吗？隔日一双大腿胯根儿酸疼，七天走不了路。

那个儿时的下午竟然在此刻复活，穿云透雨，直抵当下。就在前几分钟还以为自己要中刀，要牺牲了呢，其实什么也没有，扑爬滚打，崴了个脚，认出了个旧人。轰轰烈烈，不过一场泥浆中的挣扎。

“这一天的事儿，以后要在回忆录里着重笔墨，好好写。”今天就想起来这么多。够了。老万把耳朵贴在隔壁门上，确认老殷那边没啥动静，才上床睡觉。

第八天

万平在家休养脚踝，半个残废似的，拄着拐，上个厕所也要蹦半天。妻子也请了假，从外市赶回来看他了。回家第一夜，在床上办事儿，做着做着就要走神。他老忍不住想，身底下这个女人知道他很可能就回不来了吗？若不是运气好，他现在哪儿能在床上逍遥火动？早就睡进棺材里躺平了。他眼前再次晃起了那把的刀子，感受到刀子扎进肚子的分寸，甚至能感觉到泥土一铲一铲洒在脸上，类似暴雨淋身，还有花圈微微刺痒的纸边角，黑棺材窄窄的，躺进去的时候手臂得夹着。天空变成一个长方形的方框。

走神到这儿，他全身发软，再也硬不起来了了。

妻子推开他：“你怎么了？”

“没有没有，是我这脚……”

“少来了，你哪儿用得上脚？我看是你第三根脚出问题。”

后半夜，俩人背对背而睡。万平失眠，满心窝囊。两口子分居异地，都说小别胜新婚，怎么轮到他们就变味儿，每次床上都觉得半生不熟，放不开手脚；可又不想把爱人往自己这破地方调，真要调过来了不就扎下根了？这危险重重的偏僻县城，万平总觉得，不会一辈子待在这儿的吧。最起码，女儿不能在这儿读书。

等到队长来家里探望，是几天之后了。队长带了些苹果橙子，说了些场面话，万平眼巴巴地望着队长，想问关键问题，队长看懂了，却没回答，只是打哈哈，重复着安心养伤安心养伤。

临走了，万平拄着拐杖把队长送到门口，队长才留了一步，开始说关键的："什么都没查到。活人身上，什么都没有。"

"死人身上呢？"

"你咋知道有死人？"

"肯定有同伙啊！惨叫我都听到了，肯定是先跳崖了！搜没？"

"这不正在搜嘛……警犬到那儿都晕车了，搜得慢。"

"活人审没审？"

"正在审。"

"说啥了？"

"还能说啥？癞蛤蟆似的蹲在墙角，什么都不认。"队长又说，"你别多嘴多舌，功劳，我肯定帮你争，但是领导对行动不高兴。侦查侦查，什么叫侦查？又没叫你拘捕！"

"我×！"万平一急，差点崩了伤处，"侦查？我还不是奔着想抓活口回来问啊？你这么是说我不上去才对咯？"

队长摆摆手："瞧你这性子！我不是说了给你争取？！"

"饭都做好了，队长要不您留下来吃吧！"妻子堆笑，打了一碗烧鱼端着过来。队长摆摆手，走了。

万平愣在门口，脑海里不断回闪抓捕的那一幕，一想到自己摔了那么多个狗啃屎，就气，简直没有正常发挥。对了，要是没搜到豆腐可怎么办？算白跑？妈的，这脚到底什么时候好？还有，这般建国，胆儿够肥的，但他的刀子呢，那刀子怎么没有捅下来？

直到妻子喊他吃饭，他还没有回过神来。

第九天

妻子请的假只有三天，万平也在家待了三天。俩人太久没这么密切相处，反而不适应，除了聊女儿小叶，没有任何共同话题。其实他连小叶到底是一年级还是二年级都不是很清楚，又不敢跟妻子问。

夜里万平老失眠，不喝酒就睡不着，妻子闻不得酒气，俩人开始吵架。第四天，妻子待不下去了，回单位之前，做了一大锅土豆烧排骨，一声不吭地放在冰箱里。

队长的电话恰好在妻子准备出门的时候打来，万平左顾右盼，还是先接了电话，没去送她。

“死的找到了。身上没东西，丢下的货被警犬搜到了一些，但不多，九十多克。”

“我 ×。”万平顿时觉得这一趟任务白熬了。

“活的那个，再过两天，恐怕也只能放了。”

“就这么放了？！”

“不放，还能怎么？又没袭警，又没证据……最恼火的是，特情联络不上了，估计出事儿了。这个麻烦，领导还发了大脾气。”

“啥……特情？”

“我们这边儿的线人啊！诶我说你怎么都上战场了还跟不上趟啊？”队长眉头皱得更凶了，“照我说啊……这个活的，不能这么白放了，得用上。我们查过了，殷建国，你认识，对不？你再仔细查查，靠实不靠实，写份报告出来，让领导权衡权衡。”

“你意思是让他做特情啊？”

“你先写份报告。”

挂完电话，妻子早就没影儿了。万平看着黯淡的空房间，后悔没先去送她，再接这该死的电话。他拄着拐，蹦到厨房，端出那锅排骨，也没加热，就这么站着，伸手去锅里抠出来，啃着吃。

第十天

"我什么都知道了。"

殷建国被放回家的第一顿饭，就觉得气氛不对。本来想进厨房打下手，讨个好，结果妻子猛地来了这么一句，叫殷建国咯噔了一把，心想，行吧，这就对了。我说呢，怎么铁青着脸。他自以为见过些场面了，没想到真正让人慌乱的事儿，无关大小，只在时机。

"你走开，别添乱。"妻子挥了挥菜刀，背对着他剁排骨，殷建国悻悻地出去了。

结婚以来，某种叫作直觉的东西，无时不刻不在嗡嗡作响：男人长期在外地跑菌子，一去就是三个月，没音没信，说回来就回来；过几天说走就走；偶尔回个家，跟进窑子似的，睡完觉提起裤子就走，什么都闭口不谈。

不仅如此，街坊邻居的碎嘴，滋长出十万条流言，白天来无影去无踪，夜里钻到她耳朵里，像打不着的蚊子声，在心里放了把火。她一直不敢捅破这层窗户纸，想到儿子才五岁，不到万不得已，忍一忍，也可以过；只是当单位门口卖菜大娘都在跟她说，弟媳开的洗浴中心，老殷可是常客的时候，她稳不住了。

门有动静，是儿子放学回家了，书包还背在背上，见了老爸，眼神一愣，也没打招呼，径直进屋，坐下，打开电视。

半年没见了，儿子见他跟见生人似的，叫殷建国心寒。当然怪不得儿子，儿子自出生起，就没怎么见过自己。父亲只是一个词汇。一个他从来就无所谓有，因此也无所谓无的词汇。

一家三口上了桌，盘子里的红烧鱼头，一双白眼翻得狰狞，正对着殷建国。他盯着鱼眼，悬着筷子，费力思索，她知道了个啥。

而她真没想到，殷建国被逼到这地步，居然还有脸照常上桌吃饭。她曾经设想过老殷的每一种可能反应，也在心底排练了相应的每一套台词；她都想好了，任他抵赖，道歉，忏悔……她将不为所动，她要的就是先占上风，狠狠地讹他、诈他、逼他交出实情。结果到头来她太急，上风没稳住。她一阵怒火烧肝，使筷子手重，把鱼头翻歪了，油汁缓缓漫出，染了一桌。

儿子见她这样，赶紧头埋得低低的。

殷建国瞟了一眼儿子，感觉儿子平时没少挨打。他悬着的手腕反而放松了，管她知道个啥呢？知道了又怎样呢？他吃了一口鱼，挑起眼皮瞥她，反问道："你把刚才的说完。说，你知道些啥啊？"

她气得恨不得一耳光把他扇到桌子底下去。不行，这上风不能丢。她镇压怒火，调整脸色，佯装吃菜，转头问儿子："爸爸跟妈妈要分开，你选谁？"

殷建国开始坐不住了。

儿子伸手抓了一个土豆，问："你们为什么要离婚？"

"大人的事，小孩不懂"，"你爸是骗子，在外面乱搞"，他俩的声音重叠在一起，但三个人都听见了。

殷建国把筷子一扔："你说啥！？你说啥！？"

"你自己心里也清楚。"

"我不清楚！！"殷建国一把抓过儿子，"你过来，我给你说清楚……你爸……"

儿子被抓疼了，别过脸去，闭着眼，直挣扎。殷建国感觉被扇了一耳光。他放开了儿子，站起来，对着妻子吼："日你先人，我挣钱我容易吗？跑菌子能挣几个钱？我不挣钱你给脸色，现在挣了钱，你也给脸色，你到底要我怎么地？"

吼完，妻子眼睁睁看着老殷放下碗筷，抄起鱼竿渔具，摔门而出。直到关门声响起，她都还愣在原地——她满脑子都是他跟别人狎腻云雨的不堪画面；而他居然还能准备去钓鱼。

她对着关上的门，撕心裂肺地咒着："你狗日的再别回来了！"

第十一天

天深云静，芦苇随江风柔伏，俩人到了江边，判了水，寻了鱼窝，抛了杆子，固好，便坐下来抽烟。

这鱼可不是他想来钓的，但被放出来之前，条件就已经答应了，不去不行，是万平约的。

万平指着对岸几叠怪石，问殷建国："知道那石头叫什么吗？"

殷建国眯着眼，望向那块嶙峋巨石，状如怪鳄，从江面探出灰色的脊梁。

"那石头，说是杜甫在上面题过字，所以就叫杜甫石；杜甫跟豆腐是谐音，所以喊着喊着就成了豆腐石；豆腐在这儿的方言又叫灰毛儿……最后，就干脆喊成了灰毛儿石。你说，荒唐不？"

一块石头的命，上可红楼，下可江湖。石犹如此，人何以堪。这道理不稀奇，但老殷不知道他说这个干吗，只好压着脸色，不接话。

"宋队退休前，发动队里逮条大鱼，贩子们可贼了，交货地点临时换成了'灰毛儿石'；队里一时没查出在哪儿，就这么黄了，宋队退休也退得窝囊。从他开始，队里就把货叫成'豆腐'，贩子叫'灰毛儿'。一个个都说，不信别的吃不定，豆腐还吃不定了！"

"你跟我啰唆这些干啥？说清楚啊，我可跟那档子事儿没关系啊。"

"你那天，干吗没扎我刀子？"

"什么刀子？"

万平心想，果然呐，几年不见，人会变的。这个殷建国，够贼的。一般灰毛儿的第一反应都是反抗，扎刀子，扫枪子儿，顽抗到底，可那样就真的洗不掉罪名了。要想脱身就得脱干净，这殷建国，不简单。

万平默不作声抽烟，盯着江面，惊觉浮漂上下点动，赶紧匀着力，小心撩钩，一条黑鲤噼里啪啦甩了上来。万平兴奋起来，当即把鱼篓里几条细小鲫鱼全倒进江，腾出来装这条大黑鲤；鱼身粗长，蜷缩在篓底打不过弯来。万平绕着桶直转圈，搓着手嚷嚷："回去先养着，过两天，叫嫂子做了，吃完豆腐，咱就吃红烧鱼！"

殷建国继续装傻："什么嫂子？"

这下万平不接招了，直说："老殷，你我谁跟谁，别装了行不行？你儿子吴歌，跟嫂子姓，五岁了，想提前上学，户口本儿上的年龄还是我手下给改的。"万平皱皱眉，收拾了渔具。

四下夕光溶溶，江水粼粼，两岸还是青山，两人还是黑发；拎着大鱼，抽着小烟，并肩徐行。老殷蹬着自行车先走一步，万平不甘心，追上来，开口说："老殷啊，升士官的那张卷子，伤了你眼睛，我一直都歉疚着。咱一起长大的，你别跟我生分了，行不？我干到现在，一个月工资奖金加起来才五百。队长老骂我还没上趟，都急了。何况我也是在帮你啊，你认真想想你干的什么事儿啊？真是进去了，判个死缓，谁也救不了你！但从今往后，只要你给消息，我保你，不出事儿。"

"你能保？"

"我说了，只要你给消息，我就保。"万平熊着胆子拍胸脯。

"老万，要真是靠跑菌子，我一个月连五百都挣不了，别跟我比谁容易谁不容易。"

"是是是。我没这意思。我是说——"

"今天出来的时候，她才说要离。"

"啥？"

"她说她啥都晓得了！要离婚！"

"她……晓得啥了？"

"我咋晓得她晓得啥了？"

"那你想咋办？"

万平见殷建国没说话，但脸色软了，赶紧说："老殷，你要是哪天不想干了，提前说声，我绝没意见，只是你要提前说一声，给我点时间找个人接替就行。”

“别的不管，我就是要你一句话，我出什么事儿，跟儿子没关系，他读书不行，考警校要是分数不够，你得帮他想办法，无论如何要弄进去。毕业包分配吧还？”

“包啊，这两年扩招都挤破头了。你放心啊，不会考不上，考不上还可以专升本呐。”

“你能保？”

“警校跟我们兄弟关系嘛，我跟队长说一声。”

“什么跟队长说一声，你现在就保证。”

“对嘛，答应你嘛。”万平麻着胆子应承，把鱼篓递给殷建国，殷建国掂了掂，收下了。

回去的路上，殷建国骑着车，刚好看见一群中学生放学，一个个勾肩搭背，流连在小吃摊，嘻嘻哈哈。他突然沮丧，不知道还要混多少年，才能把儿子也养到像眼前这群崽子这么大呢？

其实他退伍之后，一开始真的是老老实实跑菌子，也没料到水这么深，赔了一批又一批，回家妻子没好脸色看。他想不通为什么都是一样起早贪黑，别人能赚那么多。直到后来有人让他“顺便捎点干货”，他才明白，噢，这样啊。

但现在，分叉的，到底又合拢来了。

那个夜里，妻子肥厚的背肉，随着鼾声微微起伏；他望了望天花板，想，碌碌无为的日子，该有个头了吧。

第十二天

该到头了吧，老殷不知道这是第多少天。反正身子已经被剁成了一锅肉茸粥，捏不起一个人形，好在最难受那劲儿已经过去了。

午饭时间，老殷没胃口，端着碗，干瞪眼。老万把电视调大点声，猛抽烟。蹲哨的经验告诉他，千万不能把等待看作等待，一旦陷入等待，时间就会跟皮筋儿一样被拉长，五分钟像五个小时。

停电了，猝不及防。电视机一灭，就变成一面灰镜子，映着两堆臃肿的身体。老万盯着灰镜中的自己，有点不自在，说："你先吃，我去打扫下隔壁。"

老万做了心理准备，但一走进去，还是给恶心到了。秽物满地，墙上的棉絮被抓破了，撕碎，露出的墙皮，被人头撞过，沾着血污。老万觉得根本没法打扫，就出来了，问："老殷，你自己撑一会儿行不？我得回家一趟，看看小叶了。五天没回去了。我去一趟，下午就回来。"

老殷根本没动静，在老万换鞋的时候，突然问："小叶，现在，多大了？"

"二十八。"

"结婚没？"

"你问这个干啥？"

老殷的表情不太对，端着碗口的手松了，低了低头。老万关门之前，回头看了一眼，差点没吓出声来：老殷的腹股沟冒出汩汩鲜血，飙到了碗沿上，动画片儿似的。

老万急得跳脚，打了120，问性别，年龄，血型，哆哆嗦嗦交代，最后还是不得不补了一句，"戒毒人员"；那边"噢"了一下，好像"屡见不鲜"的意思，吩咐他怎么临时止血。

车来了的时候，老殷都虚过去了。老万跟着上了车，警笛逼人，红蓝灯晃，担架很脏，手忙脚乱，他随着满车厢器材一起晃，只能跟得上几个关键字，"假性动脉瘤，破裂出血""急诊手术""通知家属"。老万疲于应付，视听昏花，一切渐渐不真实起来。好久没出门了，车开得太快他突然有晕车的呕吐感，扭过头去，看见远处依稀的高山，雪盖子只剩稀溜几条。

他感觉他一生的巅峰也都融化了。甚至，他有过巅峰吗？他这大半辈子只在这山围脚下折腾。

第十三天

合作第五年的十二月，早上十点，开联合表彰大会，刑侦组是万平带的，武警是谁带的记不得了，总之线索是殷建国给的，有武警出击，查获足有一百二十公斤豆腐，抓了十五个灰毛儿。

领导对着劣质麦克风讲话，得心应手，好好一句话非要宰成三四字一个短句，断句停得老长，没完没了。整个过程万平都在尿急，可惜位子又在局长旁边，不敢走，只能跟着大家拍巴掌，鼻头耳朵冻疼了，哈气成烟。等到大会终于结束的时候，他已经憋到连跑都不敢跑了，像个瘸子似的夹着裤裆往厕所赶。

从来没觉得厕所这么爽。尿完，长舒一口气，一抬头，右边的窗口吹来一阵凛风。万平顺风一望，看见远处的山顶上，雪盖子比往年厚。他抖了抖，穿好裤子，走出厕所，悠闲地点了一根烟，望着那雪盖子发了一会儿呆；那个当口，他什么也没想，仿佛心里也盖着白白的雪，干干净净的，安安生生的。

那是万平跟殷建国一起吃豆腐以来，最巅峰的一场雪。

领导表彰万平立了三等功，准了假，万平去省城看望妻子女儿。厨房里，万平听到母女俩在小声说话，女儿嘟囔："才不去呢，爸爸口臭。"万平把拿起的烟放下了，去卫生间刷了个牙，才上桌吃饭。

万平想找点什么话说，刚想开口问成绩，又觉得老久没见了，一见就问成绩，会让女儿反感，于是忍了嘴。踌躇之间，倒是女儿先开口了："爸爸，你真的会枪？"

"咋了？"

女儿从书包里掏出报纸，专题大字"精英队伍，重大突破，缴获各类毒品……"标题赫然在上，再仔细一看，其中一张照片的角落居然拍到了自己的脸。

"那些战士为什么要蒙脸？"女儿问。

"我 × 你妈的！不说不对外的吗！？"万平失了控，当着女儿的面蹦脏字儿，脑袋嗡地炸了。

"我跟我同学说，爸爸有枪，上了新闻……"女儿稚嫩的声音还在得意着，万队哗啦哗啦把报纸揉成团，摇着女儿肩膀："别跟你同学说这些！"

女儿呆住，很久没说话。万平正在自责，女儿已经跑掉了。直到下午放学回家晚饭时间，女儿还委屈着，不肯理他。妻子也没说话，早早睡了。万平迷迷糊糊正做着噩梦，凌晨两三点，一个电话炸响了。

那声音是殷建国的："赶紧躲一阵，老婆孩子都快转移。"说完就掐了。

黑暗复如棺盖扣上。死寂中，万平僵在床上，动弹不得。

妻子被吵醒，模模糊糊问："怎么了。"

万平说："没什么，快睡。"

万平煎了一夜没睡着。在妻子匀净的微鼾中，轻轻起身，推开女儿的房门瞧了瞧。五岁小孩的酣睡，做着梦都在发笑。万平凝视着她，瘫坐在房间门口，淋着一身晨曦，头疼欲裂。

翌晨，妻子起来晚了，慌慌张张说糟了糟了迟到了，却看见万平在厨房煮鸡蛋，下面条，跟太阳从西边出来似的。万平把热乎乎的番茄面端上桌，说："我们把小叶送到她奶奶那里吧。"

妻子莫名其妙："怎么啦？凭什么？"

"这里条件太差了，学校不好，孩子以后考不上大学的。而且，环境也不安全。"

"怎么突然说这个？这么大的事儿，你都没给我商量？"

"我这不就在跟你商量？"

"把孩子丢那么远，谁照顾？"

"她奶奶啊！"万平脱口而出，才发觉一句正经话说得像脏话。但他顾不得了，"别商量了！就这么办。还有你，赶紧请个假，陪小叶去她奶奶那儿。"

"你跟我说实话，到底怎么了？"

"……怕出事儿，小心点好。"

妻子一听，脸色青了。

第十四天

此后一直联系不上殷建国，也没其他动静。万平夜夜睡不踏实，琢磨那一通电话到底是什么意思。直到有天下班，回到家门口，赫然看见牛奶箱子敞了一条缝，塞着一个信封。万平正要拆，又长了心眼，戴上手套，找来刀子，才小心裁开。一见内物，冷汗滚到了地板上。

一个透明小塑料袋：两粒鱼钩，钩着两颗眼珠子。

万平颤了半天，还是捡起来，刚掂在手里，立刻丢了，又捡起来。丢了不对，藏起来也不对，交上去也不对，想来想去，汇报给领导。

领导喝完茶，打足官腔："我说小万啊，你都是队长了。锻炼这么久，要沉得住气，昂，凡事儿，不要慌，多观察观察，多思考思考，这个 68 号的情况，队里会组织会议，研究，昂，具体问题具体分析……"

"你他妈就不能现在分析分析！？"此语一出，收不回了。领导到底是领导，装没听见，又抿一口茶，根本没正眼瞧他，眼神却分明在骂："滚。"

万平冲出去，又不知往何处去，只能在自个儿心坎儿上掀桌子，顶着的自个儿的肺。

68 号，是殷建国的代号。

万平拎着土鸡，去看望殷建国的妻子，顺便问问情况，还没进门，被骂得跟脸皮挨了鞋底刮似的，狼狈退了出来。没过多久，鞋底都没得刮了，殷建国妻子回了娘家，带走了儿子。他想跟领导申请家属抚恤津贴，领导辗转叫人回了他的话："津贴每月如常在特情人员账上，一分不少，不要杞人忧天，避一避是很正常的事。"

这一避就是八年。

八年来，麻将，电视，二锅头，填补了吃喝拉撒之外的每一丝裂隙，唯一健康一点的嗜好算是钓鱼。可他渐渐也不去了，因为往江边一坐，他就免不了想起一切不该去想的事。

第十五天

八年后，女儿小叶考高中，体能测试不合格，又补考了一回，800 米累死累活勉强过了，当夜就发了高烧，起皮疹，过两天口腔溃疡得厉害。送到医院，查血，医生脸色不太对，又加了一个单项，又让再去查。

一上午过去，女儿输液输完了，第二笔单项检查结果一出来，万平被医生叫到门外："你女儿 HIV 阳性，你知道不？"

许多年来，要说往事，能立马清清楚楚蹦出来的，就只是这一件，这一天。

第十六天

清晨的病房，吵闹渐渐复苏，老殷睡相挺沉，看上去竟然很舒服。术后药品清单上有罂粟碱，老万指着那字儿，找查房医生问："这东西……？"

医生皱着眉，把单子拿过来看："血管扩张剂，怎么了？"

老万说："他……在戒断，要熬满十七天，体内不残留了，就可以……可以……"

"那也没办法啊。"医生把单子还给他。

老万空拎着单子，定了定神。就这么完了？在某种前功尽弃的平静中，老万放下单子，拿起饭碗，喂老殷喝粥，说："你儿子来过了，给手术签了字，已经走了。"

老殷看起来仿佛回光返照，清醒多了，却毫不关心自己身上发生了什么，也不关心儿子来过，只问："你去看过小叶了？"

"我还有工夫去？！"老万说着，就把碗往床头桌上一掼。

隔了一会儿，又老老实实把碗端起来，继续拿勺子碾粥，喂给殷："药给她妈妈了。小叶，小叶不就那样，在家抱着手机玩游戏，刷刷刷，一天就过去了。我们又不能说她。"

第十七天

"那家伙，你找到了没？"深夜，老殷睡不着。病房灯火通明，他突然开口问。

"哪个家伙？"

"还能有哪个家伙？我不信，你没追究过。"

"你他妈怎么今天这么话多？前几天问你的时候又一个屁都放不出来。"老万阴沉着脸，捡起几张脱落的纸，插回去。

笔记本散了一组装订线，快撑不住了。写满了横七竖八的句子，整理得差不多了，可是太薄了，太稀松了。为什么别的老头儿弄回忆录，材料有一人那么高？自己荷枪实弹地干了这么些年，怎么一辈子到头来，能数得出来的，最关键的几件事，几个场景，几个片段，凑起来，竟然写不满十七天？

"要是我告诉你，我知道是哪个家伙干的，你会怎么地？"老殷闭着眼发问。

老万愣了一下，立刻嗤了："你他妈脑子又长虫了？瞎扯些什么？"

老殷微闭着眼，弓着背，像个算命半仙似的叨唠起来："她读实小二年级三班。放学十二点一刻。她跟同学正在买零食吃，小卖部人挺多，有人上前去，问她，'你是三班的万小叶吗？'她说，'你谁？'那家伙说，'你想吃零食啊，带钱了吗？'小叶点点头，然后又摇摇头。那人就确认这孩子就是小叶了。那家伙付钱给老板说，'给她买两只串儿。'土豆串儿下锅了，小叶盯着老板刷辣椒，可那人已经闪没了，闪之前，装作不小心，在手臂上划了她一个小口子。"

老万呆在那儿，感觉有一盆炭呼啦一下倒进了脑子。他没有表情，好像皮囊内的一切都被抽成了真空。

八年来，就为了还原这一个片段，老万丢掉了一切。丢掉了工作，老婆，甚至女儿。只差没把自己的脑子挖出来，放在日光下晒干，一沟一回地拉直，再仔细捋。

后来万平不再捋下去了。放弃对于生活而言，往往是必要的，甚至是唯一选择。别说他了，就连小叶自己，也无论如何想不起来，到底是哪一个瞬间，哪一个东西，暗中扳动了命运的轨道。

一张纸，或者一只刮胡刀片。

放弃对于生活而言，往往是必要的，甚至是唯一选择。

“儿子被押在了他们手上，要我指人。不指，就戳我儿子。这八年我算是在躲你吧，虽然躲不掉。”老殷说完这个，结结实实闭了闭眼。

老万低头一看，不知不觉手中的笔记本已经被扯成了散页，有字儿的，十七页，夹在许许多多的空白中，雪花片儿似的，飘落在地上。

病房终于熄灯了，一切渐渐安静下来。

那个儿时的下午
竟然在此刻复活，
穿云透雨，直抵当下。
就在前几分钟还以为自己要中
刀，要牺牲了呢，
其实什么也没有，
扑爬滚打，崴了个脚，
认出了个旧人。
轰轰烈烈，
不过一场泥浆中的挣扎。

from《十七天》

非亲非故

文 | 匿名作家 027 号

七月初，为了迎接一位从国外归来的亲戚，我们家族在芳村码头安排了一个烧烤屋的摊位。隔着珠江，能望见对岸28层高的白天鹅宾馆。家长是这样说的：即便去不了那里吃饭，至少也要能望见嘛。当然，我也被叫了过去。当时我情绪不太好，因为长篇卡了壳。饭局上我一言不发。长辈们对我很生气，我知道，但他们永远也不会为另外一位同样不怎么说话的家伙生气，那个人就是这位亲戚。因为长期滞留国外（三十年，或者四十年），他已经不怎么会说中文，他说的每一句话，我们都分不清那到底是普通话、粤语还是家乡的雷州话。而每一种我们都会。正因此我们感到了骄傲。渐渐地，我注意到，长辈们也在用一种同样艰难的、三种语言糅合而成的语言去跟他交流，也许是不自觉的顺从，或者是刻意的、自上而下的亲近。即便如此，他还是很难打开话匣子。为了活跃气氛，长辈们相互之间用这种全新的语言交谈起来。“听说汝屋企小妹最近掟煲了？”“嗨，咪提了，真素羞家！”聊的自然都是家长里短的琐事。我惊奇地发现，往常存在于他们话语里的那种让人难以忍受的粗鄙，这次完全消失了。这位亲戚就坐在我的对面。整个过程里，他只是沉默地盯着对岸宾馆窗户反射的蓝光。大概过了很久很久吧，他才缓慢地开口，大伙一下子安静下来，听他说起一件他四十三岁在挪威旅居时的事情。经过刚才的语言训练，大伙都已经完全能听明白他的讲述。当时他住在一个高山社区里——他说，签下租赁协议书后，房东问他要不要额外买下一面镜子。起初他以为自己听错了，没有理会。第二天，房东又敲开了他的房门，问他要不要买镜子。为什么要买镜子呢，他问。在这个社区里，每个人都有一面镜子，房东回答，如果有镜子，你至少每天还能看见自己，没有镜子的话，你就会看不到任何一个人，那样你会因为孤独而发疯的。这里每年都会有人发疯。这还是在拥有镜子的前提下。他觉得自己被房东说服了，就跟房东买了一面镜子。只有巴掌大，还贼贵。过了一个月，他认为房东所言不虚，因为这片社区实在是人烟荒凉，也互不来往。没有这面镜子，他也许真的会自杀的。这时候，房东又敲开了他的门，传达一项社区自治委员会的指令。这场因为孤独而造成的心理滑坡的势头实在是难以遏制，房东像机器人一样措辞（他开始怀疑房东是不是真人），委员会一致决定，在最高山峰的山体上，悬挂一面巨大无朋的镜子，整个社区都可以投射到镜面里头，这样一来，我们就相当于有了一个兄弟社区。这样一种集体的治疗势必会比个体的方案要有效得多。不过，建造这样一面镜子，也是一笔庞大的花销，应该由社区里的每个人分摊。房东问这位亲戚，是否愿意掏这个钱。问清楚这笔钱的数目后，这位亲戚断然拒绝了，因为他根本掏不出来，当时他刚离婚，身上的钱在旅途中也花得差不多了。得到拒绝后，房东告诉他，第二天还会再来的，果然，房东第二天又来找他，不仅如此，第三天、第四天、第五天……每天房东都会按时来拜访他，要求他掏出项目的钱款，房东的态度没有变得更好，也没有变得更差，而我们的这位亲戚，他也并不把房东的到访当成是一种骚扰，相反，他还挺乐意房东过来看他的，否则还觉得不习惯。就这样，又过一段时间，他渐渐发觉，虽然他没有掏钱，那座山峰上的大镜子仍然在动工建造。他亲眼看着那面大镜子一点一点地给安装到山体上去。完工的那天，房东告诉他，已经不需要他掏钱了，在那之后，房东也不再光顾他的房间。他开始想念这位跟他年纪相仿的男人。有一天，他走出房门，打算去寻找这位房东。他披上了厚厚的鸵鸟皮氅才不至于在路上冻僵。在草坪上他瞧见了那面悬挂着的大镜子，反光使他睁不开眼睛，他走到另一面去，镜子反射的日光把草坪屠戮成了一片白垩。他能够清楚地在镜子里看到整个社区。确实是一个整齐、优美的社区。他边走边观赏着镜子里的景色。因为畏惧积雪的反光以及疏淡的人情关系，他很少出门，因此，这些景色对他来说是新奇的，说也好笑，他竟然在镜子里观赏着这些，而忽略了周围一模一样的真实。一模一样的景色。但他不由自主地认为，镜子里那一头更有吸引力一些。这些富有吸引力的景色也让他忽略了某个事实，他本来可以早点发现的，等他走到山坳那里，才停下脚步，瞪圆了眼睛。那面巨大的镜子里并没有他本人。那里有花草树木，有阁楼屋檐的融光，有圈养的羊群，有游离的云彩，一切该有的都有，只是没有他。他奔跑起来，以为那样就可以在镜子里留下痕迹，但根本没有。根本没有！因为极度的恐惧他忍不住放声尖叫，一边叫着一边跑下山去，也许用“滚”这个词会比“跑”这个词更准确，他说，当着我们的面，这位亲戚恶狠狠地自嘲，没有比那次更加狼狈的经历，这就是他在挪威的经历，他告诉我们，当他终止这个故事的时候，我们所有人都以为这个故事还没有终止，还想继续听下去。包括我。我是一个作家。他，还有我们，两大阵营相互沉默了五分钟之久，谁都没有能力去

那面巨大的镜子里并没有他本人。那里有花草树木，有阁楼屋檐的融光，有圈养的羊群，有游离的云彩，一切该有的都有，只是没有他。他奔跑起来，以为那样就可以在镜子里留下痕迹，但根本没有。

打破这样的沉默，形状古怪的沉默，直到服务生把我们订好的椰子乌鸡汤端出来，一不留神把汤水飞溅到这位亲戚的手臂上，他才大喊了一声：烫死人了！这时我们才猛然意识到，这位亲戚确实是我们的亲戚，刚才的那句话确实是我们所熟知的家乡话，甚至是比我们更加地道的家乡话，我们任何人都没办法说出这么地道的家乡话，因为我们离开家乡太久，在广州待了太长时间，尽管在平时的家族聚会里，我的三个表姨，还有几个比较年长的远房叔叔，他们还会有意地用雷州话相互交谈，因为他们经常回老家，所以他们的雷州话也讲得比我们好一些，在我们年轻的一代里，我指的是我自己、我堂弟、表弟和表妹，对于家乡话的掌握度远不如家乡话之外的语言，我的表弟还偷偷在学着拉丁语。在这位亲戚喊出这句话时，我们不约而同地羞愧起来。这时候，趁着我们这股劲儿没过去，这位亲戚借口离席去打电话。当然，他也有可能真的打了电话。我们根本不知道他干了什么。回来后，他告诉我们他已经把账结了。长辈们一阵惊讶的叹息，我知道有些人已经开始后悔，当初订位的时候就应该顺便结账的，因为让这位亲戚、被招待的对象来结账实在是一件不符合规矩的事情，同时我又意识到，争着来付账又确实是我们家乡的传统，一种长久不衰的礼仪。是，他就是我们的亲戚，没有疑问。

我还没来得及提起这位亲戚的大名，他叫李杰心，按辈分我应该叫他心叔，但我还没有这样叫过他。我们隔着一张桌子，两米远。这样距离，对于两个之前素未谋面的男人来说，已经非常远。我不知道该在什么样的时机去称呼他，即便是我们结束饭局，在珠江边走动时，我也只是走在人群后面，远远看着他。他说了一句：我们下次应该去对岸吃早茶。白天鹅宾馆·玉堂春暖餐厅。米其林一星。本来应该是三星，至少也应该是二星的。我只在那里吃过一回（至少也是吃过一次的），前公司老板请的客，在我离职的那天，他点了香茅焗乳鸽、天鹅栗蓉酥、腐皮卷、伦教糕、虾籽烧刺参，还有几款菜我不记得了，每一道对味蕾来说都是极致的冲击，不过，对我来说，那些冲击也就留在了餐厅里，然后消散；生活里有更多的冲击，我的记忆里没有预留本。天气很热，我们身体的盐分在蒸发掉。从江面上反射过来的夕阳碎成了一地的玻璃渣子。夏至刚过，太阳直射的位置，估计就是我们的老家，半岛边上，临近海南。我想象着我们那里的人被晒得跟乌鸡一般黑的样子。当然，在这里也好不到哪里去。我们一伙男人沿着江边散步，或者可以说是游荡，也不知道是谁拿的主意。这是属于我们七八个人的可笑。一些沿江跑步的人，间或从我们身旁擦过。转过一杆路灯时，有一个女人跑下草坪，朝我们走来，起初我还以为是跑步的陌生人，她却走到心叔身旁，两人抱了一抱，接着心叔向我们介绍说这是他的女朋友。我们不得不相信，尽管这见面的方式有些草率，不符合我们家乡的规矩，不过，我们之间谁也没有作声，似乎变得比之前更沉默，当然，我的意思不是说心叔的女朋友是一个沉默的女人，相反，她还颇为高调；这位仿佛用几块钱从街边的娃娃机里钓来的女娃娃，长得酷似关之琳，尤其是那双嘴唇，上唇薄而长，下唇厚而窄，口红也涂得恰到好处，把上唇的两个唇峰精致地勾勒出来，相互之间的距离不至于过宽，也不至于过窄，一眼看过去，依稀就是那位把五六岁的我迷得神魂颠倒的“十三姨”。她大声地跟心叔说着话，并不忌讳我们听得见，同时大声地笑着，笑的时候嗓音低沉，比我们任何一位男士的嗓音都要低，所以每次她笑起来的时候，我们都产生了深深的自我怀疑，或者是，怀疑我们之间，是不是有人故意假扮了这种笑声。就这样，连同着这位和我们、和我们的行为习俗格格不入的女人，一行人走下码头，在路边的树林里，商量着接下来要干些什么。如果要玩游戏，我们之间随时都有人奉陪。我的四叔公，一个身体硬朗的九十一岁男人，衬衫的胸兜里随时装着一副扑克，我们都承认，他是我们所有人里最接近家乡而远离这座都市的人，但我们都不想打扑克，因此，我们首先要做的是阻止他把扑克牌从胸兜里掏出来，不断用语言去打断他，“冇咁啦！四叔公！”，用手去抓住他伸往胸前的小臂，怎样都好，反正就是要阻止他掏扑克牌的欲望，因为他无时不刻不想把扑克牌掏出来。最后心叔的女朋友提议说到城里去打电玩，她说的城里就是指天河那边，既不会是荔湾，也不会是越秀，像她这样二十多岁的人就会说这样的话，我也恰好二十多岁，所以我很清楚她的语汇，她的语汇就是我的语汇，目前，我们还没有说上一句话，别说她，就连心叔，我们也没有交谈过，我只是远远看着他们，最近的时候也有三四步的距离，他们两个人的身体紧挨着，他们的谈话从未停止，好像在阻挡着任何人的加入，即便我们走到大路边上去等车（因为面前有一条江，又游不过去，地铁又太远，要是在洲头咀那边就好了，那样我们可以扶着人民桥过江），他们也一直絮絮叨叨地说着话，其实吧，我一点也不关心他们在说什么，我只是比较好奇他们的神态，心叔会把手绕到女朋友身后，轻轻抓着她的肩胛骨，他女朋友则用相反的另一边的手搂住他，手指捏着他 T 恤的下摆，我判断心叔可能喜欢女朋友胜于女朋友喜欢他，如果说爱情是一个共同体，一块蛋糕的话，心叔可能吃掉了四分之三的部分，女朋友吃掉了四分之一，不过，事实远没有比喻这么精准，我知道的，我马上会推翻自己所下的结论，无论如何，能吃到蛋糕都是一件好事。过一会儿车到了，我被安排和心叔和他的女朋友坐同一辆车，其他长辈们也许已经无法忍受这对情侣的聒噪，无法忍受和他们坐在同一辆车里，态度和一开始相比简直天差地别，而我正好相反，我很自然地拉开车门坐进去，好像我本来就应该这么做的。在车上，他们俩开始找我说话，我不记得是心叔还是他女朋友先跟我说的话，反正是他们其中一个人先说了一句，然后我很自然地加了进去，完全没有任何困难，即便是，在这之前我从未和他们任何一个人说过话。心叔的女朋友说她讨厌坐车，尤其是轿车，哪怕是劳斯莱斯的幻影还是宾利的雅骏，她讨厌车里面的空间关系，不管是多么高级的轿车也改变不了的空间关系，她说，坐在车上的感觉就像待在自己房间里一样，她同样深刻憎恶着自己的房间。她说她家里有五套房，白云山脚下两套，五羊邨一套，凤凰新村一套，番禺那边也有一套，自己又在外面租了两套，但这些房间现在都空着，没有一套她是想住进去的，跟选择困难症无关，她只是纯粹厌恶着房间里所留下来的自己的痕迹，比如胡乱搭在椅子上的人皮似的裙子，乱糟糟的床单和被子，滚落一地的书，卫生间里几个月不换的滚动纸筒，每次她不得不审视着这些，诧异、惊恐、憎恶，正因为没办法忍受，她才从家里跑到外面去，她宁愿在外面游荡也不要回到自己的房间里，她说，最难忍受的那一部分，只是生活中的非理性，黑格尔说什么现实是理性的，全是狗屁，全宇宙最不可理喻的人，就是试图把世界纳入他的理性轨道中去，她说这个人就是黑格尔，我留意到她提到“黑格尔”这个名字时，后面两个字出现了连读，并且她不会翘舌音，每个字又很用力地去读，就像每个南方人试图去讲一口标准的北方话那样，以至她每次提到黑格尔，我都产生一种错觉，仿佛她说的不是这个德意志的哲学家，而是她的某个富豪的大表哥。她的大表哥是全宇宙最不可理喻的人。很好。心叔一直在后座上微笑着，其实我很想再从他口中套出点故事，挪威那个故事很好，应该还有别的，他在国外见过世面，至少比我这种书斋写作者要强，但他应该不会再说了，像他这样的人，一天贩卖一个故事足矣，多了就不值钱了，我知道的，于是我掏出手机，要加心叔的微信，希望能建立长久而持续的关系，结果他女朋友也掏出了手机，也要加我的微信，这时我感到了稍许困惑，我可一点也不想加她的微信，事实上，谁的微信我也不想加，我的通讯录里只有寥寥几个人，一个是我爸，一个是我现在工作的领导，必须的，还有一个就是在美国的女朋友，但我们从来不通过微信联系，我们通过无汽可乐联系，这是什么意思呢，就是她从那边给我寄美帝产的无汽可乐，我也给她寄国内的无汽可乐，反正无汽可乐在世上寥寥无几，我们不过就是想换换口味。想到这里，我就问他们俩，你们喝无汽可乐吗？心叔的女朋友等我重复了第二遍才明白我的意思，她说她不喝可乐，然后转过头去问心叔，你呢？心叔说他喝可乐，但不会喝无汽的。我说，我就知道，全世界只有我和我女朋友喝无汽可乐。我说的是事实，我和她成立了一个“无汽可乐俱乐部”，三年过去了，尽管我们每认识一个新朋友，都会询问他关于可乐的事情，可直到今天，俱乐部还是只有我和她两个人。我提起这个的意思是，我可以和心叔、还有他的女朋友交朋友，就像这样面对面，peer to peer，我们可以聊天，即便刚才还觉得存在某种“无法交流性”，但这种解冻也是随时都可能发生，谁知道呢，不过说起要建立线上联系，这种联系比见个面聊聊天要深刻多了，哪怕加个微信好友，万年不聊一句，他始终在你的通讯录里，同样会让我很焦虑，我现在开始怀疑自己刚才提出要加心叔的微信是不是出自一个由衷的动机，还是别的什么，场合的召唤，也许我掏出手机这个动作本身就是一个错误，正左思右想的时候，车到了目的地，我吁了口气，问题终结了。心叔的女朋友本来还想我们三个在车上自拍一张合照来着。问题也终结了。人生就是无数个这种问题的终结。我们站在电玩城的门口等待着长辈们，不自觉地等着，以为他们一定在我们后头，可是等了好久也没见着，于是就先走进去，在前台那里买了一堆币，心叔掏钱买的，我也不会跟他抢，他也知道我不会跟他抢，所以掏钱包的反应比在烧烤摊上迟钝得多。我在一旁把游戏币装进口袋里，他买了太多的币，这个数目甚至超过了八九个人可玩的数目，默默估算起来，这些币足以让我们把大厅里每一样游戏机玩三遍，如果只是我们三个人玩，那就是可以把每一样玩九遍，九遍！这是什么概念。这趟玩下来，我们几个肯定会躺在地上大吐的，直到把今晚吃的烧烤都吐出来，吐出来的也是心叔的钱，一地的金币在地砖上咯噔咯噔地响。我把牛仔裤的四个裤兜都用上了，每个兜都沉甸甸的，走起路来，像是无数条蛇在里面钻，我可从来没有试过这种情况，想到自己会因为玩游戏而玩吐，就觉得忍不住地滑稽，一种人生新成就的达成嘛，我问身旁的这两位，你们不会玩吐了吧，他们回答说当然不会，心叔的女朋友紧抓着心叔的手，指甲几乎要嵌进去，显得非常狂热而激动，可以看出来她已经进入状态了，于是我给了她一把币，她接过去，发出了一声禽类的尖叫，比我所听过的任何口技表演都要逼真，这时我产生了一个想法，如果她不是在广州有那么多套房，她完全可以去当口技表演者，她的声音，我现在才意识到，无比地接近鸟类的声音，准确说，是用专业的录音器在树林里录下来的高清录音，是一种在广东已经灭绝的鸟类——“禾花雀”的声音，真的，她可以去当口技表演者谋生，完全能养活自己，甚至赚得盆丰钵满，这跟她有多少套房都没有关系。她可以走出户外（她本人又是如此地厌恶室内），在森林里和鸟类生活，模仿更多的鸟类的声音，把它们的声音都记录下来，我们需要这么一个记录者，因为野生的鸟类在不断地减少，广东人又是这么地爱吃，只要是活的，看到就逮着来吃，她要是能把这些濒危的鸟类的声音记录下来，既不仅仅是一种艺术，更应该是一种赎罪，一种为口腹之欲的赎罪。这也是我们所有人都有的罪过，因为我们所有人都有这种欲望。在大厅里，她先是玩了单人摩托，接着又玩了丛林射击，心叔在她身旁，即便不像刚才那样被她紧抓着，同样地，一部分的身体也被强制着和她接触，他们紧张地黏在一起，好像如果不这样，整个游戏就没法进行下去，而我，一个旁观者，也被吸引到他们身旁，主要是被她那种新奇的声音所吸引，我的注意力既不在前方花花绿绿的屏幕上，也不在他们交缠的躯体上，当“他们”合力打败了游戏里的敌人，顺利进入下一关，我感兴趣的并不是她肉眼可见、在低胸吊带衫内乱颤的乳房，而是她兴奋发狂的嗓音，这股嗓音同样让我感到燥热；我们三个人纠缠在一台游戏机前面，谁也摆脱不了谁，这样下去，我们三个人之间其实只有一个人在玩游戏，那么兜里的游戏币可供玩的次数就再次翻倍，不仅仅是九次，而是二十七次了。二十七次！可怕的数字。这时，长辈们朝我们走过来，他们简直就为拯救我们而来。化繁而简。我们三个人立马分开，若无其事的样子。他们告诉我，他们乘的那辆车堵在珠江隧道里了。我说，隧道？我们从未经过任何隧道。话刚说完我就有些后悔，因为自己可能说了假话，我、心叔，还有他女朋友一直在车里聊天，我们根本不知道车子有没有经过隧道，车里唯一知情的人是司机，一个剪着板寸、身穿 polo 衫的大叔，他几乎没怎么讲话，根本没有办法插入我们的话题，“你哋真系好运。”四叔公说。他说他们在隧道里待了四十分钟，一动也不能动，四下里黑漆漆一片，车厢里都是闷热潮湿的空气，就像躲在焦臭的战壕里，又或者是躺在上世纪的骑楼诊所里的那种感觉，四叔公当过兵，也打过仗，闻过死亡的味道，而这些距离我们很遥远，所以每次他向我们描述他的那些记忆和闪回，我们都会短暂地失去共情的能力，不是缺乏共情（他总会强调这个），而是时空阻碍了我们达到这一点，我们也能理解他那种迫切掏出扑克牌的愿望，因为“人生太短，玩乐太长”，这是他的原话，他当年在战场上也是这么干的，一有空就跑去跟后勤兵一块玩牌，但后来救他命的不是那些后勤兵，他们全都死光了，两个同班战友替他挡了子弹，一个被子弹从喉咙射入，打烂了胛骨和左腰，另一个被弹片从后背打进，从前胸破出来，肺液溅了他一脸，所以四叔公常说，自己活着三个人的份，得抓紧时间玩乐，不然等进了棺材就玩不了咯，四叔公今年九十一岁，天天跟我们说他没几年可活了，但其实他身体很硬朗，跟七十岁老头似的，不过，在年轻人眼里，老头就是老头，七十岁和九十岁也没什么区别，在我的视角里，他从我一出生就是这个样子，一个邮票般的固定形象。他说在闷热的车厢里，感觉有人在摸他，从后颈摸到胸前，再沿着腰部摸到屁股，来来回回地摸，他认真描述的样子让我们都感到有点好笑，别说亲戚之间不会这样做，他也是一个快百岁的老头又不是黄花大闺女，有什么可摸的。但他严肃而气愤的语气又或多或少说服了我们——这事也许是真的，不是他的某种谵妄或幻想。在车上，他强忍着这一切，他向我们提到“这一切”的时候我们猜想他指的并不仅仅是发生在车上的“一切”，他说自己的忍耐力并不好，在班上，他只能处于倒数的位置，湖南人的忍耐力非凡，贵州人更胜之，大概是善于吃辣椒，作为战俘被拷问时，耳朵被人一刀割下来，也咬着牙一声不吭；但是最厉害的还是广西人，还有云南人，这两种地方的人是审讯部最头疼的，一走进审讯室，痛感神经就跟关闭了一样，四叔公说，而广东人是最怕疼，也最怕死的，所以他当时就想，倘若自己不幸被俘虏了，实在受不了就招吧，谁叫自己在挨疼方面没有天赋呢，他又不是湖南人、贵州人、广西人或者云南人，在身体和道德的抵抗力上，他都不如这些地方的人，所以应该提前获得原谅，因为这种岭南式的敏感和脆弱，应该提前获得宽宥，应该有这种想法而不为此羞愧，四叔公告诉我们，他就是用这种方法来抵抗羞耻，为此多活了几十年，我们默默听着，并不作声，他在我们面前已经把这件事反复讲了太多次，虽然每次的讲述都裹挟着第一次的激情，而我们不再有什么反应，哪怕是一个眼神、一个词语，除了心叔和他的女朋友，他们目瞪口呆地看着四叔公，同样地陷入了沉默，他们的沉默和我们的沉默本质上并无二致，我们终究要用这种沉默去面对这个老人。“或者，”心叔清了清嗓子，说，“我哋可以通过游戏来搞明白系谁下的手。”我们纷纷把目光投向他，因为除了四叔公，我们都还没有真正相信四叔公刚才的指控为真，而心叔首先站了队，他说，可能这才是我们来电玩城的真正目的和意义。他的意思是，游戏能赋予真诚的边界。他这话我可不爱听，因为自始至终我都不知道目的和意义在哪里，我们为什么要见面，为什么要吃这个饭，今天出门前半个小时，我还在被窝里呼呼大睡，出门前二十分钟，我还在犹豫应该用哪种理由去推辞掉这次见面，如果这次我不来，这些故事就不会发生，我也不会把它记下来，结果我这位新交的远房亲戚，一个半生不熟的人，告诉我：游戏可以自证，游戏不是游戏。他说，你们听说过一款叫《刺杀肯尼迪·重装》的游戏吗？一个瑞典人做的游戏，规则很简单，用一支老式步枪和三发子弹，一遍又一遍地爆掉在埃尔姆大街上款款而来的约翰·肯尼迪的头颅，仅仅是听起来简单，打死肯尼迪是不够的，想完美通关，得到全部的 1000 分，你必须按照任务手册来，第一枪必须射失，不伤及任何人，第二枪必须从背后射中肯尼迪的右肩下方，子弹从喉部飞出，穿过坐在前排的康纳利州长的后背和肋骨，击中车辆仪表盘发生反弹，打伤州长的手腕……这一枪的复杂程度超乎想象，而第三枪是要精准地击中肯尼迪头部右侧，没有第二枪困难，但也是足够困难的，所有发出的三枪都必须要在 6 秒之内完成，一次细微的失误都会被扣分，反正就是，这款游戏出来以后，没有一个玩家可以得到任务的满分，最接近的玩家也只是刚过 700 分而已，离满分还差一大截，换句话说，根本没有人类可以完美地完成这个游戏，而这个游戏只是真实还原了历史，这就是 1963 年 11 月 22 日那天，被指控为唯一真凶的奥斯瓦尔德所完成的一切。奥斯瓦尔德不是人类吗？这款游戏想说明的不是这个，而是想反向证明美国政府的调查报告是多么的荒谬，“独狼理论”是多么的荒谬，这个世界的当权者所圈定的话语是多么的荒谬，肯尼迪案不是一个人做出来的，其背后的荒谬也不是，世界上所有的荒谬都是许多人一起造出来的，所以说，游戏能做到的是，揭露并证实这种荒谬，心叔说，这次我们也可以这样做，他说完这些，我们都半信半疑地一致往四叔公瞧去，四叔公却没让我们瞧明白，转身就往一台赛车游戏机走去，我们也跟着过去，围着他站成一圈，所有的游戏币都在我手上，于是我一次又一次地把币递给四叔公，像个雷德利·斯科特式的机器人一样，他一次又一次地接过去，投进底部细长的凹槽里，反复开启新的一轮赛车游戏。我本以为身上的币足够多，可是，很快地我的四个裤兜干瘪了下去，时间过得这么快，只是四叔公一个人在开着赛车而已，他用完了所有的游戏币，也只是一瞬间的事情，可能是因为，我们的注意力都不在这个上面。我们只是焦虑而紧张地盯着彼此，唯恐有人把手伸向座位上的四叔公，也唯恐自己把手伸过去，也唯恐有人或者自己把手伸过去而没有察觉到。不知不觉地，三四个小时过去，四叔公从座位上站起来，疲惫不堪，甚至比在战场上还要虚弱，双腿不住地发抖，心叔首先扶住了他，我们一行人慢慢地走出游戏厅，在离门口不远的花坛旁边的长椅坐下，椅子上还有一些水迹，在游戏厅的这段时间里，外边竟然已经下过了一场雨，夜风吹过来，似乎没那么热了，几个长辈就坐在我对面，低着头，大概每个人都在回想着刚才的场景，思忖着，自己为什么会置身于那样的场景之中，难道我们真的相信，在我们之间，有人去向四叔公下手吗？四叔公身上并无油水可榨，他的口袋里只有一副扑克牌。我们差不多隔个把月会举办一次家族聚会。一般在大舅家，因为他的房子最大。女人们也会过来。她们在厨房里忙碌，男人在客厅聊天。四叔公是来得最早的那个。我们会尽量和他聊天以避免他掏出扑克牌。我一般会被安排去和弟弟妹妹们玩，因为长辈们认为我是最具有童心的那个，但其实童年时我只有一个人玩。大舅会弹起家里的三弦琴。其实没几个人在听。有时候我们会吃柚子姜撞奶，吃表婶做的白酒芝士虾和烤生蚝。那是她的拿手好菜。所有食材都是从老家带过来的。我们相处得不错。那也是因为我们都在广州这个地方，一个看起来不是异乡其实是异乡的大城市。我们都不是彼此最亲近的亲戚。我们心里都清楚。一旦回到乡下，回到那个鸟不拉屎的老家，我们可能十年、二十年才往来一次。我知道。因为童年时见证了这一切。我见证过我们一起坐在某个人的喜酒宴上，却相互连一句话也不说。当我们在老家时，彼此是陌生人，各自有各自的亲戚，而到了广州，我们各自成了对方的亲戚。就在我们坐在长椅上胡思乱想的时候，心叔女朋友的叫声把我们惊醒，四叔公躺在地上，出气多进气少，怕是不行了，我们感到了一种巨大的恐慌，却面面相觑，一丝办法也没有，就在大舅掏出手机呼叫救护车之时，我们其余人却想象着一个滑稽的境况，得把真相告诉医务人员和警察，四叔公是玩游戏玩死的，而不是别的什么原因，这个活着三个人的份儿的年老长者，枪弹和酷刑也无法撼动他分毫，却因为过度游戏而死，如果警察要问起，他为什么要玩游戏，我们只能向警察坦白，是心叔教唆他去玩的，或者说，都怪心叔买了太多的游戏币，还有就是，心叔女朋友当初就不应该提议去电玩城。反正他们还算不上我们的亲戚，暂时、目前还不是我们的亲戚。这时心叔女朋友扶起四叔公的上半身，熟练地在他的后背和胸口进行着推拿，左几下右几下，没几下四叔公就顺气了，可他依然一动不动，闭着眼睛，像睡着了一样，心叔女朋友告诉我们，四叔公已经没事了，我们心里的石头总算落地，可心叔女朋友说完话后突然抽泣起来，特别伤感，眼泪鼻涕跟钟乳石似的往下掉，我们都不知道发生了什么事，面对一位年轻女性的哭泣也是很艰难的，和面对四叔公之死一样艰难，心叔同样显得手足无措，他那么爱她，却站得离她那么远，似乎有一种天然的躲避，和我们老家所有的男人那样，把女人的情感，这个顽皮而鲜艳的小甲虫，关在玻璃瓶子里，不管他去过什么地方，有多么高的学历，见识过多少世面，也没有办法改变血缘中的这点，过了一会儿，等到心叔女朋友稍复平静，她才告诉我们，她曾在一家北方县城的老人院里当过义工，刻苦训练过标准的推拿手法，跟她同队的人都走了，只有她一个人留下来，在她待的一年里，院里的所有职工都在外逃，在那里，她认识了一个年老的河北男人，跟她八竿子打不着的关系，既不是亲戚，也不是故友，但他们俩比任何亲戚和故友都要熟悉，他们在一块聊的天比任何亲戚和故友都要多，“在我们这儿，”那老人说，“没有人不想着逃离衰老和死亡，而只有我们正朝着衰老和死亡奔去。”就如同一个关于世界、关于我们这个老人帝国的巨大隐喻，护理员、医生、清洁工、厨师、账务、办公室主任、副院长，甚至连院长也悄悄地跑了，剩下她一个人，她也不能包办所有的活儿，无论推拿的手法多么熟练和巧妙，也应付不来那么多老人，她一遍又一遍地在老人身上练习，提高着推拿的效率，那些衰老的躯体似乎是为此而生——一种练武用的木桩，她的技术越来越高，而木桩也在不断地死去。有段时间，她甚至觉得自己是全世界最好的推拿师，可以到世界上最好的疗养院去工作，去奥地利或者墨西哥，但每天半夜里，她只能待在华北平原的床上痛哭不已。院里的老人越来越少，最后剩下河北老人在内的几位。河北老人让她走，她不走，河北老人说，只是时间问题，她说，那就等着。可河北老人并不愿意别人等待着自己的死亡，既然她不走，那他走，他联合其他老人密谋了一项行动，弄来一辆车，夜里偷偷开走，逃离了老人院，幸亏她那晚上失眠，听到了车声，骑着摩托沿着公路追上去，没开出几公里，就看到他们那辆车撞在树上，里面的人已经没气了，怎么推拿也无济于事，即便是世界顶级的推拿手也无济于事，尤其是她的那位至交，或者说忘年交，那位河北老人，她猜想，在车撞上树的那一瞬间就已经死了，甚至更早的时候就死了，还在开车的时候就出现了心脏麻痹，所以导致了车子撞在树上。她把他们从车里抬出来，整齐地排列在路边，她没哭。警察来的时候她也没哭。她一个人回去的时候也没哭。从那时起，一直到现在，到刚才那个瞬间发生之前，她都没有为此而哭过，也再也没有给任何一个老人推拿过，她甚至忘了这件事，忘了推拿，忘了所有的经络和腧穴，忘了一指禅缠法和关节拔伸法，直到刚才给四叔公推拿，那种触碰的手感使她的记忆一下子复苏过来，那种经年累月训练出来的肌肉记忆，以及那个时候的悲伤，四处一片黑暗，那个河北老人就躺在她身旁，既不是她的父亲也不是她的祖父，他们各自老家隔着几千公里远，他们聊天的时候，各自的口音都未必能使对方舒适，但他们依旧无话不谈，即便如此，他们也没有好好地告别，就连最后一次推拿，她也没办法给他做。心叔的女朋友越说越伤心，四叔公这时醒过来，我们惊奇地发现，他的脸色比先前红润许多，站起来时身子也变得轻快了，他还说自己的视力也变好了，从这儿能望到南岸那边的广州塔，我们自然不相信他的白内障就这样被治好，更不相信他能望到广州塔，不过刚才那番推拿，是确确实实起了效果的，这点肉眼可见，着实让长辈们对心叔女朋友的态度大大改观，他们开始上前询问、关心、讨好这位跟我年纪相仿的女性，围在她身边，拼命地想和她交谈，而在此之前，他们压根就没有怎么接近过她，也不屑于和她说话。我能理解他们这种兴奋和恐慌，毕竟他们也在逐渐变老。在这个世代，他们在加速变老。但心叔女朋友说她要走了，她要回家，尽管她一点也不想回到自己房间里，不过总比待在这里要好得多。长辈们挽留不住，便把希望放在一旁的心叔身上，希望他能劝她留下来，可心叔站在那里一言不发。过分地一言不发。直到她离开，我们这位冷酷、真正的亲戚才告诉我们，他从来就不认识这个女人，一个在江边突然出现、偶遇的陌生女人而已，他这样说时所流露的真诚，让我们没有理由怀疑他说了假话。

妞妞

文 | 匿名作家 028 号

我和哥们讨论我们将来要怎么使用我们到时买下的“库卡”(Kuka)。他们放了一些链接的网络影片，大约都是“波士顿动力公司”替美国军方开发的机械狗，以及玩家们以此为概念发展的机械海鸥、机械响尾蛇、机械蝾螈、机械马（真的有赛马加速冲刺的物理性力道)、机械甲虫（在瓦砾堆中自由攀爬)、机械鱼（在水族箱里，眼珠闪着灯光，但一样的洄游)、机械袋鼠、机械蚂蚁，还有在一个大展厅上百只翩翩飞舞的机械蝴蝶……老实说我彻底被打垮了，我完全相信将来这些机械生物，可以被大型太空船，运往遥远的星船，不受有机生命的有限时光必然死亡的限制，可以在可能飞行上千年后，在另一个遥远行星，布展成一个美丽的新世界。只有一支短片，找一位奥运级乒乓球选手，和球桌对面一只金属钳握球拍的机械手臂，进行一场 PK 大战，不论各种角度的削球、旋球、抽球、杀球、短吊，机械手臂都好整以暇，仿佛将那球桌上方的空间，切割成无数垂直平行的坐标，满头大汗的人类顶级乒乓球手，用什么战术，改变击球快慢节奏，扯开左右身体重心，全都没用，都在机械手臂预存在它记忆体中的庞大数据里。

当然还有十几只无人飞行机，上上下下，以那圆圈旋转如直升机的空气动力，发出嗡嗡的声音，然后在不同的键琴、敲击乐器，像一支交响乐演奏《查拉图斯特拉如是说》；还有机械人的电吉他的演奏；德国机械人在一画架上拿画笔作画……这些都是库卡的同族。最震撼的是一支影片，一颗巨大石料，一只库卡，分层切割，上下左右以高速旋转钻头，雕胚成形，细部钻琢，慢慢地，一只就像罗丹雕的大理石人类左脚，就那么充满灵光地出现。另还有库卡雕出就像西藏坛城唐卡那么繁复的曼陀罗，层层藻井、藤蔓装饰、火焰纹、不同佛像的衣饰、坐骑、法器的壁龛。

我深受打击。完全相信最近媒体狂炒什么“AI 会造成几亿人失业”，当时我觉得这很无聊，甚至他们还讨论“以 AI 进化的速度，几十年后必然超越人类，形成比人类更高智力的物种，人类将会灭亡”。但光我现在在影片中看的这些库卡们，它们还是金属机械的笨重外形，但其实集中于某些关键关节，或极精致高难度的庞大技艺整合，它们已经可以如此灵巧。那些福州十几万靠雕刻寿山石、老挝石（那些山中林树、乘船高士、亭台楼阁、神仙菩萨，或花果虫鸟、古兽龙凤的圆雕、立体雕、浮雕）的工匠们，全部都要失业了。

他们还不断传来那些诸如“日本种子岛宇宙艺术祭”“纪念碑谷——不可能的世界”“Kris Kuksi 的巴洛克式雕塑”“现代达·芬奇 Theo Jansen 做的各种风力仿生兽”“女阴长城”……我们开始讨论买一只库卡要多少钱。八十万！但又说起四年前很疯炒的 3D 打印，还有扫描自己的肖像，再 3D 打印出成立体的新摄影概念公司，后来都倒了，泡沫都爆了。当时这么说，第一代的 3D 打印机，可以印出第二代儿子机的零件，多迷人啊，自己一直生，等于人类终于从机械找到“神的创造逻辑”——创造者不必在场，而被造物可以自己繁殖后代，结果呢？第二代零件超粗糙，无法生成，变成骡子了。那家 Marker Bot 就是其中的传奇，从网红变成 3D 打印大亨，再变成公司倒闭卖掉。也许库卡也只是科技公司铺天盖地的炒作泡沫。

但我想象我们拥有一只库卡，安静地在一个地穴或山洞里雕着，先从扫描人类上千百张脸、动物骨骼、河豚、海胆、某些台湾美石的纹理、女人永恒的胸弧或腰弧、某些深冬的枯树枝杈……这些学起，再在电脑中变形，重组成一个水洼、泻湖，或森林的组构。光让我的库卡，在某处小山洞里，以细微浅浮雕，重现西斯廷教堂的米开朗基罗全幅壁画，都已是夸耀之豪累。薄如蛋壳里面小鸡心脏还跳动的胚胎；或是透明的吃下无数仍跳跃小鱼的大墨鱼；某颗星球脆弱地表全是深崖万丈的冰层或气态干冰；大航海时代马德里港口停泊的上百艘西班牙大帆船，上面不同肤色的水手和奴隶，搬运不同的酒桶、大珠宝箱、枪炮、谷袋、动物尸块、修补船身的木材……有一天，人类全部被机器人杀光，只有我的库卡，持续地在地底，挖一座像城市那么大的地下森林迷宫，美不可言。也有像索多玛和蛾摩拉之城的电动钻头一直不停歇，持续将粗砾的矿石，雕出上万个，栩栩如生、不同细微表情，和不同男人荒淫着的美丽女人的雕刻……

很怪的是，我调度记忆，比较能让想象力趋近的，感伤吗？怀念吗？隐在内心不为人知的感觉吗？反而是想起我并不长的浪游时光。我会在心底很努力地回想那些不同旅馆房间，那些叮咚按了一声门铃便走进来，除了那半小时，我的人生和她们的人生毫无关系的女子，说来比起我那些微逐声色，夸耀自己猎艳的美人档案或怪奇经验，我算是个错过了年轻精力充沛，说来拘谨而经验颇贫乏之人。我大约两年多，像生热病的浪游时光，严格说也没遇过顶尖姿色的女子。当然可能是我自己的想象，我印象中的她们，从进房，跟你随意聊两句，到脱衣，让你抱住她，完成那一切，然后进浴间冲洗，穿衣，也许会和你对坐抽根烟聊两句，然后推门离开，这整个过程，这些女子，都带有一种，似乎她们的线条，是某个不太自信的新手素描画学生，炭笔画上这边的线条，又用橡皮擦擦去重描上，一种比我在日常生活，外边遇到的女人，多了一种多出来的什么。疲惫？哀伤？细碎的屈辱？或甚至是，其实她们走在大街上，并不是很有吸引力的美少女，但在这付费的小房间里，她们有一种卖弄风骚的秘密越界。但她们其实都不是所谓的“浪女”，或“坏女孩”“爱玩的”，都是从各省各农村，漂流到北京上海这些大城市谋生存的，甚至是老实孩子。我总会问一些她们童年时光，或少女时光的记忆，多是在农村帮父母农忙，语言的描述能力也较贫弱。

有一天，
人类全部被机器人杀光，只有我的库卡，
持续地在地底，
挖一座像城市那么大的地下森林迷宫，
美不可言。

我总在她们离去后，那些城市高空的旅馆房间，被一种说不出什么的寂寞淹没，独自抽着烟。身体确因之前和另一人类的紧拥、贴合、抚摸，而得到一种洗涤或安慰的感动。我通常在完事后，和她们其中任一个，那样闲话家常，打根烟给对方，帮她点上，自己也点上一根烟，听她们内向不聒噪，也不愤世地说起，在这大城市如蚁穴，不见光的移动，讨生活，经济上的不容易（她们的租住通常非常便宜，几个姊妹分租地下室某一小间宿舍），家中的老父母、弟妹。我会说：“其实我的职业，和你们是一样的，只是有不同的老板，不同的人，搞的脑袋；而人们是搞你的身体。”有时我会认真地说：“我看你的相貌，你将来命会很好的，真的！”她们通常会叹口气：“好什么？都已经来做这个了。”她们都小我很多，但说这些感慨自伤的话时，像是比我更老的老辈人，内在是一条非常古老的道德河流，没有任何叛逆或激越，事实上，她们是非常孝顺、或对弟妹有情义、或良善不侵犯他人的人。我有时讲几个笑话逗她们开心，她们会两眼晶亮，坐在那儿认真地听，然后像对顽皮小孩的宽容，抿着嘴笑，从没有哈哈大笑的。事实上，她们可能认定了自己是一大批远超出她们能理解的，运送、分派、集仓、分类标价的牲口或货物中的其中一个。

不知为何，我想象着我和哥们说的，像宫崎骏电影《天空之城》中，那么悲哀的只剩下一只的机器人看守着，文明早已覆灭的坟冢，我的那只库卡，在人类全部灭绝的一千年后，犹孤独地在地底庞大“倒影之城”里，孜孜矻矻地用钻刀雕凿着，一个一个栩栩如生的人体。我脑海中就浮现那些独自在旅次，其实也许只是找个人类同伴来温存一下，拥抱躺着，摸摸她的头发、身体，又没有太大张力或必须耗尽心机，没有什么斗争、挑逗、权力世界的“酬换”、虚情假意啊这些……等她们收了钱离开，又剩下我独自在那旅馆房间里，充满感慨，对人类这个物种的眷恋之情……

那样的画面。

哥们在后来几天，继续讨论着王世襄的“玩儿”理论：老先生玩明式家具玩出大格局，把紫檀、黄花梨，这些明式简约而审美远高于清宫繁花藤蔓雕工的桌几、卧榻、交椅，带进西方顶级收藏家的眼中，乃至后来国人有钱之后的再一波爆炒。他也玩了驯鹰、畜狗、哨鸽、斗蟋蟀……所有老北京旗人玩的精巧玩儿学问。也讨论罗胖在音频说的“二眼论”：大意为如同围棋之二眼则活，且灵狡创造生路，可能性万千，如今世界顶尖企业家、创造者，莫不是在完全不同的两个领域，各自成为这两领域在全人类的前百分之二十五，这样的人极稀缺，必然成功。但若就算你只在一个领域，占到人类前百分之一的位置，如同围棋只有一眼，则还是容易被绞杀。

他们说：可怕的是综效加乘效应，机械、人工智能、联网、纳米微科技、基因编辑、脑意识生物神经学……全部在魂融共生重组，且生成速度因网络串联而比过去快速以十倍百倍计，形式也不再是过去人类孤自个人穷尽一生摸索，透过好几代传承改进去形成。他们还讨论了阿瑟 · 克拉克的科幻小说，最经典的当然是被库布里克拍成电影的《2001 太空漫游》，但其实他的《与拉玛相会》《拉玛 2 号》《拉玛迷境》《时光之眼》……很多其他的，都强到爆！他们也贴上汉海昏侯墓出土的方相氏玉雕，方相氏是周礼规定的司马的下属，最高阶为下大夫。

当蒙熊皮、黄金四目、玄衣朱裳、执戈扬眉为国家驱疫。那雕像看去就一半人半兽。果不其然，像这个群组习惯性如雨后森林阴湿树根处，啪啪啪冒长出各色蕈菇，链接贴图贴上各种六个眼鬼怪模样的，日本的方相氏，方相氏后来在南北朝五胡乱华后演变成镇墓兽，也贴上北朝胡人的兽身人面、人面犬、唐三彩的镇墓兽，那人的形态渐渐失逸，而像某种交配完的狗。又贴上玛雅的多眼祖神，与和北齐镇墓兽简直像同一家雕刻工厂出模的玛雅的兽神玉雕……

我无法再想“抒情传统”是什么了。我不晓得神（或外星人）当初在创造人类的大脑或灵魂，所有可能范域、规模、连动爆发的智能加框架，有像我们现在在想某一只库卡，那么认真吗？我给哥们写上：“看来我们的库卡到时会忙到爆啊。”

“库卡。”哥们留言，“妞妞。”

“什么意思？”

哥们贴上一张那种长耳朵长毛小猎犬库卡犬的照片：“好想念那时你养的妞妞，每次都像穿着喇叭裤。”

另个哥们也留言：“我刚刚也是想到妞妞。看来，我们到时真的买了只库卡，就给它命名叫妞妞吧。”

我的眼泪流下来。

那一年我陷在一个苦恋，我爱的女孩还没和她前男友分手，难以言喻我那时活在怎样的地狱里。很怪的是，我和那女孩的家人处得很好，当然其实有点我讨好他们，希望我和那个幽魂般的前男友的斗争能占点优势。那时女孩的妹妹领养了只可卡犬，没想到带回家后她父亲大发雷霆，我便自告奋勇让我带上山养。那个妹妹当时还有点小公主气，替她的爱犬买了个像奶油蛋糕的提篮，还有一些小狗的玩具骨头和绒毛小熊。她哭哭啼啼把小狗交给我，我向她保证我一定好好照顾这只“妞妞”（你看连名字都取得这么女孩味，我如果跟我那些废柴哥们说，我养了只小狗叫“妞妞”，他们一定笑翻了）。然后我便开着我那辆破车，载着那只耳朵长长，据说是英国王室的猎鸭犬，往酒吧街方向去。因为那晚我一个哥们退伍，我们约好在那里的一家店喝酒帮他洗尘。

我把车停在路边，把车窗摇下些缝隙，跟后座的妞妞说："你乖乖待车上，我两三个小时就回来。"事实上，三个小时后，我带着那两个哥们回来开车门时，我们已经醉得不像话。之前在酒吧里，我们乱喝了至少两打啤酒，又各自乱点了一些叫长岛冰茶和玛格丽特的调酒，我们和另一桌一个很辟的家伙和他马子比飞镖，然后我哥们跟我们说了些他在军队里遇到的鸟事，这过程我们又干了不少酒，我好久没那么快乐了。后来这两个哥们说干脆上山睡我宿舍，他们俩一上我车就在后座睡着了。我安抚那只提笼里的小狗："别怕，妞妞，他们都是好人。"

然后我便在一种，意志力和整脑袋挥发的酒精对抗，眼皮睫成一道缝，那样的昏茫状态，开着车进到一条上山的小路。那条山路我走过无数次了，在这样的夜黯里，车前灯照亮前面一片光雾，可以看见前方蜿蜒山路旁的荒草，旋飞的落叶和飞虫，那一切像在梦中，或科幻电影里的火星上。我一直用意志力控制着自己的注意力，但我的鼻子不断喷出浓浓的酒精，我们这车里恐怕酒精浓度都饱和了吧。我对自己很有自信，之前在山上，我们一堆人去某某那儿喝酒，也是这样醉醺醺，我还可以开车把女孩们送回她们宿舍，然后再硬撑开回自己住处。

但后来回想，我不知在山路的哪一段就睡着了，不知我的神灵以自动驾驶又开了多远，最后我是在一巨大的撞击中惊醒，眼前一片刺目的强光，车引擎发出可怕的咆哮，我以为我在天堂了。后来才知道，我的车在一个大回弯，直直撞上路边石墩，还把一个山路的反光镜撞断了，我们的车冲出悬崖，真是命大，被那山崖边密密成丛的芒草拦住，就那样悬在半空。我们眼前那灿烂的强光，是车头远光灯贴近打光在芒草的茎秆上；引擎巨大的咆响，是因车轮已悬空，我的脚却仍踩着油门的空转。我的哥们在头撞击前座椅背之后惊醒，他们大喊："怎么了！！怎么了！！"那只小狗妞妞也惊吓得一直呜咽。我哥们后来很生气说，当时我根本没想到救人，只是惊慌一直喊："妞妞没事吧？妞妞没事吧？"然后我们狼狈爬出车子，从那陡坡抓着芒草，爬回上面的公路。

我带着那只小狗住我宿舍，女孩的妹妹每周会上山带它去给宠物店洗澡，吹得毛发蓬松像个公主，并且带非常多小狗的零食和玩具，这只狗确实也有公主病，睡觉一定跳上床，它可能从心里认为女孩的妹妹是它亲娘，我只是照顾它的长工。但女孩的妹妹后来交了男友，陷入热恋，就慢慢不再上山了。我有时牵着妞妞在山径遛着，心想不管我和它彼此看对不对眼，最终它还是成了我的狗。后来我和那女孩结婚了，那只妞妞跟着我们从山上搬到近郊，女主人怀孕，生下小婴孩，岳母非常传统，说小狗身上的细菌对小孩不好，恰好那小屋有个小院，妞妞便被养在屋外，我们给它买了个狗屋，但我不知它内心是否感到自己被贬谪？过了两年第二个婴孩又出生，小狗眼中的男主人女主人忙乱地围着那两个人类小孩转，总之，这个小家庭的时钟，被调成只以那两个小孩的成长而计时。

这样又过了几年，大儿子要念小学了，我们决定搬进城，但公寓的房东不准养狗，最后我们把妞妞留在那乡下小屋，托邻居的外佣阿姨每天喂它，我一礼拜会开车回去看它。那时它已是只老狗了，大约第三次回去我发觉它病了，一直喘气，肚子鼓鼓的。带去兽医院，说体内全部内脏都衰竭了，可能阿姨喂它便当太油了，好像它的心脏和肝都被脂肪包裹。我内心充满时光流年说不出的歉疚，还一心想帮它减肥，带到公寓顶楼，我站这边叫："妞妞！过来！"它步履蹒跚地走来，我再跑去另一头，喊："妞妞！过来！"它两眼涣散着一种老狗对主人没辙的疲倦，还是歪歪扭扭地走来。那时我好像在对着自己负欠的什么赌气，在那顶楼，不断地跑这端再换那端，让它缓缓地，朝着我走着。

静月照人

文 | 匿名作家 029 号

他们第一眼照面时，李静月只觉得此人眼神幽黑，神色旷远，这是个属于远方的人，她心想，或许是那股遥远的气息吸引了她，她是一个还没远离过家乡的少女，想象中远方总是美好的。

“那我呢？你第一次看到的我，是什么样？”后来在可以单独相处的时刻，李静月问郭明光。那是他们第三次单独出去散步，前两次都是父亲嘱托静月带郭明光去四处逛逛，尽地主之谊，严厉的父亲并未设想过他们将会有的恋情吗，或许因为郭明光比李静月大上十五岁，辈分上说来算是叔叔了，郭又是官方派来的专家，但这点，父亲失算了，正是年龄差与外派的心理，他们才不顾一切。

在神社附近的老树下，月光亮极了，隔着些距离还可以闻嗅到神社大梁桧木的香气。沿着鸟居的步道拾级而下，他们遇见了年老的守门人。

“和其他女孩相比，你根本像男孩子一样。”他描述初见那一面，他们没说上一句话，任由人群推来攘去。那年初夏，为了修复神社而到来的一组工作人员里，他是首都来的建筑师，刚出火车站闸口就被接送的人包围。郭明光穿着亚麻外套、圆领衫、棉布长裤，潇洒的穿着、挺拔的外表，引人侧目，静月陪在身为镇公所建设课长的父亲身边，同行的除了员工、还有些凑热闹的镇民、孩童，神社修复是小镇的大事，“大人物来了”，孩子们骚动起来。

“喜欢吗？像男孩子的我。”静月害羞地问。因个性害羞，她几乎都穿着长袖长裤，衣裤都是母亲缝制，完全合宜宽肩窄身的她穿着。衣裤底下的肌肤白皙胜雪，连她自己都知道漂亮。

“喜欢。”他说，她喜欢他给她的形容，不是美人，不是镇上最漂亮的女孩，而是“小男孩”，仿佛唯有如此，她在他心里才是特殊的，她试着想象他游历过的国家、那些不同种族的女子，她无法在他亲历的世界花园里成为最美的花，只好化身成一棵树。

绕过守门人的小屋，走上樟树林道，这是镇上重新修整过的地区，蔓延几百公尺的两线道路，路边高大的老树成荫，地面上散布着树籽，脚步踩过，果浆爆开，樟木特有的香气弥漫空气。他摘下叶子在手心里揉搓，让叶汁浸透掌心，两手捧起她的脸，“我的小男孩”，他说，是最爱怜的一句话。

那时她知道，待会儿他们将穿过浓重的雾色，穿过众人皆已沉睡的市区，直到身心都舒展开来，会信步回到他的住处，她将献出所有。

梦中所有动作都是强烈的，异乡人与少女禁忌的爱。背景是醉人的樟树气息，僻静的小镇，那时她还没真确想清楚，三个月后他将离开意味着永久的分离。三个月够了，她说，“你不后悔？”郭问她，她点头又摇头，郭又说：“我注定要辜负你。”她闭上眼睛感到疼，心痛已经开始倒数了，到了这一步还要如此说话，郭实在狡诈。

但她爱他的，恐怕也是这一份小镇男人不会有的，因自我中心而生的胆大。

事后，她咬下他袖子上的一颗纽扣，这件蓝色丝质衬衫没见过郭穿，是清晨微寒中他为裸身的她披上的。凉软的面料披在光洁的身上，显得自己格外赤裸。那是郭来到小镇的第二周，才只十来天，他就带她进了他的房间。

至今她仍记得所有一切，每一次的散步，每一场相聚，所有在人群中暗暗的牵手、眼神互瞄、折得很小的纸条（可惜一张也没留下），有默契的低语（我不会锁门，我等你，郭用嘴形说。想来真的都是她自投罗网了，那些暗夜间的私会，是她趁着父母入睡后溜出门，飞快骑单车到他的宿舍）。

说是三角形又不够锐利、说是圆球体又过多切面、说是白色则显得浑浊、说是乳色又过分稀透，她且忧心是否长年抚弄、触摸、把玩，已使那袖扣失去最初的棱角、轮廓与色泽，甚至失去最初装置于衬衫袖口扮演扣合功能以致物体之灵魂也失去了，成为这般难以名称、描述、观看的一桩物件。

微细、喑哑、渺小，其重要性已经被时光、想象、记忆与情感充值加乘，变成比外形硕大千百倍，又因其私密的特质微小得如同尘埃。

那是世上恋人可以给予彼此最小的单位的赠予，也是一个人在不着意的状态下所能自他人身上牟取的最贴身、却不会被发掘的勾连，那是芳心暗许、耳鬓厮磨时触碰着她的唇边类似于吻的落点，亦是私下生活里她唯一能触摸到他的延伸物，郭的这件衬衫，面料高级，造型特殊，显得贵气，连扣子都是特殊材质，证明了日后他说及自己显赫家世以及那无法推翻的婚姻，是他的牵绊与他的象征之物，是分别后千万个日子里她启动思绪、唯一能证明“他们”存在、无能被时光侵夺的唯一证明。

很长时间她只是让它躲藏于皮包内夹层中织锦袋里，为免碰撞将之包裹上一层软棉布，多年来那软布已经多次更换，锦袋亦数次缝补过了，她唯有减少碰触、提取的次数，以免这有形之物会被时光的递转碾磨成粉，但自从在报上读到他丧妻的报导（后来他成为时常上报的大人物，使她无从拒绝听闻他的近况），她平静甚至枯寂的生命突然躁动起来，骚动使她在无眠的夜晚，再次提取此物于灯下凝视，确定往事还在，所有发生都蓄积于这颗扣子之中。

那是芳心暗许、耳鬓厮磨时触碰着她的唇边类似于吻的落点，亦是私下生活里她唯一能触摸到他的延伸物。

“是否该去寻他？”

袖扣触摸时仍带有一种近乎人体才能保有的温度，她已将此微细小物打磨得如同玉石一般细润，啊时光残忍或公平也没有因她的卑微掠过她如同世间任何事物，仍以某种活体存在于这小小纽扣之中，等着她召唤现身，这形状歪斜、非玉非石、半真半假之物，等同她全部的青春，与其后余下的人生。

对着桌前台灯，白炽光线透过半透云母、珠贝或化合质地的扣身，内里细碎的纹路映入眼中，如月之斑痕、光的影迹，每次都呈现不同图形，静月已习惯透过右手拇指与食指的抓捏、轻旋、转动，使灯光如太阳辉耀于月球，透现月光形状，抑或使得那颗扣子如同切割成多角面的水晶般于不同斜线、角度、切面，呈现不同造影。她把玩着袖扣，重复回忆着往事，或增或减，或删除或扩充，但始终不逸出“事实”之外，她绝不捏造不存在的事，尽管她所言称的事实，因为未曾对他人吐露，也仿佛不存在般，但事实就是事实，这是她相信的，如这一颗袖扣存在于真实，物质不灭，谁也无法否定。

那年神社尚未整修完毕，郭就必须回去了，是假期结束就该离开的理所当然，她知道这一天会来到，他也从未隐瞒在首都里早有家庭的事实，实际上一开始更像是她主动而非他的诱骗，即使她刚考上师范学院，十九岁的她，生命里除了父亲与长兄，没有亲近过任何男人。

“之后，我们该怎么办呢？”他问她。

“像做了一场很长的梦，醒来就回到现实里。”她说。她不知道自己为何佯装潇洒，其实内心多少次濒临界线的想象，恐慌突然来临，“看，你毁掉自己的人生了”，早晨刷牙时她对着镜子发抖，痴看自己艳红的嘴唇，想着平淡的人生十九载，她又觉得不害怕了，三个月换一辈子，够值。

“搭火车才两个小时。”他说。

“但你不会回来了。”她咬住他的颈子，“你不要回来。”她恨恨地说，“除非是回来娶我。”这句是真心的，“你让我心痛。”郭说，又是那一副让人恨的无辜。她猜想自己一生中只会爱这个男人，而他是如此软弱甚至还不及她的勇敢。

她月经迟了两周，她设想会怀上郭的孩子，她会不发一语地秘密将孩子生下、养大，像孵育一场梦一样她孵着那个属于她与郭的孩子。

郭离开的那天，她与送行的人齐聚火车站内，发现有个邻家的姐姐哭得很惨，该不会？郭那双似笑非笑的眼睛大胆凝视她，毫无顾忌大声喊她的名字，她双脚软瘫无法动弹，这一天真的来到，她本可以欢欣潇洒送他离开，可是她出血了，感觉下腹疼痛，她天真的梦想与佯装的坚强在郭离开的同时粉碎，眼前呈现的只是她尚未成年，既无法独力地离开家，郭也没有要与她私奔的意思，甚至可能在这个荒僻的山间小镇，她都不是郭唯一的恋人。“怎么会这样子？”她骇异地回想，所有那些荒山林间的漫步、星空下的密语，以及深夜里悄然进屋，在凌晨时悄然离去的细节，都像多了好几双眼睛在看，“我的小男孩”“我的美少女”“我可爱的姑娘”这些甜蜜的语言突然被复制成一句一句毫无意义的甜言蜜语，她无止境地猜想，受辱、遗弃、辜负，甚至讪笑、玩弄等情绪悄然而至。她病倒了。

“这一切是为了什么？”

从一场青春幻梦坠入无边地狱，白日黑夜高烧不退，她在梦呓中狂喊痛哭，但即使最脆弱、癫狂的时候她也没出卖他，没说出他一个字。那是她最后的尊严了。

病愈时，她自一场从高空中被用力往下摔的恐怖幻觉里清醒，发现自己在床头柜里疯狂寻找什么，然后看见了那颗包裹在绣帕里的扣子。手指碰触到扣身，就像他第一次卸下她的衣服，像个按钮启动，她又清楚了起来，从头至尾如何相会、告白、幽会、献身又都回到她熟悉的情节，她确认郭没有其他情人，她清楚感知他在那段时间全身心迷恋着她，他是爱她的。全部的事实，都是她认真就算数。

郭来过几封信，起初是思念，后来更像是讨饶，之后变成例行公事，她便不再读信了，完整的信封放进抽屉底层，五年后，郭不再来信，她松了一口气，终于，连郭本人也无法参与或摧毁她的爱情，从最开始的煎熬、痛苦、矛盾，逐渐变成习惯甚至流畅，回首、追忆、编织，她总是侧身闪神就能穿透进入。那唯有她与郭存在的世界。

她咬牙熬到毕业，几乎是以全部的意志，把学位拿到、考上教职，回到镇上小学教书，日子就顺当了，年复一年，她成为学校里最寡言、沉默、神秘的老师，不到三十岁她头发就花白了，脸孔凹瘦、眼睛外突，不再美丽。

她反复读写着自己的生命，永远的十九岁，只停留在飘散着栀子花香的郭的宿舍，停留在那永远走不完的樟树大道，“你应该住在这里。”郭指着小小的鸟居，“我就可以将你带走”。

扣子就是她的鸟居。这世间最微小的屋宇，容得下她最浩瀚的思念。

她的过去与未来重叠在那一天，以及往前推的三个月。所谓的未来，都在那天粉碎了，此后她的人生就只是过去的重复、延伸与再造，一切都是过去的残影与变形，是为了回忆过往才继续的存活，为了守护昔日的恋爱梦，她才得以在麻木的生活中不至绝望。每日她依然校准时钟，撕去日历，为的是不让时间停止，即使她人生里的可能都已失去了，但倘若时间不存在，那么她的爱情尸骨无存，最初，她想过去死，就像倒数计时般地活着最后的时刻，后来，她发现唯有继续活着，才得以保全、拥有，甚至继续创造那份可能的爱。

于是她倒转生命，生活变成与过往共度的方式，只要还活着，那段记忆就有地方附身，他们的爱就不死。

二十五年经过，她深知自己已将与郭的那一段时光，反复镌刻、描摹、书画，以各种她已知、未知、她熟悉或陌生的形式，在那些日日夜夜里，全熔铸在她掌中的一粒袖扣，丝毫细节都以深刻入画，唯有她可以解读。她拥有这个，就等于保留了那些时光，与现实中可能的爱。

谁说她不能这样呢？

不是没有过谣言。但她太渺小，连谣言都无力生存。

任何人家来谈婚事她皆不应允，幸而或不幸地，提亲的人不过寥寥，反对不需要太长时间，抵抗根本微不足道。她自然地越过适婚年龄，母亲去世，她盘起头发，戴上眼镜，几乎是在他离开小镇的时候她的视力突然就退到0.2了，奇怪那曾是一双远视得近乎兽眼的明目，甚至是美目啊，他曾赞美过的，她的宽肩窄腰扁臀、有少年的美感，“你的眼清透如鹿。”郭说，完全当她不是女人地赞赏，却又将她如女人般地占有。

她曾想过给他回封信，一封，或者更多，在那漫长的等待时光里，她必须让他知道她还在等，以及这等待途中所有的发生，她试图写下那个夏天对她的意义，或者，此前与此后，该说他是如何地横占了她的一生，但她又觉得这些说出口都太多余，她的爱太轻，吹一口气都能使之消散。

她摆脱了被遗弃或背叛的感觉，也不再疑心任何关于他对她的情感，她已经反复演练得坚若磐石，连郭本人都无法动摇她的信念。

得知他丧妻，她又动念给他写信，她想象他会经由邮差手中接过这个信封，袋中没有一张纸，只会有着这个她封存多年的信物，那个他自己都不知何时遗失的袖扣，看见那物，会如气旋一道扰乱他平静的鳏居时光吗？他会突然记起那个被他称为“我的小男孩”的少女，他会料想到她等了长长的一生吗？

怎么可能。她与郭的年岁生长在一个肉眼不可见的时间里，那既不属于现在，也不属于过去，更不属于未来，它只存活在此时与那时间薄薄一层空隙里，只依靠静月个人的意志而存活，时间将平滑如水般滑过她的余生，十九岁那年所有发生像是生命的断层，让她变得更好或更坏，但终究一切都被改变了。

“若你还记得。”她只想对他说这一句。

罢了罢了。她不容许任何“不是”的可能。

她阖上报纸，心中平静得像是第一次献身，将扣子自信封中取出，最后一次凝望它，融入水中的一滴水，最大也最小，再也无法被抹去，倘若她展开累刻于上所有庞大的记忆，所有她曾付出过的爱，将会覆盖郭所有的生命，可以淹没整个地球。

她仰头如同服毒一般，将扣子吞食下肚。

“是啊，若你还记得。”

沙场秋点兵

文 | 匿名作家 030 号

秦美丽和秦英俊的孽缘开始于32年前。其实他们俩身份证上的名字并不是这样的，是“秦雪”和“秦川”——普通，但看起来都是正常人。“秦雪”的小名是“美丽”，奶奶给取的，出于对家族基因的不满与焦躁，取一个寄托奢望的乳名，说得通。后来，“秦川”出生了，为了与“美丽”保持对仗，奶奶说“那就叫英俊不就行了”。不知在奶奶眼里，一副好皮囊究竟重要到了什么程度——这种世界观，太不像一个经历过战乱饥荒与颠沛流离的朴素老人了。当然，也许奶奶本来就不是个朴素的人。

于是，我们俩，只好顶着“美丽”与“英俊”这两个喜庆如大秧歌的小名度过了屈辱的童年。是，我就是秦川——只有奶奶一个人叫我“英俊”，家里其他成员都喜欢用“秦英俊”来叫我，尤其是秦美丽，我的姐姐。

姐姐比我大四岁。我们俩共用一个父亲，但是她的妈妈和我的妈妈不是同一个人。我想整个童年时代，我见到秦美丽的妈妈的次数甚至超过见到我自己的妈妈。秦美丽的妈妈来奶奶家看她，带着她去动物园，秦美丽强烈地要求必须携带我，现在想来那位女士一定十分尴尬，但我和秦美丽却浑然不觉，一人握着一支小雪人，不在乎笼子里的熊猫已经脏得惨不忍睹。所以秦美丽的妈妈不算是个坏人，她毕竟没有只给她自己的女儿买一支小雪人让我在一边看着，我大概从那个时候起，就很会注意每个人的优点。

我爸爸离开秦美丽的妈妈，是因为他要出国，而秦美丽的妈妈觉得那太苦了。他们分开了三年之后，爸爸第一次回家——自然谈不上是衣锦还乡，不过跟着他一起出现在奶奶家门口的，还有我妈妈，以及一个襁褓中的婴儿。没有住多久，他们便重新轻装上路，没有了婴儿的旅程必然畅快如风。奶奶家多了一张小床，在我没有记忆的时候秦美丽无数次地故意将手指间的水珠滴在我的脸上。奶奶长叹一声，当然忘不了跟前来围观我的邻居们炫耀，这个带围栏的婴儿床是用美金付的账，在海关待了好久才成功送到的。

陶五爷爷总说，他第一次见到我们的时候，秦美丽只有这么高（胡乱比画一下），而秦英俊只会爬。这必然是他的记忆有误，因为他第一次出现在奶奶家门前的时候，我应该已经能够跟着奶奶步行五六分钟，到小学门口去等秦美丽放学。不过，鉴于陶五爷爷已经八十二岁了，没有人会同这一点差错认真。“就前面那个坡，翻过去以后，直走到几棵桦树那里，靠边停下。”他手指略略发颤地戳了戳车窗，这几天里，他对方向路线的清晰描述总是让我印象深刻，即便秦美丽比他年轻了快要半个世纪，也依然赶不上分毫。我在他指定的地方停了车，下车的时候，他拒绝我来帮忙。

也许这里曾经是一片桦树林，如今只剩下零零落落的十几棵树，小小的坟堆在树木的间隙处隆起，地面不平，踩上去时不时有起落，我拉住陶五爷爷的胳膊，虽然我自问并没有对于老人家的年龄歧视，可是他这种满不在乎地健步如飞还是让我觉得有些紧张。他穿着一身绛红色的“李宁”运动服，却配了一双灯芯绒面的黑色布鞋，面色偏深，因此那一头银发非常地醒目。感觉他身后应该背着一把太极剑才是对的，而不是此时的这个黑色帆布包。他在一个坟包面前停下，于是我也停下，他绕到坟包后面看了一眼，那里戳着一截木板，风吹日晒之后，若不仔细看，很容易被当成垃圾的那种。他努力地弯了弯腰，帆布包整个垂向了身体的一侧。“我看没错。”他的语气像是在诊断病情，“李福远，就是这儿了。”帆布包里有一叠年代久远的笔记本，他拿出其中的一本，横格纹，纸张很糙，封面上印着两个大字“红旗”，食指沾了一点唾液，用力地开始翻。“就是了，李福远，1977 年……”然后他茫然地抬起头看我，我立刻从兜里翻出一支笔来递上去，看着他慢慢地在往日的笔记本上画出一个不规则的圆圈。“这个人，1977 年就死了？”我问。他摇摇头，似乎也没打算正经回答我，只是伸出手臂往远处挥了挥：“再往前走几步吧。”我把帆布包从他身上取下来，挂在了自己脖子上，像个长途客车站的售票员那样，跟上他。“那边应该埋着李远福。”陶五爷爷试图向我解释。“这家人起名字还真是枯燥。”我想我神色为难，但我觉得陶五爷爷并没听懂，因为他非常认真地回答我：“不算一家人了，早就出了五服。”

李远福沉睡的地方，距离李福远的坟墓，大概有四百米，在另一棵早已死去的桦树下面。“他们的后人都干什么去了？”“就是没有后人了呀。”陶五爷爷的神情，好像“后人”是一个奢侈品，“要是有后人，我就问问后人坟地在哪儿就行了，何必一个个找……”他的声音弱了下来，将“红旗”本子翻一翻，“李远福，1975 年。”陶五爷爷长舒了一口气，“感谢主。”

“隔壁还有一个坟包呢，”我环顾四周，“你确定李远福不在隔壁？别谢错了……”

于是我们又走到了隔壁，他绕着那座坟走了一圈，然后自信地说：“你看，这里有新烧的香灰，应该有人来上过坟，所以，肯定不会是李远福。”——好吧，李远福如此孤独，我也很遗憾。“要是主不想让我找到他们，我肯定是怎么找也找不着。”陶五爷爷将红旗本的某页折了个角，表示他的统计又有了进展。

“你的主应该不会那么无聊的，怎么说也是个神……”我无奈地看着他。

“那倒是。”他难得对我的说法表示同意。

那个上午，我们找到了好几个人的坟。除了李福远和李远福，还有几个姓陶的人，当然也有零星的其他姓氏，最酷的一个名字，叫“第五鲜艳”——不由得很想请教她排名第一到第四的鲜艳都是谁。陶五爷爷说，她是六十年代逃荒到此地的异乡人。

坟包的统计告一段落，我们走了很久才找到了停车的地方。要不是陶五爷爷，我也会迷路的。秦美丽在这几个小时里给我发了十几条信息，我懒得回复——内容基本类似，全都是快递单号。现在，我要载着陶五爷爷回镇上去了。九月初的北方小镇，天空明亮得让人不习惯，几乎没有云。小镇的名字叫“林染”，乍一听应该出现在昆曲的戏词里。距离我们刚刚跋涉过的乱坟岗，最多三四公里，已经是镇上的商业街。成群的电动车在我眼前自作聪明地穿梭，我简直像是在开着一艘船。若不是我非常严肃地下过禁令，直到两年前，陶五爷爷还是他们中的一员。他眼睛微微闭上，我以为他在假寐，他却突然开口和我说话了，眼睛并未睁开：“美丽什么时候到？还没买票？”

“难说。”对陶五爷爷，没什么可隐瞒的，“她可能得等几天，她怕我姐夫知道了她的行踪……”我一时改不了口，还是叫“姐夫”，主要是我一瞬间想不起来那个八年前娶了秦美丽的男人到底叫什么了。

陶五爷爷深深吸了一口气，像是在回味刚刚的梦境。“这总归不是好事啊。”他喟然长叹，“主是不会喜悦这种事的。”

“现在她说什么也不会让人抢走她的孩子，这件事，主怎么看？”我问。还是踩了一脚刹车，忍住了没按喇叭——因为眼前跟我抢路的那个电动车主看起来面熟，我想她应该也是去往陶五爷爷家的方向，给我们送午饭的。

“主怎么看，我哪能知道。”陶五爷爷对我的无知嗤之以鼻，“不过么，我是觉得，这是对的。”

陶五爷爷家的那个小院的院门已经近在眼前，然而我依然看不到一点能让我停车的空地。

隔壁小餐馆的老板娘已经把她带来的几个菜摆在了小方桌上。几个一次性餐盒排得整整齐齐，全部打开了，盒盖上凝着细小的水珠，只是她好像忘了拿筷子。她对我点头笑笑：“你昨天到的哈。”陶五爷爷替我寒暄了：“他从北京一路开过来，辛苦着呢。”“你在北京是做啥工作的？”老板娘帮我们从厨房里找出来两双干净筷子，摆上。“我……”我犹豫了一下，感觉她应该是听不懂“码农”这个词，于是说，“坐办公室。”“您老好福气，”老板娘起身道别的时候，陶五爷爷冲她欠了欠身子，“孙子有出息。”“哦。”陶五爷爷面露难色，我估计他想向老板娘解释我并不是他的孙子，只不过我奶奶是他的表妹——可是老板娘已经走了。

我们开始沉默地吃饭，这家小馆子的手艺不敢恭维，但是食材至少新鲜。每个月，秦美丽负责跟路口那家小超市结账，他们一周给陶五爷爷送一次必需的日用品；而负责给这家小餐馆结账的是我，他们负责陶五爷爷的一日三餐。这个规矩，从奶奶去世那年开始，已经延续了整整十年。窗外，隐隐地能看到远山的浅影，我在发呆，所以陶五爷爷说话的声音虽然已经入了耳朵，却还是没有立刻传导到脑子里，好在他只不过是说，他记得我小时候最爱吃西红柿炒蛋，所以剩下的这些都留给我。

陶五爷爷说话的口音和那个老板娘不太一样。老板娘讲的是当地方言，而陶五爷爷是在用当地方言讲普通话，我们小的时候，他就是这个腔调，我只好把他这个独特的口音命名为“林染官话”，使用这种稀有语言的，估计就只有他和我奶奶。

1992 年，是秦美丽第一个看见陶五爷爷站在我们家门口的，她十岁了，说话的口吻已经隐约具备了成人后的刻薄。“那个老头儿是谁呀？”她的话音还没落，奶奶便惊呼了起来："哎呀，我以为你是明天才到。"两只看起来很重的编织袋堆在他脚边，初见面的时候，陶五爷爷的手一直都是揣在袖筒里的，应该不是因为冷，而是他不知道该怎么处理它们。奶奶跟他说任何一句话，都需要等两三秒钟，他才会回应，奶奶是个急性子，所以他们俩的对白就是这样的：

——你不是说买的是明天的票吗？累了吧。

——……

——进屋，没吃饭呢吧。先烧水给你冲点茶。

——我拍电报的时候把日子弄错了。

——这个是美丽，这个是英俊，美丽四年级了，英俊六岁。

——我，我不用吃饭，晚上跟你们一块吃就行，不用忙。

就像是画面和字幕之间有了错位，陶五爷爷只能一边匆忙地回答奶奶，一边窘迫地看着我。他眼睛不是黑色的，是棕黄色。他眼里总含着歉意，好像只要他呼吸着就给别人增添了不便。彼时他脸上并没有今天这么多的老人斑，可是皱纹的数量却像是差不多——一定是我记忆有误。总之，他一出场的时候，就是个老人，并且是一个总把双手笼在套袖里的老人。那应该是他生平第一次长久地离开林染镇。他来我们家住了大概有一年，对于一个六岁的人来说，这个长度相当于半辈子。

秦美丽被迫从她的房间搬了出来，奶奶完成了一个奇迹般的任务，就是把秦美丽的小床搬到了奶奶的房间，旋转腾挪，居然找到了一个合适的地方，于是，奶奶的房间里常住居民就成了三个人，大床上是我和奶奶，小床上是愤怒的秦美丽。有天夜里，黑暗中，我清晰地看见秦美丽坐了起来，月光在我眼前的墙壁上停留着，融化成了一面湖泊。秦美丽突如其来的身影就像水草一样鲜活。我屏住了呼吸，秦美丽静静地开口说："他身上有股奇怪的臭味，秦英俊，你有没有闻到？"

我们就是能感知到对方是睡着还是清醒着，即使是在黑夜里，判断这件事，不需要有光线。这个能力好像是在青春期的时候突然消失的。我紧张地咬了咬嘴唇："好像是，可是不臭。"奶奶的鼾声轻微响起，我是在这样的夜晚才明白了一些事，比如奶奶睡着，比如我和秦美丽醒着，白天我们可以共同拥有每分每秒，而此刻，我们俩从夜晚那里偷出来了一点点时间，压低了嗓音享用着，可睡眠终归还是要到来，秦美丽和秦英俊都会在睡眠里飘散成为尘土颗粒，黎明时分再重新聚拢成为我们。

秦美丽对陶五爷爷的敌意是从一开始就有的，只要跟陶五爷爷同处一室，她整个人就像亮闪闪的，绷紧了的琴弦。敌意如同音乐声，呼之欲出，或者余音绕梁——你并没有真的抓住它，可是你知道它一直在那里。某天晚饭的时候，陶五爷爷笨拙地帮着奶奶摆桌子，她突然凑过去大声说："我问了我们语文老师，你常说的那句话语法是错的！'主会喜悦这件事'，'喜悦'是名词，不是动词！"厨房里一盘青菜下油锅的嘈杂声掩盖了陶五爷爷的回应，可能他原本就什么都没说。

我是根墙头草。说不上喜欢陶五爷爷，也说不上讨厌他。只是当秦美丽在家的时候，我就必须讨厌他。奶奶炒完了最后一个菜，顺手拿起双筷子敲了一下秦美丽的头："你们老师能见过几本书，懂什么。""我明天早上就告诉陈老师去。"秦美丽尖叫着。

"你陶五爷爷，是个可怜人。他老伴儿刚刚去世，他一个亲人也没有了。"那晚关灯之后，奶奶突然这么说。

她没有对这句话做更多的解释，我也什么都没问。老人家嘛，都那么难看，可怜不可怜的，有什么区别。

林染镇的傍晚也是喧闹的，只不过，因为繁华的街道始终就只有那么一条，走完了商业街，安静就像是早有预谋地等在路的尽头处。只需再走上三四百米，趁夜幕尚不浓重，还能浅浅地挑唆着树影，那安静便更加巨大而生动，像是群山不小心掉在镇子边缘的一样装饰品。

我原本是在院子里拆快递包裹的。明天中午之前，我需要把这满院子的包裹收拾停当，放在陶五爷爷准备出来的那个小房间里。所有的包裹包括：两床新被子，几套运动衫，两件画着蜘蛛侠和大力水手的小睡衣，一箱乱七八糟的玩具，几箱零食，常用药品——谢天谢地，秦美丽总算是懂事，顺便给陶五爷爷寄了两套保暖内衣，以及一箱我也认不出的药材，最重要的，是一个全新的

iPad，没有关联过任何人的 iCloud 账户，我需要给那个小家伙下载一批动画片，以及一个早教类的英语系列视频——这个纯属他母亲的一厢情愿。

那间小小的屋子迅速地被包裹盒包装袋堆满，陶五爷爷在这个垃圾堆旁边转了两圈，像小孩子一样，伸着脖子往屋里探了探头，“我见过那个。”他兴奋地指着我手里的 iPad，“我们这边出去打工的孩子们也有。”

我茫然地抬起头问他：“这里的 Wi-Fi 密码是多少来着？”

陶五爷爷羞赧地看着我，为他不能理解我的问题而感到过意不去。

“算了。”我明天早上说不定就想起来了，总之，这个密码是五六年前我帮他设置的。

然后我们坐在摆着饭桌的那间屋子里看电视。准确地说，他在一面翻着那几个“红旗”本，一面听着电视里的对白。窗子敞着，邻居家收看的是同一个电视剧。他又起身在屋子里转圈，终于找到了他想要的东西——几张快递单子的底单，背面可以用来写字。他一边写，一边念叨着他记录的内容，他不知道自己声音很大，已经快要盖过了剧中人物拙劣地情话。

“1975，1992；1978，1998；1981，2001……”像是在念咒语。

“你是什么时候从教会退休的？”我想让那个咒语停下来，所以随便找了个问题。

“我么——”我的办法奏效了，他认真地想了想，“应该就是退休了没多久，你奶奶就要我去你们家玩玩，她怕我没事做会得病——那是哪一年？反正，我退得早，那几年有年轻人派来了，人家是上过正经神学院的。”

他的右手手背和手腕上有几片触目惊心的伤疤——准确地说，因为他现在整个人身上的皮肤都在起皱，所以这疤痕反倒不如过去那么扎眼。我们从来没有讨论过这瘢痕的来历，奶奶曾经跟我们说过一次，但我至今难以相信。

他笑了，摇摇头：“我老了，那个时候有好几次，传道的时候——都是烂熟的经文了，随便说几句就行，可我脑子里就是一片白，啥也说不出口，我就知道了，是主的意思，主觉得我该把位置让给比我有文化的人了。”

他用铅笔一个一个点着快递单子上的字样，数了两遍。“13 个，再加上那三个实在找不到坟地的人，也算上吧，16 个。”他仰起头看着我，神色像是如释重负，“你早点睡，我去忙我的了。”

“我去给你烧水洗脸。”我往厨房的方向走，他应该是没听见我这句话，他已经隐进了他的房间，关上了门。从我昨天抵达林染镇的第一个小时，他就告诉我了，这几天，他有件很重要的工作。我们去过的那几片坟地后天就要被推土机推平了，地皮早就卖了出去，很快就会有新的建筑物盖起来。有后人的，已经把坟迁走了，没有后人的，就只好被封在新楼的地基下面。这些无人认领的坟墓中，有 13 个人，也许是 16 个——曾经是陶五爷爷亲手施的洗礼。如今，他必须找到他们，在今晚，为他们每个人做个祷告。每个人的名字后面都有两个年份，这是他反复确认过的，比如：1978—1998，代表着，这个人的受洗年份是 1978 年，于 1998 年离世。陶五爷爷一定会在祷告的时候认真地把这两个年份说出来，也许，顺便，说两句他们生前的事情。他不愿意我在旁边，我能理解，因为对于李福远，李远福，陶之竹，陶凤凰，第五鲜艳……对这孤独的 16 个亡灵而言，祷告是一件很私人的事情。

他必然会按照老习惯，说上一句：“如此卑微的祷告实在不配，全是奉主耶稣基督的名。”

如此卑微的祷告实在不配，全是奉主耶稣基督的名。

我和秦美丽常常听到他这么说。他双手交叠，两个拇指的关节抵住额头。眼睛半闭着，五官似乎被揉搓了。那个时候的陶五爷爷，是我不敢靠近的。秦美丽会斜瞟一眼，然后靠近我耳朵边说：“自己说自己卑微的人，你说是不是贱？”

这个问题对我而言太复杂了。但其实，我理解秦美丽的意思。彼时我没有用语言表达出这个的能力——陶五爷爷从来没有对我们凶过，从来也没有像奶奶一样威胁我们要将我们的恶行告诉爸爸然后我们会被打。他是和气的，我和他说话的时候，他总是带着一点迟钝的神情，微微地点头。正是那种小心翼翼的顺从，反而让秦美丽觉得自己被冒犯了。至于这样的冒犯为何会发生——问她吧。

有时候奶奶有事情，他就会拉着我的手，去学校门口接秦美丽。从幼儿园到学校的路上，我都会很乖。只要看见秦美丽挥舞着双手远远地冲我跑过来，另一个全新的自我就附体了，我会跟着秦美丽一路疯跑，把陶五爷爷甩在后面很远。他也跑起来，追我们，他跑步的样子很滑稽，像是害怕着这个突然加速的身体。满脸的迟钝与小心暴露无遗，有时候我会害怕，他会不会因为这样的狼狈而迁怒于我们。我们奔跑着经过了一个垃圾场，有个穿着工作服，一身煤灰的人，在垃圾堆的正中央点燃了一把火。秦美丽终于停下来了，我也停下来了，我们一起喘着粗气，心脏一时间不能习惯这样的安静，还在用力地敲鼓。

秦美丽弯下腰，右手按在胸口上，她凝视着远处那堆火，突然说："你说那个火能不能把陶五爷爷烧死啊？"

我一怔："我觉得能。"

他终于追上了我们，他的呼吸声也变得剧烈。他沉默不语，依旧拉住我的手，我不想再跟着秦美丽跑远了，秦美丽挑衅地跑了几步，觉得没意思了，她转过脸又看了那堆火一眼，然后慢慢地走着。她与我们一直保持着五米左右的距离，我们安静地回家了。

那天，奶奶跟着爸爸出门了，说是要去帮我办上小学的事情。他们走了没多久，就停水了。小时候奶奶家的那片楼群经常停水。陶五爷爷在客厅的沙发上睡午觉，我独自走进了他的房间——也就是原先秦美丽的房间，那本他常常翻看的书就放在一个很矮的凳子上。黑色封皮，已经磨损得很旧了，那本书很厚，跟我们家其他的书都不太一样。两个金色的字简单地压在那片黑色上，我不认得。翻开来，纸张之间散发着一股陌生的香气，也不知道为什么，每隔几行就会看到一个数字。翻了好一会儿，终于看到了几个面熟的字："在我的仇敌面前，你为我……"你为我什么呢？读不下去了。我想我很快就睡着了，躺在地板上，胸口压着那本书。

醒来的时候，我以为屋子在轻轻地晃动，直到我发现我躺在水上。水漫过了床脚，我所有的衣服都湿了，我跳起来，以为自己在做梦，可我依然是只落汤鸡，我试着走两步，依然踩在浅浅的水里，远处有瀑布的声音，床脚的周围还是簇拥着细小的波纹——我大哭了起来，然后好像有开门的声音，秦美丽尖叫着："弟弟——弟弟——"我踩着水朝她跑过去，怀里还抱着那本书。

她跑到厨房里去关上了水龙头，陶五爷爷像是才醒过来，坐在沙发上难以置信地看着眼前的一切。两只脚抬了起来，悬空着，一只拖鞋掉进了水里。秦美丽检查完了所有的水龙头，终于冲了回来，她脚底弄出的水声让我觉得她无比威风，她气急败坏地冲陶五爷爷嚷："你是不是个傻子呀！你差一点就把弟弟淹死了！"——她当然是夸张了，不过没人在乎。

"我……糟糕了……"陶五爷爷涨红了脸，四下寻找着那只拖鞋，好不容易站起身，拖鞋却顺着水流漂到了桌子底下，"我去找盆，还有拖把……"他的声音都发抖了，索性甩掉了剩下的一只拖鞋，赤着脚往厨房里跑，水流早已经漫延到了门外的楼梯间，他看着最远的那股水轻巧地划过了台阶，眼神简直是绝望的。

秦美丽从我的怀里抽走了那本书，高高地举起来："你差点淹死我弟弟，我也要淹坏你这本书。"

他一怔，整张脸都灰了下来，声音更是凌乱不堪，他趟着水上来抢，手里还拿着一只粉色的脸盆。"不行，这不敢闹着玩……"秦美丽灵巧地躲闪着陶五爷爷，粉色的脸盆磕在沙发扶手上碰碰地响。

"有什么不敢啊？你傻得连停水的时候要关上龙头都不知道——"秦美丽嫣然一笑，踩着凳子跳上了饭桌，"来啊，丢下去喽……你让你的主来打我呀。"

陶五爷爷甚至努力地跳起来，试图抓住秦美丽的手臂，那模样逗得我和秦美丽一起开心地笑了起来。笑着笑着，我们已经忘记了这屋子变成了一片泽国。"秦英俊，"秦美丽冲我晃了晃手里拿个黑色的砖头一样厚的册子，"接住喽。""好——"我像只小狗那样瞄准了目标。

"美丽，求你。"陶五爷爷沙哑着嗓子说完这句话，跪了下来。

他就直直地跪在那摊水中央，没有表情，就连眼睛里那种见惯了的歉意都没有了。室内强大的寂静已经开始压迫我的肺部，我的姐姐显然是慌乱了，她的声音里带上了强弩之末的软弱："你吓唬谁呀……秦英俊，你到底接着不接着？"

我冲了过去，想到陶五爷爷身边去，可是我被那个粉红色的脸盆绊了一跤，我清楚地听见自己倒下的时候，身边那些细碎的水声，黑皮书就这样砸在了我的后背上，陶五爷爷跪着的身体弯了下来，遮盖住了我的身体，以及那本书。

后来，奶奶她们回来了，爸爸把我们俩狠狠地揍了一顿，有多狠呢——总之我非常怀念那些他还在外国的日子。陶五爷爷坐在墙角的小凳子上，低声地劝着，我们挨打是因为爸爸认定是我们俩故意把水龙头打开的。那本书的事，我们谁都没有对任何人说过一个字，至今。我想也许为了那本黑封皮的厚厚的书，陶五爷爷已经跟很多人跪了很多次了，那一刻，他觉得，再多跪一次，也无所谓的。

天色微明的时候，我们便上路了，我们要行驶将近三十公里，到最近的高铁站去接秦美丽的宝贝儿子。一个五岁的，漂亮的小男孩，名叫薯条，是这个世界上唯一一个叫我“舅舅”的人类。

陶五爷爷本来是可以不去的，可他坚持要跟我一起。带着秋凉的清晨无比舒爽，让我莫名地相信，我们接下来这三十公里的行程必然会畅通无阻。虽然我还得找个地方加油，不过，这都是小事情。我们这一路上都会看见山，看见没有云的碧空，还会路过属于古人们的烽火台。陶五爷爷惬意地扣上了安全带。我明天就要回北京了，可是薯条会留在这里，跟陶五爷爷一起，看着这小镇层林尽染。

两年前，秦美丽知道自己的婚姻多半会完蛋的时候，第一件事，就是辞了原先的保姆，拜托陶五爷爷找了一个家乡在林染镇附近的本地女人。新阿姨到城里上工，照顾薯条长达两年。下周，秦美丽的离婚官司就要开庭了，她害怕自己会输，因此，她要让新阿姨带着薯条藏到一个世界上最安全的地方，一个姐夫或者前任姐夫找不到的地方。

她从没有跟她的老公提过陶五爷爷，所以那个倒霉的姐夫不会有什么线索。

奶奶死了。我们的爸爸先是离开了秦美丽的妈妈，后来，我的妈妈又离开了他。这些都是寻常的事情，生死啊，离散啊，因欲望而起的眷恋啊，形同陌路啊……如今我们长大了，我和秦美丽可以原谅所有这一切。成年之后的我们，和当年的父母一样不堪。所以，怎么可能不理解，不原谅呢。

我们还有陶五爷爷。他是我们姐弟在这世上唯一信任的人。

卜马尾

文 | 匿名作家 031 号

琴德木尼的小马驹丢了。

那是一匹纯青色的小母马，浑身一点杂毛也没有，只有四个蹄子是白色的，远远望去好像蔚蓝天空下的四只羊羔。

它的血统非常纯正，父母均出自乌力吉木仁河畔的名门。父系带给它敦实的臀部和宽大的骨架，母系带给它矫健的长腿以及修长的脖颈。它的脖颈上长着一排茂密硬直的青色鬃毛，每次跑动时都会随风摆动，高高低低如同远方的大青山。

小青马是琴德木尼的父亲去苏木集市买回来的礼物，马的主人还特意准备了一套雕花小马鞍和细革辔头。父亲把它用绳子拴在自己那匹枣红马的屁股后面，一路牵回了草原深处的蒙古包。

琴德木尼几乎在看到它的一瞬间就喜欢上了。可惜它对琴德木尼却有些抵触，只要她一靠近，它的鼻子就会开始喷出粗气，两个前蹄不停地踏着地面。不过琴德木尼并不沮丧，动物到了新的环境一定会紧张几天，何况还是一头刚离开母亲的小马驹。爱放声歌唱的女孩，一定会和喜爱驰骋的骏马成为好朋友，这在草原上是理所当然的事。

琴德木尼的歌喉是天生的赐物，清脆如百灵，嘹亮如雄鹰，圆润如穿行在草场与山间的溪水，一放开喉咙，连野狼与黄羊都会垂下耳朵聆听。

琴德木尼唱着自己最喜欢的歌儿，用毛刷一遍遍地为它清洗身上的草渣和虱虫，细密的篦条蘸着清水扫过身体，小马驹不安地甩起尾巴来。琴德木尼忽然想起来，它还没有名字，可怎么也想不到贴切的。她心想，那就慢慢想吧，反正日子长着呢。

小马驹失踪是在第二天的夜里。那是个大风天，月亮只剩下窄窄的一条细缝，草原上弥漫着一片蒙蒙的黑色。到了半夜，琴德木尼像是有了预感似的，突然从毡榻上惊醒过来。她撩起袍子，小心地避开火撑子和牛粪箱子，掀开一道帘子，走出蒙古包。家里的大狗抬头叫了一声，又趴下了。然后她看到拴马柱的旁边空荡荡的。

家里人都被她的哭声惊醒起来。父亲检查了一下，说不会是盗贼，否则狗会叫，应该是马驹自己挣脱跑掉了，地上还有一团乱糟糟的绳子。琴德木尼这才想起来，她拴马的时候担心小马驹被勒疼，只系了一重活扣——牧人从来都是结成双扣，这样才不会被马扯松。

琴德木尼放声大哭，她痛恨自己的粗心与懒惰，觉得自己永远失去了那匹还没来得及命名的小马驹。父亲安慰说，第二天太阳一出来，他就会去四处找找看，草原的露水很重，它应该会留下蹄印。

可惜长生天并不祝福这次寻找，父亲在外头转悠了足足一天，返回的时候，还是只有他和枣红马。父亲取下套马杆上的套索，搁回它该在的位置，允诺说下次赶集再去给琴德木尼买一匹。

琴德木尼不肯答应，继续哭。母亲见琴德木尼哭得嗓子都哑了，长长叹了一口气，从箱子里翻出一片羊羔的肩胛骨。

这片骨头颜色发白发灰，上面一丝肉都没有，显然已经存放了很久。妈妈先向帐篷西北方向的神位献了一条带五彩流苏的白哈达，然后把肩胛骨扔进火撑子下的灶里，用通条拨了拨灰，丢进两团干牛粪，让火变得旺盛起来。

琴德木尼停止了哭泣，她好奇地问妈妈这是在做什么。母亲回答这叫作“者兰武折勒格”，是一种相骨占卜之术。长生天把关于这个世界的知识，都藏在了骨头里。牧人们如果丢了什么东西，便可以从骨头的裂缝里祈求启示。

“骏马虽然矫健，可怎么也跑不出草原。我们的命运虽然多变，可怎么也脱不开‘者兰武折勒格’的智慧。”

妈妈说着琴德木尼所不能理解的深奥语句，拨弄着火中的肩胛骨。灶火越来越旺，不时发出噼啪的声音。母亲每次听到这个声音，都会用火剪子把它夹出来看一下。

琴德木尼也好奇地凑过去，可她只看到浩特——就是肩胛骨上半截正中位置的凹槽——上多了一条新裂开的缝隙，朝着骨下延伸。骨缝长且直，边缘还带着一点角度，像小蛇蜿蜒爬过草地的痕迹，又像是未上冻的溪流淌过雪原。琴德木尼心想，这又能表示什么呢？

妈妈说：“你在心里默念最渴望知道的答案，骨头便会做出回应。”琴德木尼赶紧闭上眼睛，把小马驹想了一遍又一遍。又一团剪碎的干牛粪投进去，火焰跳得更高了。更多带着启示的裂纹，伴随着骨头上的噼啪声出现。

妈妈拿起火剪，把肩胛骨夹了出来，把它扔进盛满清水的木桶里浸泡了片刻，然后用右手把它捞了出来。琴德木尼双手捧着温热的骨头，看到上头又多了不少细细的裂缝。它们无一例外都是以骨质最薄的“浩特”为起点，向着四周延伸开来，密密麻麻如同蜘蛛网般稠密。这让琴德木尼想起父亲曾经带一位朋友来做客，朋友带来的书上也是写满这样奇奇怪怪的图案。

冥冥之中，似乎这一切都有着连接。

妈妈告诉琴德木尼，浩特代表的是卜者的心意所在，从浩特这里延伸出去的最大最宽的裂纹，则代表了卜者要追寻的东西的方位。琴德木尼费力地搜寻了一阵，终于找到一条蚯蚓那么粗的裂纹，它从浩特中央开裂，朝着西方方向一直延伸到肩胛骨的边缘。在这条裂纹的中段，还有一条横过来的浅浅裂隙，与裂纹刚好交叉。

妈妈轻轻叹了口气，告诉琴德木尼：裂纹从浩特延伸到边缘，说明小马驹已经向西北方向跑出去很远，远到难以追回，而且裂纹上还有一条横断，说明困难重重，无法看到它最终的下落。

琴德木尼这次听懂了妈妈的话，小马驹再也找不到了，连骨头的智慧都没办法帮到她。琴德木尼解开自己的长袍，松开自己的发辫，在蒙古包周围悲伤地跑动，还用精美的牛角小刀去砸地上的土拨鼠，可惜它们迅速钻进洞里，消失了。

父亲和母亲都以为这孩子疯了，只有琴德木尼自己知道，她不是疯了，而是因为在熟知的世界里，她已是茫然无措，只好寄希望于一些超出常规的疯狂举动。每一次出格，都意味着不可预知的结果，而不可预知总能给人带来一点点希望。

琴德木尼在草原上折腾了一整天，看到的人都说这个娃娃被都德玛恶鬼附身了。到了日落时分，她的额木格——就是奶奶——颤巍巍地走过来，用一把拐杖敲了敲她的头，才让这个小姑娘冷静下来。

额木格已经有七十多岁了，身体佝偻像一团秋天的风草，松弛的眼皮耷拉下来，几乎难以分辨是睁还是闭。她的额头总是绑有一条脏兮兮的绿绸额布，双耳悬吊着两串深褐色的牛骨环，骨环边缘还缠着三枚细小的闪亮银片儿，无论走到哪里都叮当作响。

琴德木尼从小被额木格带大，七岁之后才跟随父母离开，奶奶则留在了一个苏木镇子里，只有每年的缰节和特斯玛节才会团聚两次，帮助家里挤马与做皮条。她没想到，日思夜想的额木格居然在这时候来到草原深处，回到她身边。

原来是父亲特意赶到苏木，把奶奶接回来。她年轻时曾是草原远近闻名的白萨满，只有她能劝住这个倔强的女孩子。

琴德木尼恢复清醒之后的第一件事，就是扑到奶奶怀里啜泣。额木格拍拍她的小脑袋瓜，俯身凑到她的耳边，干瘪的嘴唇缓缓蠕动着说："我的小百灵鸟，云会飘向哪里，只有风才知道；乌尼格的行踪，只有苏勒才知道。"

乌尼格是小马驹，而苏勒是马尾巴。

"苏勒？"琴德木尼抬起头来，不明白奶奶的意思。额木格竖起手指在嘴边"嘘"了一声，露出一个温暖的笑容，就像无数次在勒勒车旁抚慰还是婴儿的琴德木尼那样。

"我们回去吧，额木格会帮助你找到它的。"

听了奶奶的话，琴德木尼擦擦眼泪，拽着她的长袍边角。当她们慢慢走回到蒙古包前，那匹枣红大马已经停在外面，父亲放牧回来了。

此时夕阳西下，草原上的每一束草尖都被染上了晚霞的昏红，让远方的地平线在暧昧光线下变得模糊不堪。天地之间，陷入一种昼与夜的交叠状态，帐篷旁边的酸奶桶与牛奶桶映照出同样混沌的景象。

"琴德木尼，你来看。"额木格抬起一只胳膊，指向远方的牲畜们，手腕上的小铃铛响了一声，"一到黄昏时分，无论是帐篷边的牧羊犬还是草窠里的牛虻，无论是吃草的羊群还是负伤的独狼，在这一段时间都会停下所有的动作，垂下头。你要知道，黄昏是最短暂也最神秘的时刻，在这期间，草原会敞开自己所有的秘密。可是它不愿意被生灵窥探，所以会在黄昏降临时暂时抽走生灵们的魂魄，直到夜幕降临才会归还——只有骏马是例外，这种动物是在黄昏时唯一能自由行走的生灵。所以，只有骏马的苏勒，才能指引着你窥视到草原最深的秘密，找到你最念念不忘的东西。"

琴德木尼念念不忘的，就是自己的小青马，不由得睁圆了眼睛，喜出望外。

"可惜黄昏实在太短暂了，我们要抓紧。"额木格的脚步却加快了几分，她攥着琴德木尼的小手来到枣红马的面前，小心地转到这匹马的身体侧后。

额木格拿起毛刷，让琴德木尼为枣红马洗刷身体。这是琴德木尼平时做惯的工作，只是不明白今天为什么要这么做。额木格没有解释，只是催促道：“快去刷罢，夜晚就要来了。”

她搬来一个小木凳，爬上去，熟练地把毛刷的鬃毛都拂松，然后嚓嚓地开始刷起马背。枣红马很享受这个服务，一动不动地站在那里。这时额木格伸出手去，轻轻地捋起枣红马的尾巴。

这匹五岁的公马尾巴又粗又长，蓬松茂密，每一次尾巴甩动，都能响亮地把一只苍蝇拍落。在暮色照耀之下，一根根尾鬃都泛起一层暗红色的油亮光泽，似是饱含油膏，受到上天的赐福。

额木格先用双手沾满了清水，伸到靠近枣红马臀部的尾巴根，十个苍老的指头捏住所有的尾鬃毛，攥成一把，然后轻轻从尾根一直捋到细小的尾巴尖儿，颜色从暗红过渡到尾尖儿呈现出的昏红，与晚霞几乎一样。

额木格嘴里念叨着什么奇怪的话，右手继续攥住马尾，左手的拇指与食指微微抬起，挑出一根尾鬃，双指夹住滑到三分之二处。就在枣红马发觉之前，额木格用力一拽，将这根长长的鬃毛扯了下来。

枣红马陡然负痛，嘶鸣着尥起后蹶子。可是额木格站的位置很巧妙，恰好避开了这一记可以踢断狼腰的攻击。

琴德木尼吓了一跳，可是奶奶没说停，她只好继续埋头洗刷着马背。额木格小心地把那一根长尾鬃插进腰带里，然后再一次捋住马尾。

她先后拔了七次，获得了七根油光锃亮的尾鬃。琴德木尼放下刷子，抱住枣红马的脖子安抚了一阵，才让它忘掉尾巴的不快。

额木格看看夕阳已经沉下去大半了。她让琴德木尼去蒙古包里，把父亲的套马索、缰绳和马鞍取过来。这些装备都搁在哈那的西边，平时是不允许别人碰触的。不过奶奶既然发了话，应该没问题。

急于找回小马驹的琴德木尼把这些东西一股脑抱在怀里，走出帐篷。她看到额木格坐在一块石头上，正细细地捻着尾鬃，手指翻飞像是纺线一样，把每一根鬃毛都打上七个结，然后将它们首尾相接，形成一条有七七四十九个结的苏勒细绳。

琴德木尼听到，奶奶一边打结，一边还在嘴里嘟囔着："仁慈的长生天、睿智的博济格草原，黄昏的吉祥殊胜看在眼里，平安祷颂听在耳朵里。麦德尔娘娘的骏马，会带着祝福出发呵。祝福有七条，七条里面还有七结。"

她的手腕上下翻动，牵动着铃铛有节奏地响着。不知为什么，琴德木尼听到这样的声音，觉得周遭的气氛和寻常有微妙不同。空气中飘浮起一种难以名状、难以言说的微醺味道，她有一次偷喝了父亲腰间的马奶酒，就是这种感觉。晕乎乎的，觉得整个世界都失去了平时的星象，通通抽成无数跃动的线条。

奶奶反复念诵了七遍，然后抬起头，对琴德木尼说道："时辰到了。接下来你要仔细听我的指示。"

她让琴德木尼横跨在马鞍上，左手拿起套索，右手抓住缰绳，然后把七根尾鬃结成的苏勒细绳举在小姑娘的眼前，转了七圈，每转一圈便喊两声："清白！清白！"

世界的线条跃动得越发迷乱。琴德木尼迷迷糊糊，听到耳边传来奶奶的声音："从现在开始，你要在心里念着你想找的东西，把这段苏勒绳圈丢进火盆。你一定要看仔细，哪一根尾鬃先燃烧，哪一个绳结先缠卷，你要把看到的一切，都原原本本记下来。"

黄昏的熹光黯淡到几乎不可分辨，琴德木尼要努力睁大眼睛，才能勉强看到火盆里的动静。当那七根尾鬃一投入火焰之中，立刻发出呲呲的声音，甚至有一丝焦香弥散出来。浅红色的尾鬃在橘黄色的火中蜷曲着、跃动着。不知不觉间，她感觉到苏勒绳圈被灼烧而形成的形状，与周遭世界化身的丝线波动出奇地吻合，两者就像跳查玛的喇嘛们一样，无比协调，渐次合一。

当苏勒绳子与世界线条终于同调成同一幅画面时，琴德木尼仿佛看到一匹枣红色骏马在昏黄模糊的原野上驰骋，它的鬃毛猎猎飘舞，四只蹄子冒着金黄色的火光。马尾只有七缕鬃毛，向后延伸到远方的地平线。它们看上去就像七根无限长度的缰绳，拉扯着神秘与现实的界限，在这个混乱的世界里构成唯七的实在。

不知过了多久，琴德木尼注意到一抹青色在两座灰丘之间陡然出现，她还没定睛细瞧，脑袋猛然一疼，被无形的力量扯回到现实世界。她睁开眼睛，周围已经彻底黑下来，只有跟前的火盆还散发着一团残光。

“苏勒烧完了吗？”奶奶有些急切地问。

“烧完了。”琴德木尼回答。那七缕苏勒，早已化为一堆灰烬，散落在火盆的底部。

奶奶过去摸了一下，确实没有一点点鬃毛剩下，这才扶着疲惫的琴德木尼跳下马鞍，回到帐篷里。她煮了一锅热气腾腾的奶茶，扔进去一把炒米和几块奶豆腐。等到小姑娘吃完这些东西恢复了一点精神，额木格问她看到了什么。

琴德木尼张张嘴，想把自己在幻觉中看到的景象说出来，可是她却发现自己拙于言辞。那景象一到嘴边，便破碎开来，像冬日清晨呼出的口气，没法凝成实质。额木格看她小脸憋红的样子，笑着说那些景象是草原的秘密映在你的心里，就像月亮倒映在水里。水里的月亮捞不起来，草原的秘密又怎么能说出来呢？

额木格又说：“所以我们才需要马尾毛来占卜，它是唯一能与草原的秘密同调共舞的东西。看它在火里的变化，就能知道那边的世界如何运转。”

琴德木尼没办法，只好努力回忆着苏勒绳子在火盆焚烧的过程。她的记性特别好，羊圈里每一只羊的特征都能记得清清楚楚，更不要说这七缕苏勒。

她闭上眼睛，记得每一处鬃尾的蜷卷，记得每一个结扣的位置，也记得火苗舔到苏勒时毛茎向哪个方向摆动。她牢牢记得奶奶的话，那是另外一个世界在现实产生的涟漪。

额木勒在地上用拐杖画出了许多玄妙的圆圈。她告诉琴德木尼，苏勒的活扣一共有四十九种变化，每一种变化都代表了一种征兆。记清楚这些征兆，所有为难的事情就没有搞不明白的了。

琴德木尼观察到的变化，预示着失物就在距离主人不远的西北处，上有水气，下有土气，两侧有坚强的石气。不是被盗或走失，应该是处于某种困境。更重要的是，小青马还活着，因为七根尾鬃连接的苏勒绳从来没有从中间断开。

有这些提示就足够了。琴德木尼开心地跳起来，恨不得现在就骑上枣红马去寻找。可惜天色已黑，无论如何也要等到明天清晨才能出门。

琴德木尼觉得这种拿马尾占卜的方式实在太有趣了，比妈妈的“者兰武折勒格”还准确。如果学会了，岂不是从此以后再也不怕弄丢马匹和羊羔了吗?她跑去问奶奶：“额木格，额木格，你可以教我这个卜马尾的方法吗？”

额木格举起拐杖：“每天教你一种征兆，月亮盈缺两次之间也就能学全了。”“太好啦！”琴德木尼抱住奶奶的脖子，感觉有无穷的歌声在嗓子里涌出来。

这时额木格提醒道：“小百灵鸟你必须要记住。草原并不喜欢别人窥视它的秘密。所以你每次卜完马尾，一定要确保所有的尾鬃都烧干净。如果火盆里有剩余的毛根，那意味着在黄昏过后，你还能窥视草原深处——那将会惹怒草原，会发生非常可怕的事情。”

“有多可怕？”

奶奶摇摇头：“额木格不知道，可自古以来就是这样流传的。你可千万不要去尝试。”琴德木尼严肃地举起右手的三个指头：“琴德木尼向长生天和爸爸的套索起誓，绝不会在黄昏后还窥视草原。”

第二天一早，父亲骑上枣红马，带着琴德木尼向着西北方向走去。他们走出去几十里路，琴德木尼远远忽然看到两座浅绿色的丘陵，丘体相连，中间留出一条窄沟，就像马鞍一样，山丘上盖满了芍药、地榆、藜芦花和鸽子草。

琴德木尼蓦地想起占卜时看到的景象，急忙让父亲驱马过去。他们抵达两丘之间的沟壑，在一条杂草盖顶的小溪旁边，看到了那匹小青驹。

原来它挣脱了缰绳之后，一路乱走到了这里，结果前蹄踏进了土拨鼠的洞穴导致扭伤。它俯卧在溪边动弹不得，只好一直留在这里。好在周围还有各种花草可供嚼食，不至于饿死。

琴德木尼跳下马来，揪了一把沾满露水的青草递过去。这一次小青驹没有躲闪，乖乖地把草吃掉了。吃完以后，它伸出舌头舔了舔琴德木尼的脸，还想去啃痒痒。琴德木尼觉得它的眼神和从前变得不一样了。她不知道那是因为青草的关系，还是因为他们曾在草原的秘密里见过。

父亲简单地把小青马做了一下处理，然后用枣红马把它牵回了家。琴德木尼决定给它起名叫苏勒，用来纪念那一次神奇的失踪。

从此以后，琴德木尼和苏勒成了好朋友。她每天都骑着它在广阔的原野上驰骋，一起追兔子，一起赶绵羊，一起在下雨的时候望着乌云的边缘奔跑。

每天晚上，琴德木尼会一边为苏勒洗刷身体，一边听奶奶在旁边絮絮叨叨地讲解着卜马尾的各种特征。这些特征艰涩难记，可琴德木尼却一听就明白，不需要反复讲解。两次月亮盈亏之后，她已经完全掌握了额木勒的卜马尾技巧。无论马尾烧成什么样子，她都能轻而易举解读出中间的意味。奶奶反复告诫她：占卜完一定要记得把马尾烧光，草原并不喜欢被人窥视。

有一次她偶尔偷听到奶奶对父亲说："琴德木尼真是一位天生的白萨满。"她不太能理解"白萨满"的意思，但父亲的回答是："我宁可她是个普通女孩，只要骑骑马唱唱歌就好了。"奶奶手腕上的铃铛响了一声："她会成为什么样的人，草原会有安排。"

到了第二天，奶奶返回了原来的苏木镇子。琴德木尼这一次并没多悲伤，因为她正忙着跟苏勒一起玩。

从春天到夏天，从夏天到秋天，从秋天再到冬天。草原足足经历了五次白雪融化和五次郁郁葱葱。琴德木尼长成了一个头梳长辫的大姑娘，喜欢穿一件藏青色的高领袍，苏勒也成了一匹矫健的青色骏马。他们总是一起出门，在草原各处都留下两道青色的身影。

琴德木尼很想念奶奶，好在现在她有苏勒了，想探望奶奶可以随时赶过去。偶尔会有别的牧民去请奶奶占卜，如果赶上琴德木尼在，奶奶会让她代劳。一来二去，在远近草原都开始传说，有一位年轻的白萨满，能够通晓草原所有的占卜之术，骨卜、蓍草卜、指卜、羊粪卜、内脏卜……据说她还精通最神秘的马尾卜，只是很少有人见到过。她在占卜时，喜欢把祷词唱出来，声音婉转如百灵，更受到大家的信服。很多牧民说，只要听到她的歌声，就觉得吉祥如意，何必再去打扰长生天呢?

可随着琴德木尼一天天变漂亮，额木格却一天天老去。每一次日落，她的皱纹都会更深一层；每一次日出，她的背都比从前要更佝偻几分。可是额木格从来也不说，只是在每次琴德木尼来探望的时候，凝视孙女的时间变得更长了。

琴德木尼正是风风火火的年纪，和草原上的风一样。这个世界上还有太多奇妙的东西，她和苏勒很少在一个地方停留太久，视线永远在不同的景色之间跳跃。琴德木尼总觉得奶奶一直会是这个样子，所以每次探望并不会停留很久。

这一天，琴德木尼骑着苏勒再一次来到奶奶居住的苏木。她刚刚用“者兰武折勒格”帮一位尊贵的台吉找回心爱的猎犬，获得了丰厚的赏赐。她特意给奶奶讨了一根檀木拐杖，杖头散发着淡淡的香气。

可当她进入苏木之后，却发现奶奶的房子里空无一人。邻居告诉她，昨天傍晚的时候，额木格一个人走出屋子，朝着苏木外面的草原走去。邻居记得她身上披着一件萨满鹿皮服裙，上面插满了羽饰和银饰，头上的神帽是用晒干树枝条子削出来的刨花，帽子后面后面还拖着一条长带子，带子上也缀有鹿角、狼牙之类的东西，走起路来叮当作响。

额木格就这样离开苏木，再也没人见过。再接下来的许多天里，琴德木尼找遍了附近草原的每一处苏木和蒙古包，在所有的羊群和海泡子前停留，可都没找到奶奶的踪迹。

父亲和母亲对此虽然悲伤，可没琴德木尼那么焦虑和惊慌。父亲告诉她，草原上的白萨满感觉到自己的寿命快到时，就会独自上路。长生天会赐予她们最后一股力量，让她们走到草原深处。至于终点在哪里，在终点又会发生什么，那就是属于草原的秘密了。

“那么额木格是再也不会回来了吗？”琴德木尼带着哭腔回答。父亲点点头。

“我永远永远都见不到她了？”

母亲也点了点头，轻轻地抱住她：“每一个人，都会踏上这一条路，长生天自有安排。”

琴德木尼已经长大了，不再像小时候那样爱哭，也已经能够深刻理解死亡的含义。可是理解与接受，是两种不同的东西。她的悲伤却根本止不住，泪水不停地从双眼流泻出来。苏勒感觉到了主人的悲伤，垂下头去，用嘴巴去蹭琴德木尼的脸颊。

“苏勒啊苏勒，你知道吗？我没有额木格了，再也没有额木格了，无论走到哪里都看不到她了。”琴德木尼喃喃地念叨着，用手去摸它的鼻子。

如果奶奶是在家里去世还好，她也许会难过一阵，就会继续生活下去。可是奶奶却这样走入草原深处，不知所终。琴德木尼不可抑制地在想，也许额木格还没死，也许还在某一片原野徜徉……也许，她还在想念着她的孙女，只是迷路了不能返回。

苏勒无法开口，只是默默地站在主人身边，同情地凝视她。它屁股上的尾巴在不停挥动，把周围的蚊虫赶走。

琴德木尼呆望着远处的草原，觉察到那条长长的漂亮尾巴在旁边摆动。她眼神里忽然闪过一道欣喜的光芒。她从地上跳起来，紧紧握住苏勒的尾巴，用指肚从根部摩挲到尾巴尖，一个大胆的想法浮现在心中。

她决定再一次用马尾占卜，去窥视草原最深处的秘密，额木格一定就在那里。

苏勒顺从地站在原地，任凭琴德木尼从它尾巴上拔掉七根尾鬃。琴德木尼把尾鬃结成了七七四十九个活结，然后扎成一个绳圈。她这次没有惊动父亲，而是只身来到一处偏远的敖包前，占卜要用的套索、马鞍和缰绳都是自己常用的。

等到了这一天的黄昏时分，暧昧而神秘的氛围再一次降临。金黄色的光芒爬上每一根青草的草尖，随着悄然刮起的野风摆动。黑暗与白昼交叠的景象映入瞳孔的一霎，草原缓慢有致地开始吸取每一只生灵的魂魄。

琴德木尼早已准备好了火盆，她手持缰绳与套索，赤脚踏在马鞍之上，用婉转动听的歌喉开口唱道："仁慈的长生天、睿智的博济格草原，黄昏的吉祥殊胜看在眼里，平安祷颂听在耳朵里。麦德尔娘娘的骏马，会带着祝福出发呵。祝福有七条，七条里面还有七个结。"

她的歌声仿佛是活的，从中能听出原野的寥廓，能听到野风的韵律，能闻到满地青草的鲜嫩，甚至还能听出落日透过晚霞滤去锋芒的柔光。尽管周围一个听众也没有，但琴德木尼知道一定有什么存在侧耳聆听。

"清白！清白！"她忽然高呼了几声，然后把绳圈丢入火盆。火焰陡然升高，开始舔舐着蕴满油脂的尾鬃。

一瞬间，她再一次进入到那个奇妙的世界。周遭的一切边缘都开始抖动。绳圈在火中跃动得越激烈，世界抖动得越厉害，纷纷幻化为无数线条。

琴德木尼茫然四顾，自己再一次置身于草原的秘密之中。一匹青色的骏马呼啸而来，温顺地停在她身旁。琴德木尼知道这是苏勒的鬃毛绳圈幻化出来的，它的尾巴只有七根鬃毛，是连接现实与草原秘密的唯一桥梁。

琴德木尼毫不犹豫地跨上了苏勒，在心中默念额木格的名字，青马像闪电一样蹿了出去。在草原的秘密里，一个人所能行走的速度，不是靠双腿，而是靠你内心的执着程度。

琴德木尼不知道，自己对奶奶的思念居然深重到了这个程度，青马在草原的秘密里奔跑的速度，比之前任何一次体验都快了十倍。她几乎看不清周围的景物变化，只看到五颜六色的线条在飞速流逝，构成了一幅又一幅似曾相识又很陌生的色块，色块翻转扭曲，拼凑出各种图景，像是儿时曾经玩过的万花筒。

她看到一片盈盈的水绿色渗入了几条深灰褐色，那是几只土拨鼠钻进了长满野豌豆的草甸；又看到褐黄色的细缕插满了浅黄色的地基，那是荒沙里长满的沙葱；有灰黑色和斑棕色在前后追逐，那是一头饥肠辘辘的狼看到了无人看护的兔子；也有青白混杂的色块倒叠在一条蜿蜒粗长的透白色条，那是白雪初融的大青山倒叠在乌力吉木仁河里。

琴德木尼驰骋、奔跑、寻找，她几乎看到了草原上的一切，可唯独没有看到奶奶的身影。琴德木尼不肯放弃，她的心意转动，拍动着胯下的青马，一次又一次跨越线条，朝着不可知的远方而去。

可是黄昏毕竟太短暂了，青马屁股后的七根鬃尾越来越细，到后来几乎不可辨认。青马嘶鸣，提醒琴德木尼时间快到了，如果再不抽身回去，就要触怒草原。

琴德木尼勉强睁开双眼，火盆中的苏勒绳圈燃烧几乎殆尽，只残留着一截短短的尾巴尖。它离火盆的位置稍微远了点，再加上有风，所以没有被燎到。她知道自己应该立刻把这截踢进火盆烧光，可动手时却犹豫了。

因为琴德木尼在脑子里回顾了整个燃烧的过程，惊讶地发现，这一次马尾绳圈上活扣的燃烧次序，不属于她所知道的任何一种征兆，额木格从来没有教过她这个。

未知意味着变化，而变化则带来不可预知的结果，不可预知总会给人留下希望，这也许就是人类喜欢占卜的真正意义。琴德木尼知道，如果自己想再次进入草原的秘密，就必须要保留这截鬃毛——但代价就是会触怒草原，它可不希望任何人在黄昏之外窥视到自己的秘密。

可还有什么比找到奶奶更重要呢?

琴德木尼咬了咬牙,不顾苏勒在旁边嘶鸣,还是毅然决然地重新闭上了眼睛,让自己再度沉浸入那个世界。

这一次,没有了黄昏余晖的保护。线条与色块变得更加狂暴,像是初冬吹过的裹挟着冰雪的暴风。青马的屁股后面,只残留了一截短短的被无限拉长的鬃尾,那是琴德木尼和现实唯一的牵系。她紧紧抱住青马的脖子,像一只迷失在白灾中的羔羊,双眸却始终坚定地向深处窥探着。

草原对于她的僭越极为愤怒,咆哮着显现出从未有过的可怕模样。穹顶的月亮飞速变幻着盈亏,周围的彩色线条飞快地旋转着、组合着。琴德木尼看到红色的岩浆喷涌、黑色的大地陆沉;看到白色的冰川坍塌、蔚蓝色的大海退潮,这都是生长在草原上的她所从未体验过的奇观。

琴德木尼勉强眯起眼睛,发现当视线聚到特定的某一个点时,还会显现更多奇妙的细节,就像一块石头掷入羊群,能激起无尽喧嚣。一会儿是全身赤裸的猿猴趴在野火旁在尖叫,一会儿是青牛与白马交颈相联。前一刻还是僧侣们在顶礼纳福,后一刻便被甲胄齐全的骑士呼啸着向前冲锋。还有不知多少异族商旅赶起马车,从琴德木尼身旁沉默地经过。转瞬之间,无数造型各异的人影闪现而过,目力所及,永远是在变化中。唯有那一片澄澈的晴空始终如一。

琴德木尼痛苦地捂住头,她一时间没法接受如此庞大的信息。在头颅即将被撕裂的极度痛苦中,她突然明白过来,原来这就是草原的秘密——秘密就是草原本身。从远古至今,这片土地经历过的所有事情、所有人、所有生灵都被草原所记住,他们重重叠加在一起,永远正在发生,就像黄昏时叠加在一起的昼与夜。这一切的总合,构成了草原最深的秘密,同时也是最可怕的惩罚。

一个凡人,怎么可能见证到草原的全部记忆,他或她只会被淹没在这庞大的记忆里,再也无法离开。

随着琴德木尼的头疼加剧,胯下的青马在慢慢淡化消失。它本是卜者的意志所召唤出来的,意志濒临崩溃时,它自然也就是无从凭依了。那一根细细的尾鬃,正在从它的身体里抽离。

琴德木尼知道自己快要不行了,在错乱中她唯一的心愿,就是再看一眼额木格。如果草原留存了全部记忆的话，那么必然有一段记录了额木格走入草原的影像。她勉强瞪大了眼睛，可看到的只是越来越琐碎的种种片段，快到眼睛几乎要瞎掉了。

琴德木尼一头从快要消逝的青马上栽下来，就在身体即将坠落在草原上时，她瞥到一个人影。

这个人影挺拔修长，头上的发辫比琴德木尼更为细碎，她身穿着一袭鹿皮袍子，头戴刨花神帽，全身都沐浴在柔如羊乳的月光之中，就这样漫步在远处的地平线上。虽然看不清面目，但琴德木尼知道她一定美得惊心动魄，是白萨满中的白萨满。

人影似乎快要走到终点时，却忽然回过头来，动了动嘴唇。一霎时，琴德木尼下坠的身体停住了，她觉得自己想要唱出点什么，可在这个世界根本发不出声音。那个身影向她伸出两只手来，像要献出哈达，可送出的却是一段歌声。

这歌声与琴德木尼的歌声很像，只是更加空灵缥缈。琴德木尼发誓她一定在某一个时刻听到过，也许是梦里，也许是摇篮旁。随着歌声缓慢地流泻，一束金黄色的光芒在错综复杂的色块中被牵引出来，同样被抽离出来的还有一片漆黑的夜幕。当光芒与夜幕被歌声黏合在一块时，它们叠加成了一种安心的暧昧色彩。狂暴的草原瞬间平静下来，像那些被抽走魂魄的生灵，回归到黄昏时的安详……

……琴德木尼再度醒来时，发现自己躺倒在草地上，泪流满面。旁边的火盆扣倒在地，最后一截尾鬃毛已化为灰烬。原来是苏勒在旁边用蹄子踢翻了火盆。

她缓缓从地上爬起来，腰酸背疼，脑子里像塞了一百多个干草堆。最后琴德木尼只能趴在苏勒背上，任凭它自己去找回了父亲的蒙古包。她唱了一路的歌，莫名欢欣。

琴德木尼的父母对她的归来感到高兴，可他们并不知道，那一夜女儿曾无限接近草原的秘密，无限接近额木格。

许多年以后，琴德木尼的皱纹也逐渐爬满了脸庞。她斜靠着苍老的苏勒，为一个小女孩演示卜马尾的手法。她晃动手腕上的铃铛，低声说道："草原并不喜欢被人窥视，除非是在黄昏，或者是你在寻找最爱的人。"

从远古至今，
这片土地经历过的
所有事情、所有人、
所有生灵都被草原所记住，
他们重重叠加在一起，
永远正在发生，
就像黄昏时叠加在一起的
昼与夜。
这一切的总合，构成了草原
最深的秘密，
同时也是最可怕的惩罚。

from《卜马尾》

“匿名作家计划”参赛人员大公开 *

第一辑（《鲤·匿名作家》）

班宇
匿名作家 001 号｜《海雾》

老王子
匿名作家 002 号｜《半明半暗之间》

阎连科
匿名作家 003 号｜《信徒》

匿名
匿名作家 004 号｜《暮》

吴晶晶
匿名作家 005 号｜《罗曼罗兰》

大头马
匿名作家 006 号｜《乞力马扎罗的雪》

匿名
匿名作家 007 号｜《咖喱长濑》

石一枫
匿名作家 008 号｜《王府井》

叶扬
匿名作家 009 号｜《我们是怎么走到这一步的》

崔君
匿名作家 010 号｜《深吸一口气，憋住》

第二辑（《鲤·时间胶囊》）

郑执
匿名作家 011 号｜《仙症》

温凯尔
匿名作家 012 号｜《天使的房间》

王占黑
匿名作家 013 号｜《黑鱼的故事》

路内
匿名作家 014 号｜《巨猿》

甄妮
匿名作家 015 号｜《镜子》

吴纯
匿名作家 016 号｜《少女与意识海》

苏方
匿名作家 017 号｜《爸爸》

btr
匿名作家 018 号｜《培根冰淇淋》

双雪涛
匿名作家 019 号｜《武术家》

黄昱宁
匿名作家 020 号｜《笼》

第三辑（《鲤·写作课》）

国生
匿名作家 021 号 |《戒断反应》

默音
匿名作家 022 号 |《附加值》

匿名
匿名作家 023 号 |《消失大陆的爱情》

徐畅
匿名作家 024 号 |《小东西》

七堇年
匿名作家 025 号 |《十七天》

魏思孝
匿名作家 026 号 |《都是人民群众》

索耳
匿名作家 027 号 |《非亲非故》

骆以军
匿名作家 028 号 |《妞妞》

陈雪
匿名作家 029 号 |《静月照人》

笛安
匿名作家 030 号 |《沙场秋点兵》

马伯庸
匿名作家 031 号 |《卜马尾》

踢馆作家 **

王姝蕲
踢馆作家 A |《未来药》

朱肖影
踢馆作家 B |《乐土》

（空缺）
踢馆作家 C |（空缺）

崔博垚
踢馆作家 D |《坍塌前撤离》

大头马
踢馆作家 E |《了不起的盖茨比》

* 本次身份公开在尊重作者意愿的前提下进行，部分作家表示将继续保持他们的匿名状态。

** 踢馆作家作品系大众投稿中选出，仅可在腾讯·大家（微信号：ipress）和《鲤》公众号（微信号：newriting200806）上阅读。

图书在版编目（CIP）数据

鲤·写作课 / 张悦然主编. -- 北京 : 九州出版社,
2018.12
ISBN 978-7-5108-7712-4

Ⅰ. ①鲤… Ⅱ. ①张… Ⅲ. ①文学写作学 Ⅳ.
①I04

中国版本图书馆CIP数据核字（2018）第294248号

鲤·写作课

作　　者：张悦然 主编
出版发行：九州出版社
地　　址：北京市西城区阜外大街甲35号（100037）
发行电话：（010）68992190/3/5/6
网　　址：www.jiuzhoupress.com
电子信箱：jiuzhou@jiuzhoupress.com
印　　刷：山东临沂新华印刷物流集团有限责任公司
开　　本：720毫米×1020毫米　1/16
印　　张：15
字　　数：156千字
版　　次：2019年3月第1版
印　　次：2019年3月第1次印刷
书　　号：ISBN 978-7-5108-7712-4
定　　价：55.00元